Propriété des Éditeurs,

Eugène Adam et Cie

JOURNAL

D'UN

PÈRE DE FAMILLE

NAUFRAGÉ DANS UNE ILE DÉSERTE

AVEC SES ENFANTS

PAR Mme DE MONTOLIEU

NOUVELLE SUITE

AU

ROBINSON SUISSE

DE J.-R. WYSS.

LIMOGES

EUGÈNE ARDANT ET Cie, ÉDITEURS.

AVIS DES ÉDITEURS.

J.-R. Wyss avait publié son ROBINSON SUISSE, ouvrage remarquable, qui avait eu un immense et légitime succès.

On réclamait une suite; J.-R. Wyss ne se décidait pas à la faire paraître, malgré de pressantes sollicitations.

Madame de Montolieu, si connue dans les lettres, avait traduit de l'allemand le ROBINSON SUISSE. Après avoir réclamé à J.-R. Wyss une suite tant désirée, et ne pouvant l'obtenir, elle se décida à en faire une. C'est l'ouvrage dont nous publions une nouvelle édition.

Après la mort de J.-R. Wyss, on trouva chez lui une autre suite, qui fut publiée par les soins de ses héritiers et traduite également par madame de Montolieu.

La suite donnée par l'auteur allemand, comme celle œuvre de madame de Montolieu, eurent un succès égal à celui de ROBINSON SUISSE.

Ces deux suites forment deux ouvrages différents, qui continuent heureusement et pour la forme et pour le fond le ROBINSON SUISSE.

Nos lecteurs trouveront dans la suite donnée par madame de Montolieu le même intérêt que dans le ROBINSON SUISSE, et dans la suite de l'auteur allemand, publiée en notre librairie sous le titre de la FAMILLE NAUFRAGÉE.

JOURNAL
D'UN PÈRE DE FAMILLE.

I. — Espoir trompé. — Tempête. — Malheur et consolation.

J'ai laissé le lecteur au moment où je remis au lieutenant Bell la
première partie de mon journal, pour la donner au capitaine du vaisseau anglais l'*Adventurer*, M. Johnson, qui devait revenir le lendemain avec le lieutenant Bell. Nous nous séparâmes dans cet espoir,
et je crus alors nécessaire de préparer ma famille à cette visite, qui
devait décider de notre sort à venir. Ma femme, mes fils aînés du
moins pouvaient désirer de saisir cette occasion, unique, peut-être,
de retourner en Europe, de revoir leur belle patrie, de quitter cette
île chérie, il est vrai, et qui leur coûterait bien des regrets dans le
moment actuel, mais ne leur présentait aucune chance de bonheur
pour l'avenir. Combien de fois j'avais pensé avec anxiété aux longues années que mes enfants avaient à passer sur cette plage déserte, soutenant leur misérable existence par un travail pénible et
continuel, sans avoir pour stimulant le bonheur de travailler pour
leur famille, seuls, privés des plus doux liens de la nature, lorsque
leur mère et moi aurions cessé d'exister; sans femme, sans enfants,
sans aucun intérêt dans cette vie, que leur propre conservation et
leur amour fraternel, qui s'altérerait peut-être quand nous ne serions plus là pour l'entretenir! Ils s'aimaient sans doute; mais, ainsi
qu'on a pu en juger, leurs caractères avaient peu de rapport; cependant, avec des nuances différentes, ils étaient tous quatre de
très bons enfants. Je n'en étais que plus affligé en pensant à leur
avenir et à leur triste et solitaire vieillesse, et j'étais bien décidé,

s'ils ne voulaient pas retourner en Europe avec le capitaine Johnson, de conjurer ce dernier de nous envoyer des colons pour peupler
notre île, et d'avoir soin qu'il y eût dans le nombre quelques jeunes
filles.

Après avoir quitté le lieutenant Bell, je revins à Falkenhorst tout
occupé de ces pensées. On se rappelle que j'en étais parti seul de
grand matin, ayant aperçu du haut de notre arbre le vaisseau en
mer, avec ma lunette d'approche. Je m'attendais à trouver tous mes
bien-aimés dans une grande inquiétude sur mon absence. J'étais
parti seul, et, contre ma coutume, sans avoir rien pris à déjeuner,
sans avoir donné aucune tâche à mes fils, ni rien concerté avec eux
sur l'emploi de notre journée. Ma conférence avec le lieutenant Bell
avait été longue ; il était plus de midi, et sachant combien ma
femme était prompte à s'alarmer, je fus surpris de ne voir venir au-
devant de moi ni elle, ni aucun de mes fils. J'en conçus de mon côté
une crainte qui ne fut que trop tôt réalisée, quand, après avoir
monté rapidement l'escalier tournant, je trouvai mon excellente
Elisabeth, ma fidèle compagne, étendue sur son matelas, entourée
de ses quatre fils, et paraissant souffrir beaucoup. Cependant, au
moment où j'entrai, tous, et même la pauvre malade, jetèrent un cri
de joie, auquel je répondis par un cri de douleur. « Au nom du
ciel, m'écriai-je, qu'est-il arrivé ? chère amie, qu'as-tu donc ? »
Tous voulaient parler à la fois, et je n'entendais rien. Ma femme
leur imposa silence par un geste, et ce fut elle qui me raconta
qu'ayant voulu descendre l'escalier, elle avait été saisie d'un
vertige ; qu'elle était tombée assez rudement pour ne pouvoir se
relever sans aide, et qu'elle ressentait de violentes douleurs à la
jambe droite et au pied gauche.

FRITZ. Nous sommes allés bien vite là, Ernest et moi, pour la porter sur son lit, non sans peine, l'escalier est si étroit : mais elle souffre toujours davantage, et nous ne savons que lui faire.

JACK. Je n'ai cessé de frotter son pied, mais il enfle de plus
en plus, ainsi que la jambe, qu'on n'ose pas toucher tant elle lui
fait de mal.

FRANÇOIS. Et moi je souffle chaud dessus. Elle m'a dit que je lui
faisais du bien.

ERNEST. Je me rappelle, mon père, que dans les caisses que

nous avons apportées du vaisseau et que nous n'avons pas ouvertes,
il y en a une intitulée *médicaments*; n'y en aurait-il pas qui pussent
soulager maman?

LE PÈRE. Peut-être, mon fils; tu fais bien de m'y faire penser, et
nous irons là chercher; elle est restée à Zeltheim, mais je connais la
place, et je l'aurai bientôt trouvée. Fritz, tu viendras avec moi pour
m'aider à la porter.

Je voulais avoir ce prétexte d'être seul avec lui, pour lui apprendre que j'avais aperçu la chaloupe anglaise et le lieutenant Bell, et
que j'attendais le lendemain le capitaine Johnson; je voulais surtout
à présent consulter sa bonne tête sur les moyens d'y préparer sa
mère sans lui causer trop d'émotion.

Avant de la quitter, je voulus examiner cette jambe et ce pied qui
étaient si douloureux qu'à peine pouvait-elle retenir ses plaintes.
Au moyen d'une petite pharmacie portative, j'avais souvent fait des
cures; et quoique j'eusse un peu négligé ma science depuis notre
séjour dans l'île, où nous nous portions tous si bien, j'espérais me la
rappeler assez pour être en état de guérir aussi ma chère compagne.
Je commençai par examiner son pied, et j'eus bientôt vu que c'était
une entorse assez forte. Avant de m'en occuper, elle me pria de regarder aussi sa jambe, dont la douleur augmentait de moment en
moment. Je le fis, et l'on peut juger de mon effroi quand je m'assurai qu'elle était cassée au-dessous du mollet; mais la fracture bien
décidée me parut franche, sans esquilles, et facile à guérir. J'envoyai Fritz en toute hâte chercher deux morceaux d'écorce d'arbre,
entre lesquels je plaçai la jambe, après l'avoir, avec l'aide de mon
fils, étendue assez pour rapprocher les deux parties de l'os cassé, et
l'avoir serrée fortement avec des compresses de linge. J'attachai
ensuite les écorces autour de la jambe, de manière qu'elle ne pût
faire aucun mouvement. Je passai ensuite au pied foulé, qui donna
plus de peine; je mis autour une bande très serrée, en attendant
que j'eusse de l'eau vulnéraire, que je devais trouver dans la caisse.
Ma pauvre patiente souffrit ces opérations avec un courage inouï,
s'efforçant de m'en donner à moi-même. Quand j'eus fini de panser
la jambe et le pied, je m'occupai de la tête, où elle n'avait reçu aucun coup; mais le vertige qu'elle m'assurait avoir été la cause de sa
chute devait en avoir une antérieure. D'après le pouls et la rougeur

du teint, je l'attribuais à une plénitude du sang ; il me parut essentiel de commencer par lui en tirer quelques onces, surtout après une
chute et beaucoup d'émotions, car cette chère amie m'avoua que
mon absence inattendue et prolongée l'avait si fort alarmée, qu'elle
s'était décidée à aller, ainsi que ses fils, me chercher de tous côtés ;
la crainte rendait sa marche tremblante, et c'est ce qui, joint au
vertige, l'avait fait tomber. Voilà ce que je compris par le récit des
enfants ; cette excellente femme voulait à peine convenir que j'en
fusse en rien la cause, mais elle me demandait sans cesse où j'avais
été si longtemps, et pourquoi j'étais sorti sans rien dire.

LE PÈRE. Je te le conterai une autre autre fois, chère amie ; tu vois
que je suis revenu sans aucun accident : le plus pressé à présent est
d'empêcher les mauvaises suites du tien. Tu veux bien, n'est-ce pas,
me prendre pour ton médecin et ton chirurgien, et tu auras assez
de confiance en mon habileté pour te laisser faire une petite saignée ?

LA MÈRE. Tout ce que tu voudras, mon ami, pourvu que tu ne nous
quittes plus sans me le dire.

LE PÈRE. Eh bien ! je te dis que je cours à Zeltheim avec Fritz,
chercher la boîte aux médicaments, et celle du chirurgien, où je
trouverai des lancettes. Sois tranquille en attendant, nous serons
bientôt de retour.

LA MÈRE. Oh ! je te le promets, je ne pourrais pas bouger, lors
même que les sauvages arriveraient.

LE PÈRE. Les sauvages ! à quoi penses-tu ? tu n'en as plus peur,
j'espère ?

ERNEST. Et d'ailleurs ne suis-je pas là pour vous défendre ?
Je tire aussi bien que M. Fritz ; je les arrangerais comme mon kan-
guroo.

JACK. Et moi donc, comme mon porc-épic ; pif, paf, sur la tête du
premier qui voudrait approcher de maman.

FRANÇOIS. Et moi je la cacherais ainsi (et il mettait sa jolie tête
blonde sur le visage de sa mère) ; et puis n'ai-je pas mon arc et mes
flèches ?

LE PÈRE. Voilà trois braves défenseurs, chère amie, tu n'as rien à
craindre avec une si bonne garde ; et nous serons bientôt de retour,
je te le promets. » Cela dit, je sortis avec Fritz, qui quittant sa mère

à regret, la recommanda à ses frères avec sa manière brusque et despotique, leur disant qu'ils auraient affaire à lui, si, pendant notre absence, elle manquait de la moindre chose. « Ne feriez-vous pas plus prudemment, mon père, me dit-il, de me laisser près d'elle et de prendre avec vous un de ces polissons qui peuvent, aussi bien que moi, porter la caisse ? »

— Polissons ! s'écria Jack ; quand il s'agit de soigner maman il n'y a plus de polissons, nous nous en acquitterons mieux que toi, qui ne sais faire que du tapage avec ton éternel fusil ; tu le tirerais contre les moustiques si tu n'avais pas d'autre gibier.

— Ou contre toi, dit Fritz, si tu ne te tais. Belle manière de soigner une malade, que de crier à lui fendre la tête. »

Jack se tut, mais de son air mutin. Je me hâtai d'emmener mon brusque Fritz, que je moralisai sur sa rudesse envers ses jeunes frères, me réservant de donner aussi une leçon à Jack sur sa mutinerie. Je passai ensuite à l'article essentiel, et j'étonnai beaucoup mon fils en lui racontant l'aventure du matin, la visite que j'avais eue et celle que j'attendais le lendemain. A peine pouvait-il me croire ; il s'imaginait que c'était une manière de le sonder sur ses projets pour l'avenir. « Une chaloupe, un vaisseau ici, tout près de nous, répétait-il en riant ; mon père, c'est impossible !

Le Père. Et cependant rien n'est plus vrai. Que vois-tu là d'impossible ? J'ai pris ma lunette à longue vue, et peut-être de Zeltheim pourrons-nous apercevoir le vaisseau en rade à quelque distance. »

Fritz n'eut plus rien à m'opposer et ne me fit aucune réponse ; il marchait à côté de moi, perdu dans ses idées ; je voyais que mille pensées différentes agitaient son âme. Il regardait alternativement notre île, qui commençait à se couvrir des fruits de notre travail, nos champs de maïs, nos belles plantations, le grand jardin potager, qui croissaient et prospéraient, puis la grande mer, au-delà de laquelle il voyait, en imagination, les belles villes de l'Europe ; il cherchait aussi des yeux le vaisseau.

Je le laissai quelque temps livré à ses pensées ; enfin je lui dis : « Je t'ai pris de préférence avec moi, mon fils, parce que je voulais te consulter.

Fritz. Moi, mon père ! et sur quoi ? interrompit-il vivement.

Le Père. Sur la manière d'apprendre à ta mère l'arrivée de ce

vaisseau sans lui causer une émotion qui pourrait lui être fatale, n'é-
tant pas bien dans ce moment.

FRITZ. Il faut donc qu'elle l'ignore. Je viendrai de bonne heure à
Zeltheim sur le rivage, et vous me donnerez devant elle quelque
ordre de travail qui doive me retenir dehors toute la matinée ; j'at-
tendrai cette chaloupe et ce capitaine, je lui dirai que ma bonne
mère est malade, que son pied est disloqué, sa jambe cassée, et
qu'il peut s'en retourner comme il est venu.

LE PÈRE. Tu parles sans réfléchir, mon ami ; je t'ai dit que ce vaisseau avait, comme le nôtre, souffert d'une tempête, qu'il était endommagé, et qu'il avait besoin de ravitailler ; ne ferions-nous pas
pour nos frères ce que nous aurions voulu qu'on fît pour nous dans
notre détresse ? N'as-tu pas lu et relu cette règle d'or donnée par
notre divin Maître ? *Fais à ton prochain ce que tu voudrais qui te fût
fait à toi-même.* Notre devoir est donc, non-seulement de recevoir
et de garder le capitaine Johnson et tout son équipage dans notre
île aussi longtemps qu'il aura besoin d'y rester, mais de l'aider de
tout notre pouvoir à remettre son bâtiment en bon état.

FRITZ. Et nous ne sommes pas novices dans ce genre de travail.
Avez-vous montré au lieutenant notre belle pinasse et notre canot ?
Il a dû voir que nous sommes de bons ouvriers. Mais j'éprouve une
inquiétude : un grand vaisseau pourra-t-il entrer dans notre petite
baie du Salut ?

LE PÈRE. Non, mon ami, je ne le crois pas : il n'y a pas assez
d'eau ; l'entrée est trop resserrée, et trop entourée de récifs et de
rochers ; mais nous montrerons au capitaine la grande baie à l'autre bout de l'île, formée par le promontoire de l'Espoir trompé ; il
lui sera facile de longer notre île avec son bâtiment et d'y arriver de
ce côté. Il trouvera là une belle place de débarquement et un beau
chantier.

FRITZ. Et il pourra loger à Waldeg avec son lieutenant et quelques
officiers, et tous les jours nous viendrons leur aider à raccommoder
leur vaisseau.

LE PÈRE. Fort bien ; et quand ce travail sera fini, pour notre récompense il nous donnera place dans le vaisseau, ou du moins à
quelqu'un de nous, pour retourner en Europe.

FRITZ. Retourner en Europe ! abandonner notre belle demeure

d'hiver de Zeltheim, et notre charmant château d'été de Falken-horst, nos belles et bonnes bêtes, nos cristaux de sel, nos métairies, tant de richesses qui sont à nous, que personne ne nous dispute ou ne nous envie, pour retourner en Europe et y trouver la pauvreté, la guerre, les méchants soldats qui nous ont forcés à partir! et, grâces leur en soient rendues, nous sommes bien plus heureux ici que nous n'aurions jamais pu l'être ailleurs; il ne nous manque rien. Mon père, pourriez-vous consentir à quitter notre chère île?

LE PÈRE. Elle m'est bien chère aussi, je t'assure, et je ne la quitterais pas sans de vifs regrets, mais...

FRITZ. Mais quoi, mon père? il n'y a point à balancer, nous voulons tous rester ici tous ensemble, ne jamais nous séparer. Je suis bien sûr que mes frères diront comme moi; et maman qui craint tant la mer : nous laisserons repartir le capitaine sans qu'aucun de nous soit tenté de le suivre. Ne sais-je pas qu'en Europe les enfants d'une famille pauvre et nombreuse se dispersent de tous côtés, *pour chercher fortune*, comme on dit; et voyez le beau plaisir, quand même ils trouveraient cette fortune, qu'on ne trouve pas toujours, s'ils devenaient étrangers les uns aux autres. Autant vaudrait n'avoir point de parents, s'il faut se séparer d'eux : non, non, mon père, point d'Europe! ici notre fortune est toute faite; nous n'avons pas besoin de cet argent qui cause, dit-on, tous les malheurs et toutes les disputes; et, si vous m'en croyez, vous donnerez à ce capitaine tout celui que nous avons trouvé dans la chambre du nôtre; il le rendra à ses parents, s'il en a, ou le gardera pour lui. Nous n'en avons que faire ici, et, puisque nous sommes heureux sans or et sans argent, ne serions-nous pas fous d'aller en Europe en chercher ou en manquer? »

Jamais je n'avais vu mon aîné ni si animé ni si éloquent. Tout cela fut dit avec un feu, une sensibilité que je n'attendais pas de lui, et qui m'enchantèrent.

« Tu as raison, mon fils, lui dis-je, et plût au ciel que ce bonheur de vivre toujours ensemble nous fût accordé! Mais, je reprends où tu m'as interrompu, mais nous ne sommes pas du même âge, et par les lois de la nature nous devons être un jour séparés. Jusqu'à présent, par une espèce de miracle, dont nous ne pouvons assez remercier la bonne Providence, aucun malheur, aucun mal ne nous ont atteints; depuis que nous habitons cette île, nos santés se sont conservées; mais nous ne pouvons nous flatter que ce bonheur dure toujours : voilà déjà votre mère malade, et qui sait quelles suites.....

FRITZ. Mon Dieu, la croyez-vous en danger? retournons vite auprès d'elle; venez, je vous en conjure.

LE PÈRE. Rapportons-lui du moins ce qui pourra la soulager, et j'espère que ce bon Dieu, qui nous a protégés jusqu'à présent d'une façon si particulière, nous accordera la grâce de la conserver bien des années encore. Mais enfin celle qui doit nous séparer pour un temps de nos chers enfants arrivera une fois, et combien ne me serait-il pas cruel de les laisser sur cette île déserte, et de penser que l'un d'eux doit finir par y rester seul, et qu'aucun de vous ne jouira du bonheur dont nous avons joui, que vous ne serez à votre tour ni époux ni pères. Je te l'avoue, Fritz, cette idée me poursuit sans cesse, et me ferait désirer de retourner en Europe et de me retrouver au milieu de mes semblables, où je pourrais vous établir. Penses-y bien, mon fils, te sentirais-tu la force, si tu survivais à tes frères, de vivre tout seul ici dans cette île déserte, sans personne pour te fermer les yeux?

FRITZ. Je n'y veux pas penser, mon père, c'est trop triste. Pourquoi voulez-vous que ce soit moi qui reste le dernier! Je suis venu au monde le premier, je dois donc aussi en sortir le premier.

LE PÈRE. Il en sera ce qu'il plaira à Dieu, mon fils; la mort frappe à tout âge, et je dirai la même chose à tes frères. Je veux aussi les consulter, du moins Ernest, qui a dix-sept ans passés, et qui désirera peut-être continuer ses études avec plus de moyens qu'il n'en peut avoir ici. Mais arrêtons-nous un moment devant ces arbres, je crois que ce sont des tamariniers; leur fruit doit renfermer une pulpe dont la médecine fait un grand usage, et qui conviendra, je crois, à ta mère, ainsi que le jus d'orange et de citron. Nous en trouverons dans notre plantation près de Zeltheim; grimpe en attendant sur ce tamarinier, et tâche de cueillir des gousses assez semblables à celles des fèves; remplis-en un des côtés de ton sac, l'autre sera pour des citrons et des oranges. Moi, pour ne point perdre de temps, j'irai à Zeltheim chercher les deux caisses; tu viendras m'y joindre, et tu les trouveras prêtes. »

Fritz grimpait déjà sur le tamarinier. Nous étions près du pont de famille, je me hâtai de le traverser, et j'eus bientôt atteint notre belle grotte. Dès que j'y fus arrivé, je battis mon briquet, j'allumai une grosse bougie que je tenais prête et j'allai dans notre magasin, où j'eus bientôt trouvé ce que je cherchais. Les deux caisses étiquetées n'étaient ni très grosses ni très pesantes; je les entourai de petites cordes pour les porter plus facilement sur mes épaules, et j'allai visiter nos orangers et nos citronniers, où je trouvai quelques fruits assez mûrs pour en faire de la limonade. Fritz vint m'y rejoindre avec une bonne provision de tamarin; les oranges et les citrons firent le contre-poids; il jeta le sac sur son épaule, et n'étant ni l'un ni l'autre trop chargés, nous reprîmes le chemin de Falkenhorst, marchant très vite malgré la chaleur qui était accablante, quoique le soleil fût caché sous d'épais nuages qui nous dérobaient presque la vue de la mer. En vain Fritz, qui m'avait demandé mes lunettes, s'efforça de découvrir le vaisseau; il ne vit rien que des vagues écumantes contre les rochers. « Mon père, me dit-il, je crains que nous n'ayons de l'orage ; hâtons-nous, maman s'inquiètera.

Le Père. Oui, la pluie commence déjà, et le ciel est bien menaçant.

Fritz. C'est singulier, il ne fait aucun vent et la mer est agitée comme par une tempête : voyez quelles énormes vagues! C'est presque comme celle qui nous conduisit ici et fit échouer notre vaisseau.

Le Père. Pas tout-à-fait encore; mais je ne suis pas sans crainte sur celui du capitaine Johnson, si cette tempête augmente, et la pesanteur de l'air me le fait craindre.

Fritz. Mon père, qu'en dites-vous, si j'allais prendre notre pinasse et tâcher d'aller à son secours?

Le Père. J'aime à te voir ce bon sentiment, mais tu courrais risque de te perdre sans le sauver. Passe encore si je pouvais aller avec toi; mais seul, et sur cette mer orageuse, sans savoir même de quel côté te diriger : non, je n'y puis consentir.

Fritz. Ne puis-je pas prendre Ernest?

Le Père. Et ta mère! ta pauvre mère! l'as-tu donc oubliée? Elle mourrait mille fois pendant votre absence.

Fritz. Pardon ; je ne pensais plus qu'à ce pauvre vaisseau

le capitaine ne pourrait pas faire comme nous ; l'abandonner entre des rochers, prendre tout ce qu'il renferme, et venir s'établir ici ? nous leur céderions un coin de notre île, et nous ne serions plus seuls. Le lieutenant Bell ne vous a-t-il pas dit s'il y avait des femmes à bord de son vaisseau ?

Le Père. Il m'a dit au contraire qu'il n'y en avait point.

Fritz. C'est dommage, maman serait plus heureuse avec une amie. »

Tout en causant nous avancions autant que nos charges et la pluie qui tombait par torrents nous le permettaient. Lorsque nous eûmes passé le pont, nous vîmes de loin une figure très extraordinaire qui courait au-devant de nous ; nous n'aurions pu décider quelle espèce d'animal c'était. Il paraissait en apparence plus grand que les singes que nous avions vus, et beaucoup plus gros, de couleur noire, ou brune ; on ne distinguait point de tête, mais deux espèces de cornes très épaisses qui se portaient en avant, et nous paraissaient quelquefois en mouvement et changer de place. Heureusement nous n'avions point pris de fusil pour cette excursion, car je ne doute pas que Fritz n'eût tiré sur cet animal singulier. Mais à mesure qu'il s'approchait avec une grande vitesse, nous l'eûmes bientôt reconnu, non-seulement à sa démarche, mais au cri qu'il poussa lorsqu'il nous eut aperçus. « C'est Jack ! » nous écriâmes-nous en même temps ; en effet c'était lui qui m'apportait, en toute hâte, mon grand manteau à cape enduit de gomme élastique, et mes bottes imperméables de caoutchouc. Ne me doutant pas de cet orage, j'avais négligé de les prendre ; mon petit drôle s'était offert à réparer mon oubli et à m'apporter le tout à Zeltheim. Pour se garantir lui-même en allant, il avait mis le manteau sur ses épaules, la cape sur la tête, et mes bottes, trop grosses pour ses jambes, passées dans chacun de ses bras, qu'il tenait en l'air pour assurer la cape : on conçoit comme le tout présentait une singulière apparence. Malgré nos inquiétudes et notre pitoyable état (nous étions mouillés jusqu'aux os), nous ne pûmes nous empêcher de rire de sa plaisante mine.

« Papa, me dit-il, reprenez tous vos parapluies, ils m'ont tenu bien au sec ; c'est mon tour d'être mouillé. »

Je n'y voulus pas consentir, je l'étais, ainsi que Fritz, au point que le trajet qui nous restait à faire n'y pouvait rien ajouter, et mon pauvre Jack, plus délicat et plus petit, aurait été à demi noyé ; je l'obligeai donc à garder son bizarre accoutrement, et je m'informai de l'état où il avait laissé sa mère.

JACK. Bien inquiète de vous et de Fritz ; mais je crois pourtant qu'elle est beaucoup mieux, car ses joues sont très rouges, ses yeux brillants, et elle cause beaucoup ; elle voulait même absolument se lever pour aller vous chercher, mais elle n'a pu se soutenir. Ernest et moi l'avons remise sur son lit ; c'est alors que, pour la tranquilliser, je lui ai dit que j'irais et que je vous porterais vos habits de pluie. Elle m'a d'abord dit : « Eh bien ! oui, mon enfant, va bien vite. » Alors je suis parti comme une flèche avec le manteau et les bottes ; mais comme je descendais l'escalier, je l'ai entendue qui me rappelait bien fort : « Jack, Jack, reviens, mon enfant, je te défends d'aller ; l'eau t'entraînera, le tonnerre t'écrasera. — Mais, bah ! je ne crains ni l'eau ni le tonnerre ; j'ai fait semblant de ne pas entendre, j'ai couru aussi vite que j'ai pu, et me voilà. J'espérais vous trouver encore à Zeltheim, pourquoi êtes-vous revenus si tôt ?

LE PÈRE. Pour t'épargner la moitié du chemin, brave petit bonhomme, et pour retrouver ta pauvre mère. » Ce mieux dont Jack se vantait pour elle m'inquiétait beaucoup ; elle avait visiblement une fièvre ardente et le sang se portait à la tête. Je doublai donc le pas sans m'embarrasser de l'orage qui allait toujours en augmentant de fureur. Mes fils me suivirent avec la célérité de leur âge, et nous fûmes bientôt au pied de notre château d'arbre.

II. — Le coup de foudre et le conducteur.

Je montai rapidement notre escalier tournant, et j'entrai dans notre chambre aérienne, trempé d'eau, au pied de la lettre, ainsi que Fritz, comme si nous sortions de la mer. Je trouvai ma pauvre Élisabeth bien agitée : « Vous voilà, dit-elle, le ciel en soit béni ! Mais Jack, où est-il ? Ce téméraire a voulu vous aller chercher, et... — Le voilà, s'écria-t-il en entrant, aussi sec que s'il ne vous avait pas quitté, grâce au manteau et aux bottes de caoutchouc de papa, que je viens d'ôter là-bas pour ne pas vous faire peur ; ils m'ont pris pour un animal extraordinaire, un rhinocéros tout au moins, et si

M. Fritz avait eu son fusil, je ne serais pas ici à vous conter mon histoire. »

Tranquille sur lui, la bonne mère s'inquiétait sur moi, sur Fritz, et ne voulut pas permettre que nous approchassions d'elle avant d'avoir quitté nos vêtements mouillés. Pour la contenter nous passâmes dans un petit réduit que j'avais pratiqué entre deux grosses branches au-dessus de l'escalier, pour y loger nos caisses de linge, d'habillements et nos provisions. Notre toilette fut bientôt faite; nous suspendîmes nos habits mouillés, et je revins auprès de ma compagne, qui souffrait de son pied, et plus encore d'un mal de tête affreux. Elle avait une fièvre ardente : je jugeai que la saignée était ce qu'il y avait de plus pressé; je commençai cependant par apaiser la soif qui la tourmentait, avec du citron mêlé d'eau et de sucre, qu'elle parut boire avec plaisir. J'ouvris ensuite la caisse d'instruments de chirurgie. Le jour étant très sombre et déjà avancé, je m'approchai de la grande ouverture au-devant qui nous servait de fenêtre, quoiqu'elle ne se fermât que par une pièce de toile que j'y avais clouée, et qui se relevait à volonté avec de la ficelle; dans ce moment elle était entièrement relevée tant pour donner un peu d'air à notre malade que pour contenter mes enfants, qui s'extasiaient en regardant l'orage. Les grosses vagues qui venaient se briser contre les rochers qui bordent le rivage, les châteaux de nuages sombres que des éclairs brillants et scintillants paraissaient entr'ouvrir, le roulement majestueux et presque continuel du tonnerre, étaient pour eux le plus beau des spectacles auxquels ils étaient accoutumés dès leur plus tendre enfance. Nous avions aussi dans nos montagnes de la Suisse et sur le bord de nos lacs des orages menaçants, mais superbes à contempler lorsqu'on est à l'abri; et, comme, selon moi, il faut se familiariser avec ce qu'on ne peut éviter, j'avais accoutumé par mon exemple ma femme et mes enfants à voir, non-seulement sans effroi, mais encore avec admiration, ces grands chocs des éléments et ces convulsions de la nature. Le vent qui agitait la mer intérieurement ne soufflait pas encore sur la terre; la pluie tombant par torrents, mais perpendiculairement, n'avait point encore atteint notre asile, et les éclairs, vus au travers des nappes d'eau, présentaient quelquefois les couleurs du prisme ou de l'arc-en-ciel.

J'avais décloué la caisse, et l'attention de mes fils se porta sur les outils que j'en tirais. Les premiers étaient un peu rouillés et ne pouvaient me servir; je les donnais à mesure à Ernest, qui, après les avoir examinés, les posait l'un après l'autre sur une planche qui formait une espèce de tablette intérieure au-devant de l'ouverture. J'étais occupé à chercher une lancette en bon état, quand, tout-à-coup, un éclat de tonnerre, tel que je n'en avais entendu de ma vie, nous donna une commotion si terrible, qu'elle nous fit presque tomber sur le plancher. Ce coup de foudre n'avait été annoncé par aucun éclair, mais deux immenses colonnes de feu en zig-zag prolongés l'accompagnaient, et semblaient arriver du ciel à nos pieds. Nous avions tous jeté un cri, même la pauvre malade; mais le silence de la terreur avait suivi et semblait le silence de la mort. Je me relevai bientôt, et je courus auprès du lit de ma femme; elle était sans connaissance, et ne s'aperçut pas même que je la soulevais dans mes bras. Elle retomba comme un corps privé de vie; je fus convaincu qu'elle n'existait plus, et dans cet affreux moment, mon seul sentiment fut le désespoir de l'avoir perdue. J'aurais vu, je crois, notre habitation en flammes avec indifférence; je n'avais même aucune idée distincte de ce qui venait de se passer. La voix de mes fils me tira de cette espèce de stupeur; ils parlaient tous à la fois et vivement; alors je me rappelai que je n'avais pas encore tout perdu, et qu'il me restait et des liens et des devoirs. « Oh! mes enfants, m'écriai-je en leur tendant les bras, venez, venez consoler votre malheureux père; venez pleurer avec lui la meilleure des femmes et des mères ! » Ils s'avancèrent avec un effroi que la vue de la pâleur de leur mère et ses yeux fermés augmentèrent encore; ils se jetèrent sur elle, en l'appelant avec un accent déchirant. Seulement alors je m'aperçus que mon petit cadet François n'y était pas; un frisson mortel me saisit à l'instant, et la plus affreuse idée se présente à mon imagination : la foudre l'a frappé... Je regarde en frémissant la place où j'avais vu tomber le tonnerre, craignant de voir tout en feu, et mon pauvre enfant consumé. O surprise! je ne vis ni feu ni flamme, rien qui annonçât ce que je redoutais. Les éclairs brillaient encore de tous les côtés de l'horizon; le tonnerre se faisait entendre sans relâche; une forte odeur sulfureuse était répandue dans l'atmosphère et dans notre tente aérienne, mais rien n'annonçait un incendie. A peine en remerciai-je intérieurement la Providence; mon cœur était déchiré par des douleurs bien plus vives que la destruction de notre demeure, et, dans mon égarement, j'étais près de murmurer. Ingrat que j'étais! je méconnaissais les bienfaits de la miséricorde divine, au moment où elle me rendait les objets chéris que je croyais avoir perdus. François, plus effrayé de l'orage que ses frères, était allé se cacher dans le lit de sa mère, pendant que je cherchais les outils de chirurgie, sans que je m'en fusse aperçu, et s'était endormi sous la couverture. La terrible détonation l'avait réveillé; mais ne sachant ce que c'était, et si les sauvages auxquels il pensait souvent n'étaient pas venus, il n'osait bouger: enfin, entendant la voix de ses frères inquiets aussi de ne pas le voir, il sortit sa tête blonde, et croyant sa maman endormie, il jeta les bras autour de son cou, en disant: « Maman, maman, réveille-toi; nous sommes tous là, papa, mes frères et l'orage aussi, qui est bien beau, mais qui me fait peur; ouvre les yeux, maman, regarde ces beaux éclairs, et baise ton petit François. » Soit que cette voix chérie pénétrât dans son cœur maternel et lui rendît ses facultés, soit les soins de ses fils aînés, qui ne cessaient de lui frotter les mains, les tempes, et de lui faire respirer des citrons et des oranges, elle fit un léger mouvement, entr'ouvrit les yeux, et balbutia quelques mots, qui devinrent bientôt plus distincts. Elle m'appelait; je me hâtai d'aller auprès d'elle. J'étais hors de moi en voyant cette résurrection inespérée, et le saisissement de la joie faillit m'être plus fatal que celui de la douleur; je ne pouvais pas prononcer un mot, mais j'embrassais cette chère amie avec transport; mon âme entière se répandait alors en actions de grâces envers l'Être tout bon et tout puissant qui me la rendait. Mes enfants étaient aussi dans un délire de joie qui devenait trop bruyant; je leur fis signe de se taire et de s'éloigner. Je pus alors regarder à mon aise ma chère ressuscitée, et m'assurer, non-seulement qu'elle existait, mais encore qu'elle était réellement mieux qu'au moment de notre arrivée. Le pouls était calme, le regard meilleur; ses joues avaient repris une légère teinte bien préférable au rouge pourpre qui les colorait; sa peau n'avait plus de sécheresse: elle était très faible et très accablée, mais n'offrait plus de symptômes alarmants. J'ai souvent remarqué qu'une émotion violente, qui occasionne un grand ébranlement de nerfs, est favorable au malade qui l'éprouve, et remet, après une crise, les humeurs en équilibre. D'après l'état actuel de ma femme, je jugeai que la saignée pouvait être retardée ; je fus doublement aise ; j'avais encore un tremblement général, qui aurait rendu cette opération très difficile et dangereuse. Je me bornai donc à lui faire préparer par ses fils une boisson composée de jus de citron, d'orange et de tamarin, ce dont ils s'acquittèrent à l'entière satisfaction de leur mère : j'ordonnai de plus à Fritz d'aller dans notre basse-cour tuer une de nos poules, de la plumer et de la faire bouillir, pour que notre malade eût à la fois un bouillon rafraîchissant et une nourriture saine et légère. Après avoir donné mes ordres à mon fils aîné, je lui dis de prendre un de ses frères, pour l'aider dans cette opération de ménage, auquel il ne s'entendait guère. Il ne s'agissait pas là d'un coup de fusil. Jack et François, qui remplissaient souvent l'office de marmitons auprès de leur mère, s'offrirent avec joie ; Ernest seul restait assis sur un banc et ne se mettait pas en mouvement ; j'attribuais à sa paresse ordinaire ce peu d'empressement, et je lui en fis honte.

« Ernest, lui dis-je, tu n'es guère jaloux de servir ta mère ; on dirait, à te voir là sans bouger, que la foudre t'a paralysé.

— Elle m'a mis du moins hors d'état pour le moment d'être utile à ma bonne mère, » me dit-il tranquillement ; et, sortant sa main droite, qu'il tenait cachée sous sa veste, il me la montra. Elle était complètement noire, et brûlée d'une manière effrayante. Certes, au lieu de le gronder, il fallait rendre pleine justice à son courage et à sa sensibilité ; ce cher enfant, qui devait souffrir horriblement, n'avait pas laissé échapper une plainte dans la crainte d'alarmer sa mère ; il me faisait signe de parler tout bas, ou de ne rien dire. Elle commençait à s'assoupir, et tomba bientôt dans un doux sommeil qui me permit de soigner mon pauvre Ernest et de le questionner sur son accident. Je compris qu'un outil long et pointu qu'il examinait près de la grande fenêtre, se penchant même en avant pour le mieux voir, avait attiré le tonnerre, qui tomba en partie sur la main dont il le tenait, et l'avait mise dans cet état. Il avait aussi sur les bras des traces visibles de l'action du feu électrique, et ses cheveux brûlés d'un côté. Mais comment, et pourquoi le feu s'est-il arrêté, et par quel miracle avions-nous été préservés d'un embrasement subit et général, étant logés dans un arbre ? Notre bâtisse étant en bois très sec et en toile aurait dû prendre feu à l'instant de tous les côtés, et mon fils m'assurait avoir vu le feu électrique suivre l'instrument qu'il tenait, et de là, tomber perpendiculairement en terre, d'où il avait entendu une nouvelle explosion. J'étais impatient d'examiner ce phénomène, et d'aller voir s'il en restait d'autres traces que sur la main de mon fils, qu'il fallait commencer par soigner. Je me rappelai avoir souvent employé avec succès dans les brûlures le plus simple et le plus facile des remèdes, si simple même qu'on n'y pense pas ou qu'on n'y croit pas, mais je saisis cette occasion de l'indiquer et d'en garantir l'efficacité. Ce remède, à la portée de tout le monde, et que les enfants peuvent s'administrer eux-mêmes, est de tremper le membre brûlé dans de l'eau bien fraîche, en ayant l'attention de la changer au moins toutes les huit ou dix minutes. L'eau a la propriété d'attirer la chaleur, et de se charger des particules de feu qui causent de si vives douleurs dans ce genre d'accident : elle les apaise promptement, et lorsqu'on l'administre au premier moment, elle prévient souvent les cloches ou vessies, et en paralyse l'effet : le moindre dessiccatif achève la guérison complète. J'allai donc bien vite prendre un baquet d'eau, dont nous avions toujours provision dans notre réduit; la pluie d'ailleurs continuait à tomber avec une telle violence, qu'il n'y avait qu'à secouer une branche pour en avoir plus qu'il n'en était besoin. J'établis Ernest entre deux cuves de calebasse pleines d'une eau bien fraîche, une autre vide devant lui pour la changer; et l'exhortant à la patience et à la persévérance, je le laissai baigner sa main, et je m'approchai de l'ouverture pour tâcher de découvrir ce qui nous avait préservés et avait changé la direction du tonnerre, qui naturellement aurait dû tuer mon fils et embraser notre demeure. Je ne vis d'abord que quelques légères traces sur la tablette; mais, en regardant mieux, je trouvai que la plupart des outils de chirurgie qu'Ernest avait posés dessus étaient ou fondus ou très endommagés. En les examinant les uns après les autres, j'en découvris un plus long que les autres qui dépassait en dehors la tablette, et qui portait des marques de feu. J'eus quelque peine à le prendre; il était sans doute arrêté par la fusion. En cherchant à le dégager, je m'aperçus qu'il touchait par la pointe en dehors à un gros fil de fer qui avait l'air d'être suspendu au toit de notre tente. Tout alors me fut expliqué, excepté cependant l'existence de ce fil de fer placé là tout exprès pour servir de conducteur au tonnerre. Quel bon génie l'avait accroché là si fort à propos pour nous sauver? c'était pour moi une énigme inexplicable. La soirée était trop avancée pour que je pusse distinguer comment il était accroché et ce qui le fixait au bas. J'eus grande envie d'aller m'en assurer; ma femme dormait paisiblement; Ernest, assis à terre entre des calebasses d'eau, continuait ses immersions, et m'assurait qu'il en était soulagé. Je crus donc pouvoir quitter un moment mes deux malades; je dis à mon fils de m'appeler de sa voix de stentor, s'il en était besoin, je me hâtai de descendre. Je trouvai en passant mes trois jeunes cuisiniers fort occupés à faire le bouillon de leur mère, et m'assurant qu'il serait parfait. Fritz se vanta d'avoir promptement tué la volaille, Jack de l'avoir plumée sans trop l'écorcher, et François d'avoir allumé le feu et de l'entretenir. Il n'y avait plus rien à faire pour le moment, et je les pris avec moi, pour avoir quelqu'un avec qui raisonner sur le phénomène du tonnerre. Nous fîmes le tour du gros arbre; arrivés au pied de ma fenêtre, je cherchai à terre, et j'eus bientôt trouvé un gros paquet de fil de fer que j'avais apporté de Zeltheim, il y avait quelques jours, pour faire une espèce de grillage devant notre basse-cour; je l'avais passé en dedans pour y travailler un jour de loisir, et je l'avais oublié. Par quel hasard se trouvait-il à cette place, et accroché par un des bouts au chevron de notre toit? Depuis longtemps j'avais remplacé notre couverture de toile par une espèce de ramure couverte de morceaux d'écorce d'arbres, cloués sur des liteaux; la toile fermait les côtés et le devant, et le tout aurait dû s'enflammer à l'instant où la foudre était tombée, si un bon ange ne nous avait pas pourvus d'un paratonnerre, le long duquel elle avait glissé. Nous vîmes sur la terre la place où elle s'était enfoncée, et je bénissais de tout mon cœur le Ciel de ce bonheur, auquel je ne pouvais rien comprendre, lorsque le petit François, voyant que j'étais si content, s'approcha de moi et me dit : « Mais est-il bien vrai, papa, que ce soit, comme vous le dites, ce fil de fer qui nous ait tous préservés?

Le Père. Oui, sans doute, mon petit ami, et je te l'expliquerai; mais je voudrais comprendre quel bon génie l'a accroché là-haut.

François. L'aimerais-tu bien si tu le connaissais?

Le Père. Oui sans doute, et je le remercierais mille fois.

FRANÇOIS. (se jetant dans mes bras). Eh bien ! papa, embrasse-le, mais ne le remercie pas, car il ne savait pas si bien faire.

LE PERE. Comment ? ce serait toi ! est-ce possible ? Mais comment as-tu eu cette idée, comment as-tu pu l'exécuter ? explique-moi ce que tu as voulu faire.

FRANÇOIS. Seulement accrocher quelques figues, papa. Pendant que vous étiez à Zeltheim vous et Fritz, Ernest et Jack soignaient maman ; j'aurais bien voulu aussi lui faire un peu de bien, mais je ne savais comment. Je pensais qu'elle aimerait peut-être manger des petites figues de notre gros arbre, qui sont si douces et si bonnes ; il n'en était point tombé, ou le singe les avait toutes mangées. Mais, depuis notre fenêtre, j'en voyais beaucoup aux branches : je ne pouvais pas les atteindre ; je n'avais pas de bâton assez long pour les faire tomber à terre. Je descendis pour chercher quelque chose, et je ne trouvai rien que ce paquet de fil de fer. J'essayai d'en casser un morceau, et ne pus en venir à bout ; je pensai alors à porter en haut le paquet entier, à en replier un bout de manière à faire une espèce de boucle, au moyen de laquelle je pourrais accrocher des figues, et peut-être même avancer une branche assez près de moi pour les cueillir. Tout alla d'abord fort bien : mon paquet de fil de fer était posé sur la tablette ; moi tout à côté, tenant dans ma main le bout que j'avais tordu en boucle, et le dirigeant contre les figues, j'en abattis une ou deux, et, fier de mon succès, je crus pouvoir atteindre une branche que je voyais pendre au-dessus du toit, et qui en était chargée. Allongeant mon bout de fer, je m'avance un peu plus, je le tends vers la branche, et je sens qu'il s'accroche, bien joyeux je tire mon fil, espérant voir descendre la branche, vous savez, papa, qu'elles plient et ne cassent pas. Elle reste immobile à sa place, ainsi que mon fil de fer, qui tenait à l'un des liteaux du toit. Je tire de toutes mes forces, il ne bouge pas, et dans mes efforts pour l'avoir, je pousse du pied le paquet, qui tombe en bas, sans que le fil de fer se détache. Jugez comme il tient bien là-haut, car le saut n'est pas petit de notre maison jusqu'à terre.

LE PERE. Et tu pouvais le faire aussi, petit téméraire, sur cette planche étroite. Pourquoi, Jack, ne l'empêchais-tu pas d'y monter ?

JACK. Bah ! savais-je moi ce que faisait ce petit drôle, et n'avais-je pas à m'occuper de bien d'autres choses! Maman qui rêvait, qui criait, qui voulait se lever, et puis mon voyage de Rhinocéros... C'est pendant que j'étais loin qu'il a fait cette belle œuvre : Ernest était là, mais il ne voit jamais rien.

LE PÈRE. Très belle œuvre en effet, puisqu'elle nous a sauvés. En te remerciant, mon cher petit François ; quoique ce ne fût pas ton intention, tu n'en es pas moins notre libérateur, et je te sais doublement gré d'avoir pensé à cueillir des figues pour ta mère. Dieu t'a inspiré, et s'est servi de la main d'un enfant pour nous sauver. Ton conducteur restera où tu l'as si heureusement placé, nous pourrions en avoir encore besoin. L'orage qui s'était calmé devient plus violent, et le ciel paraît bien menaçant ; remontons auprès de votre mère, et prenez de la lumière. » J'avais imaginé une espèce de lanterne portative faite de colle de poisson, qui nous éclairait très bien dans nos écuries ; de plus, une grosse calebasse trouée avec une bougie en dedans était placée au haut du mât qui formait l'escalier tournant, et l'éclairait en entier ; nous pouvions le descendre sans danger, de nuit comme de jour. J'étais inquiet cependant de la manière dont nous le ferions descendre à ma femme, si nous y étions obligés pendant qu'elle était malade ; je le dis à Fritz. « Ne craignez rien, mon père, me répondit-il, nous en viendrons bien à bout ; Ernest et moi nous sommes forts à présent, et nous porterons maman comme une plume.

LE PÈRE. Passe pour toi, mon enfant, je crois que tu le pourrais avec moi, ou même seul, s'il le fallait, mais ton frère Ernest ne te sera pas, pour le moment, d'un grand secours ; le pauvre garçon est blessé.

TOUS. Blessé ! où, comment, par qui ?

LE PÈRE. Par le tonnerre, qui a fortement brûlé sa main droite.

FRANÇOIS. Voilà ce que je ne lui avais pas permis, à ce tonnerre. Pourquoi mon fil de fer n'a-t-il pas garanti Ernest aussi bien que nous ?

LE PÈRE. Parce qu'il tenait de cette main un outil en fer plus fort et plus pointu que le tien, qui a premièrement attiré la foudre.

JACK. Je n'y comprends rien ; vous nous expliquerez tout cela, papa ; je veux d'abord voir ce pauvre Ernest.

— Et moi aussi, dit Fritz, mais ensuite...» Il s'approcha et me dit très bas à l'oreille : « Vous permettrez bien, mon père, que j'aille ensuite à Zeltheim, voir si la chaloupe et le capitaine n'y sont point arrivés.

LE PÈRE. A la bonne heure, mais j'en doute ; le vent est contraire, et je crains bien plutôt que l'orage ne les ait éloignés, ou peut-être... » Voyant ses frères écouter avec curiosité, je me décidai tout-à-coup à leur apprendre de quoi il était question, en leur enjoignant de n'en pas parler encore à leur mère. Je leur dis en peu de mots ce qui s'était passé. Jack, alors âgé de 14 ans, m'écouta avec un vif intérêt, ses yeux pétillaient de joie et de surprise. « Un vaisseau, des gens d'Europe ! croyez-vous qu'ils viennent nous chercher ? Peut-être y a-t-il de nos parents et de nos amis.

— Que je serais content, s'écria François, si ma bonne grand'maman y était, elle m'aimait tant et me donnait toujours du bonbon ! » C'était la mère de ma femme dont elle s'était séparée avec le plus grand regret ; ce seul mot de notre enfant, qui était le petit favori de sa grand-mère, aurait mis ma femme au désespoir et réveillé toutes ses douleurs. Je le dis à l'enfant, en lui défendant de dire rien de pareil à sa mère, quand même nous lui parlerions du vaisseau.

Nous remontâmes tous auprès d'elle et d'Ernest ; elle était réveillée, son fils était à côté d'elle, sa main enveloppée et moins souffrante, à ce qu'il m'assura ; mais n'ayant pas mis l'eau au premier instant, il avait plusieurs cloches qu'il me pria de percer. Il fallut bien dire à la mère qu'il y avait une brûlure : elle indiqua une foule de remèdes de bonne femme. Chacune a le sien pour la brûlure ; j'hésitais pour savoir lequel j'emploierais, lorsque Fritz, avec un léger signe de l'œil, me dit : « Ne croyez-vous pas, mon père, que les feuilles de karatas, qui guérirent si vite la jambe de Jack, feraient le même bien à la main d'Ernest ? »

— Je n'en doute pas, lui dis-je mais nous n'en avons point aux environs. — Je sais parfaitement où elles croissent, dit Fritz, c'est là-haut contre le rocher ; viens avec moi, Jack, nous serons bientôt là. Nous aurons un peu de pluie, qu'est-ce que cela nous fait ; elle ne nous fondra pas, et nous prendrons un bain. »

Ma femme était partagée entre le désir de soulager Ernest et la

crainte d'une course nocturne par un temps d'orage ; Ernest voulait qu'on attendît au lendemain ; Fritz et Jack ne voulurent rien
entendre. Par accommodement, la mère y consentit, pourvu que
Jack mît le manteau de son père, et Fritz ses bottes, et qu'ils eussent aussi la lanterne de colle de poisson. Ainsi équipés, il se mirent en route à la clarté des éclairs, plus brillants que leur lanterne
La lune, à demi voilée par les nuages, se montrait, de temps en
temps, pour diriger leur marche : je les accompagnai jusqu'au dehors
de notre arbre.

« Ne vous inquiétez pas, mon père, me dit Fritz, si nous ne sommes là que dans trois heures au plus tôt ; nous pousserons le long
des rochers jusqu'à Zeltheim ; je suis curieux de voir ce qui s'y
passe, et si l'on n'aperçoit rien sur le rivage de la mer : ce pauvre
capitaine de vaisseau ne me sort pas de l'esprit. Tâchez d'endormir
ma mère, de tranquilliser Ernest ; nous serons près de vous aussitôt
qu'il nous sera possible, avant minuit, j'espère. Il était alors sept
heures du soir à nos montres ; nous les réglâmes ensemble, je leur
fis promettre de ne pas s'exposer inutilement. Je rentrai le cœur
serré de cette expédition et de tous les événements de la journée :
le sort du vaisseau m'alarmait aussi ; mais celui dont la bonté a su
nous garantir d'un danger imminent ne peut-il pas aussi déployer
sur lui sa miséricorde.

III. — Angoisse. — Perplexité. — Nuit affreuse. — Consolation.

Lorsque je remontai, je trouvai François assis sur le lit de sa mère,
lui racontant l'histoire du tonnerre, du fil de fer, qu'on appelait
un conducteur, des figues qu'il avait voulu cueillir pour elle, et que
papa l'avait appelé lui, le petit François, *le sauveur de toute la famille*, ce dont il paraissait très fier. Ma femme ne comprenait pas
grand'chose à ce récit embrouillé, comme tous ceux des enfants ; et,
dès que je fus entré, elle m'en demanda l'explication. Comme je ne
pouvais guère la lui donner sans y mêler quelques instructions de
physique, science sur laquelle je n'avais pas moi-même des notions
bien étendues ; que sa tête était trop faible encore pour saisir même
le peu que je savais, et que je désirais que Fritz et Jack en profi-
tassent aussi, je me contentai, pour satisfaire un peu sa curiosité, de

lui dire simplement que le tonnerre se forme dans les airs par la combinaison de plusieurs matières inflammables, telles que le salpêtre, le nitre, qui entrent aussi dans la fabrication de la poudre à canon, et produisent par leur explosion des effets semblables, le bruit ou détonation causée par la pression de l'air, le feu ou l'incendie, ou la mort des objets qu'ils frappent. L'homme, ne pouvant à son gré diriger le tonnerre comme il dirige un coup de canon ou de fusil, a fait usage de son intelligence, et d'une science qu'on nomme physique, pour éloigner de ses demeures ce dangereux météore. On a découvert, après beaucoup d'expériences, que ce qui forme le tonnerre est une matière fluide et subtile qui s'unit à presque tous les corps, mais de préférence aux substances métalliques, telles que l'acier, le cuivre, l'argent, etc.,etc., qui ont la faculté de l'attirer, et bien plus sûrement lorsqu'elles se terminent en pointe. D'après cette découverte, on construisit une machine, à laquelle on donna le nom de *conducteur*; c'est un fil d'archal, ou simple ou tressé, attaché au faîte du bâtiment qu'on veut garantir, se terminant en pointe aiguë qui reçoit *la foudre* (nom que l'on donne aussi aux explosions de la matière électrique), et la conduit à terre, ou dans l'eau, si l'on en a assez près. Il paraît, mon cher François, que ton filet aux figues a fait vraiment l'office de conducteur, mais que c'est l'outil pointu, que le pauvre Ernest tenait, qui a décidé de la chute du tonnerre; il rencontra ton fil de fer, et, au lieu de continuer ses ravages dans notre tente aérienne, il l'a suivi tranquillement jusqu'à terre, où nous en avons vu les traces. Ernest partage donc avec toi, et à ses dépens, l'honneur d'avoir sauvé notre demeure et nous-mêmes de l'horreur d'un incendie : je frémis en pensant à la difficulté que nous aurions eu à sauver ta mère...

FRANÇOIS. Mais l'eau éteint le feu, papa, et il pleut si fort.

LE PÈRE. On assure que le feu du tonnerre résiste à l'eau; je ne veux pas te l'assurer, mais du moins il embrase avec une telle promptitude, que l'on parvient difficilement à l'éteindre.

ERNEST. Je crois en effet, mon père, que l'eau n'y fait pas grand'chose; ma main me fait encore bien mal.

LE PÈRE. D'abord, mon cher, nous l'avons employée un peu tard, tu souffrais comme Scévola, de courageuse mémoire, sans dire un mot; l'action du feu, n'étant point adoucie ni attirée au-dehors, a travaillé dans les chairs et soulevé la peau. Il est possible aussi que cette brûlure, causée par la fermentation de matières si subtiles, et accompagnée d'un violent coup électrique, soit plus douloureuse qu'une autre. En attendant les feuilles de karatas que tes frères sont allés te chercher, et dont j'ai grande opinion, je vais te faire préparer par François une application qui du moins soulagera la douleur. » J'allai chercher quelques pommes de terre crues, j'appris à François à les râper avec un couteau, et à mettre cette râpure autour de la main d'Ernest, qui s'en trouva bien.

Pendant ce temps-là j'examinai le pied de ma femme, qui la faisait aussi souffrir; il était enflé et meurtri; je le bassinai avec une eau vulnéraire que je trouvai dans la caisse aux médicaments. Elle ne tarda pas à tomber dans un doux sommeil. Ernest et François suivirent bientôt son exemple, l'un appuyé sur le pied de son lit, l'autre à côté d'elle, et je restai seul avec mes inquiétudes, mais heureux de les voir tranquilles après une soirée aussi agitée. Elle l'était encore pour moi, et le devenait à chaque instant davantage : les heures s'écoulaient, et mes fils ne revenaient point! Continuellement devant ma fenêtre, écoutant si je n'entendais point leurs voix ou leurs pas, regardant si je n'apercevais point leurs figures entre les arbres, je n'entendais que la pluie tombant par torrents, les vagues se brisant contre les rochers, et le vent soufflant alors avec une violence vraiment effrayante. Mon imagination me représentait tous les dangers que pouvaient courir mes enfants dans ce voyage nocturne, devant traverser deux fois un ruisseau grossi sans doute par cette pluie continuelle, pour chercher le karatas qui croissait contre la paroi des rochers; ils avaient sans doute pris ce chemin, et Fritz, décidé à aller à Zeltheim, aurait continué sa route de ce côté, ce qui l'obligeait à passer le ruisseau à gué sur des pierres glissantes, et de nuit. Je n'étais pas très en peine de Fritz, grand garçon de dix-neuf ans, fort et vaillant, et de plus, déterminé chasseur, c'est-à-dire ne craignant ni la peine, ni la pluie, ni la fatigue, ni les orages, et sachant d'ailleurs très bien nager ; mais mon petit Jack, hardi jusqu'à la témérité, bravant tous les dangers, et n'ayant ni la force ni l'expérience nécessaires pour s'en garantir, je le voyais s'élancer le premier dans le ruisseau, glisser, tomber, entraîné par le courant, assez rapide à cette place, et son frère ne pouvant le secourir dans l'obscurité, et n'osant pas revenir sans lui auprès de nous. D'autres fois mon imagination me les représentait se hasardant tous deux dans mon canot, pour aller au secours de la chaloupe ou du vaisseau qu'ils avaient peut-être vu en détresse, et chaque vague que j'entendais se briser contre les récifs me paraissait celle qui devait submerger leur frêle embarcation. Ah ! combien le cœur d'un père est sujet à s'alarmer, et que le mien souffrait pendant cette longue attente! Que de réflexions amères et douloureuses sur notre situation isolée, sur les dangers de toute espèce dont nous étions entourés ! Jusqu'alors tout nous avait si bien réussi, tout avait été pour nous si facile et si prospère, que l'idée du mal et du danger s'était à peine offerte à ma pensée; mais tout a son tour dans la vie, et celui du malheur me semblait arrivé pour nous. Que de tourments, que d'anxiétés depuis vingt-quatre heures ; et sûrement ils ne sont pas près de finir! De minute en minute la tempête augmentait de violence, et devint enfin un véritable ouragan. Si notre arbre avait été moins immense, il aurait pu être renversé, et j'en avais toute la crainte ; j'en entendais tomber à chaque instant autour du mien : heureusement les branches étaient si épaisses et si entrelacées au-dessus de nous, que le vent, quelque terrible qu'il fût, ne pouvait y pénétrer; peut-être aussi que les poutres et les planchers dont notre demeure était composée, retenus à l'arbre par des grands clous et des crampons de fer, contribuaient à les fortifier; mais ce qu'il y a de bien sûr encore, c'est qu'un Dieu puissant et miséricordieux veillait sur nous, et nous préserva de la destruction. Prosterné devant lui je l'invoquai pendant cette nuit, la plus terrible, la plus affreuse dont on puisse se faire une idée ! Qu'on se représente, s'il est possible, ma situation : perché à plus de quarante pieds de hauteur, sur un arbre dont j'attendais la chute d'un moment à l'autre, et qui renfermait trois êtres chéris, hors d'état de m'aider et de s'aider eux-mêmes, deux estropiés et le troisième encore enfant, deux autres fils en butte aux éléments déchaînés, privés déjà peut-être de la vie, et moi, moi leur père, ne pouvant aller à leur secours, et m'assurer au moins qu'ils existaient! Ma femme, toujours sous l'influence des gouttes narcotiques que je lui avais fait prendre, se réveillait cependant à demi de temps en temps, lorsque quelque éclat de la tempête se faisait entendre, et me glaçait de terreur. Elle

m'appelait alors avec effroi : « Qu'est-ce cela? Qu'arrive-t-il? » Je
cherchais à la calmer, et j'y réussissais facilement ; ses idées étaient
vagues, incohérentes ; elle ne s'informait pas de ses enfants, qu'elle
croyait tous auprès d'elle, les nommait au hasard, et retombait endormie. François était couché auprès d'elle et ne se réveilla point ;
mais Ernest ne tarda pas à me donner une nouvelle inquiétude.
Lorsqu'il sut que ses frères n'étaient pas revenus, et qu'il entendit
l'affreux sifflement des vents, les torrents de pluie, le bruissement
des vagues s'élevant comme des montagnes contre les falaises, le
roulement du tonnerre, je crus que le flegmatique Ernest deviendrait fou de désespoir ; tout son égoïsme, toute sa paresse avaient
disparu. « Je veux aller chercher mes frères, me disait-il, dussé-je
périr avec eux ! C'est pour moi, pour chercher ces maudits karatas,
qu'ils sont allés s'exposer à ce danger : je veux, je dois le partager
avec eux ; » et sans s'embarrasser de sa main brûlée, dont il arracha l'apareil, il voulait sortir. Je fus obligé de le retenir de force, et
de faire parler aussi l'autorité paternelle ; je le lui défendis positivement ; et, pour lui ôter au moins le remords d'être la seule cause
du danger de Fritz et de Jack, je lui racontai l'histoire de la chaloupe et du vaisseau qu'il ignorait encore, et j'y gagnai d'occuper
quelques instants son intention. Je dis qu'ils avaient montré un
grand désir d'aller à Zeltheim, voir si l'on n'apercevait aucune trace
des malheureux marins et de leurs bâtiments exposés sur cette mer
en furie... « Et Fritz aussi y est exposé ! s'écria Ernest ; je le connais, il voudra tout braver ; je parie qu'il est en ce moment dans le
canot, luttant contre les vagues ! »

— Et Jack, mon pauvre Jack? m'écriai-je à mon tour douloureusement.

— Non, non, mon père, me dit Ernest, fâché de m'avoir alarmé,
soyez tranquille, Fritz n'aura pas été aussi imprudent ; il aura laissé
Jack dans notre maison du rocher ; lui-même, ne pouvant tenir la
mer dans notre canot, y sera rentré, ils attendent là sûrement que
l'orage se calme un peu pour revenir. De grâce, mon père, permettez-moi d'y aller ; je connais le chemin d'ici à Zeltheim comme
cette chambre, que voulez-vous qu'il m'arrive? d'être un peu
mouillé, vous m'avez ordonné l'eau froide sur ma brûlure, cela la
guérira. »

Je ne savais comment combattre un sentiment si naturel, et que je comprenais si bien, moi qui depuis deux heures luttais contre le désir ardent d'aller au-devant de mes enfants; mais exposer mon troisième fils, je ne pouvais non plus m'y résoudre. J'eus l'idée de lui laisser le soin de veiller sur sa mère; mais pendant mon absence s'il arrivait quelque malheur... Malgré le conducteur de François, la foudre pouvait tomber au faîte de notre arbre et l'embraser; une des grosses branches cassées par la violence du vent pouvait l'écraser. Déjà notre grande toile, au-devant de l'ouverture, avait été déchirée en mille pièces et emportée; une pluie qui donnait l'idée du déluge, chassée par les tourbillons, entrait dans notre chambre, et jusque sur le lit où ma femme et mon enfant étaient couchés. Au moindre signal de destruction je pouvais les emporter, les déposer entre nos racines couvertes; Ernest avec sa main blessée ne l'aurait pas pu, et cette pensée me retint : mais l'idée d'envoyer encore un de mes fils au milieu de cette tourmente, ne pouvant être d'aucune utilité à ses frères, m'était également insupportable. Je conjurai Ernest de m'épargner cette nouvelle inquiétude, au moins jusqu'au moment où le point du jour éclairerait la route ; la nuit était alors si obscure qu'il aurait pu la manquer et s'égarer. Il se rendit à mes raisons, et me fournit la preuve que, si quelque situation ou quelque sentiment peut l'emporter momentanément sur le caractère et les habitudes, on y revient bientôt. Ernest, en cherchant à me rassurer, s'était rassuré lui-même. Convaincu que ses frères étaient en sûreté, et mieux que nous, dans notre solide demeure des rochers, il se tranquillisa, me pria de remettre sur sa main de là pâte de pommes de terre, et puis se coucha paisiblement au pied du lit de sa mère, en m'exhortant à aller aussi me reposer dans le hamac de Fritz en attendant le jour, me faisant promettre cependant de le réveiller alors si par *malheur* il s'endormait, et ce *malheur* ou ce *bonheur* ne lui manqua pas.

Il en fut autrement de moi, et le sommeil n'approcha pas mes paupières. A ma détresse se joignit encore la crainte d'avoir donné à ma femme une trop forte dose d'opium; son sommeil me paraissait trop pesant et trop continuel. Je lui fis respirer des sels que j'avais trouvés dans la caisse des médicaments; ils ne la réveillèrent pas, mais occasionnèrent quelques mouvements qui me rassurèrent. Dans le fond je bénissais le ciel de ce qu'elle ne partageait pas mon tourment sur nos fils, et sur la tempête qui augmentait au lieu de diminuer, et semblait devoir tout détruire. Je voyais en idée nos plantations ravagées, nos récoltes anéanties, obligés de recommencer sur nouveaux frais, et n'ayant peut-être pas assez de provisions pour nourrir ma nombreuse famille; qui m'assure encore qu'elle n'est pas déjà diminuée de deux objets chéris! J'étais tout près alors de murmurer contre la Providence et de me livrer au désespoir; mais j'adressai ma prière à celui qui mesure le vent à la brebis tondue, et qui sait mieux que nous ce qui nous est bon.

Cette prière, faite avec confiance, zèle et sincérité, fut sans doute entendue ; en me relevant il me parut que la tempête s'était un peu apaisée ; le vent et la pluie avaient diminué de violence. Quelque temps après, le jour commença à paraître; et, pour tenir ma promesse à Ernest, je le réveillai ; il faut lui rendre justice, il fut bientôt sur pied et prêt à aller à Zeltheim chercher ses frères. Je renouvelai le pansement de sa main; il la plaça dans sa veste, comme dans une écharpe, et se mit en route : je le suivis des yeux aussi loin qu'il me fut possible. La contrée entière ressemblait à un lac, et le sentier qui conduisait à Zeltheim, au lit d'un ruisseau; mais avec ses bonnes guêtres de peau de buffle il ne s'en embarrassait guère, et fut bientôt hors de ma vue. Mes vœux ardents l'accompagnaient pour qu'il trouvât ses frères, et pour les réunir tous trois sur mon sein et dans mes bras; ils furent exaucés, et notre Père céleste daigna dans sa grâce avoir pitié des angoisses d'un cœur paternel.

Après être encore resté quelque temps devant la fenêtre à contempler les désastres de l'orage, j'entendis ma femme qui m'appelait ; elle sortait de son sommeil presque léthargique et cherchait à rassembler ses idées. Son cher François, qui se réveilla aussi, et qui l'accabla de caresses, l'occupa d'abord entièrement; elle pensa ensuite aux aînés. « Où sont Fritz et Jack? dit-elle en regardant dans la chambre et les hamacs vides.

— Ils sont allés, dis-je, cueillir des feuilles de karatas pour la brûlure d'Ernest, et il a voulu y aller aussi.

LA MÈRE. Quoi! quelle brûlure? (Son sommeil si profond la lui avait fait oublier.)

FRANÇOIS. Celle du tonnerre, maman, de ce méchant tonnerre qui nous aurait tous brulés sans mon fil de fer qui nous a préservés, excepté le pauvre Ernest, parce qu'il tenait à la main un outil pointu, plus fort que mon conducteur; tu sais bien ce que papa nous a expliqué. »

Je laissais jaser cet enfant pour gagner du temps. La bonne mère s'inquiétait de cette brûlure; elle savait une foule de remèdes pour cet accident, qu'il aurait fallu employer; et puis elle se tranquillisa en pensant qu'il n'avait pas beaucoup de mal, puisqu'il avait pu aller chercher les feuilles de karatas. « Ce n'est pas bien loin, ajouta-t-elle; j'y suis souvent allée en cueillir avec François, pour avoir du fil. Depuis que j'en ai de phormion, comme tu appelles le lin de ce pays, je les ai un peu négligées; j'en avais auparavant toujours en provision. Pauvres enfants, comme ils seront mouillés ! Je suis impatiente de les voir revenir. »

« Pauvre mère ! pensais-je, si tu savais depuis combien de temps je souffre le tourment de cette cruelle attente, comme tu serais malheureuse ! » Elle croyait qu'ils étaient partis seulement depuis que le jour était levé. Au moment même des voix connues et chéries se firent entendre sous la grande fenêtre. « Mon père, je vous ramène mes frères, criait Ernest. — Oui, papa, nous voici tous en vie. — Et mouillés comme des poissons, ajoutait Jack, avec sa douce voix. — Mais non pas sans peine, disait Fritz, avec sa voix mâle et complètement formée.

— Mes enfants, mes enfants, vous m'êtes donc rendus ! m'écriai-je avec ravissement; que le ciel en soit béni! » Je me précipitai dans l'escalier tournant au-devant d'eux; et, après les avoir tendrement embrassés tous les trois, je les menai près du lit de leur mère, qui ne comprenait rien à l'excès de ma joie. « Chère Elisabeth, lui disais-je, voilà nos fils; Dieu nous les donne une seconde fois.

La Mère. Avons-nous donc couru le danger de les perdre, ces chers enfants ? Vous est-il arrivé quelque chose de fâcheux? dit ma femme avec inquiétude.

— Oui, maman, dit Jack; malgré le manteau de papa je suis mouillé jusqu'aux os, et mes frères, qui n'en avaient point, le sont bien plus que moi.

— Allez vous coucher, mes enfants, leur dis-je; tâchez de vous sécher et de dormir quelques heures, après quoi vous nous conterez votre course. » Quoique ma curiosité de savoir ce qui leur était arrivé fût très grande, elle céda à ma crainte que l'humidité et le manque de repos ne leur fissent du mal ; je voulais d'ailleurs prévenir ma femme sur ce qu'elle allait apprendre par leur récit, et lui parler enfin du vaisseau.

« Et la main d'Ernest, s'écria Jack, ne voulons-nous pas la guérir ? Je ne veux pas avoir apporté pour rien ce gros paquet de karatas ; il le jeta par terre. En voilà pour trente-six tonnerres au moins ; je vais arranger cela, moi qui en ai mis sur ma jambe, je sais comme la chose se pratique ; » et sortant son couteau il partagea bien vite une des feuilles dans son épaisseur, en ôta l'épine triangulaire qui est au bout, l'appliqua sur la main de son frère, l'enveloppa d'un mouchoir, en lui disant plaisamment comme les charlatans : « *Avec mon baume je m'en moque*, demain tu pourras travailler comme tu travailles toujours, je te le promets. » Cela fait, le petit moqueur déshabillé dans un clin d'œil alla se jeter dans son hamac ; ses frères en firent autant, et en moins de dix minutes tous trois ronflaient à qui mieux mieux.

Moi je m'établis sur le lit de ma femme, qui ne comprenait rien à ce qu'elle entendait et voyait. « Es-tu fou, me dit-elle, de renvoyer ces trois garçons au lit parce qu'ils ont fait une demi-heure de chemin et reçu un peu de pluie ? Tu m'accuses de les gâter, mais ce n'est pas à ce point-là : les faire coucher de jour quand il y a tant à ranger ici ! Regarde cette chambre. » En effet, elle était remplie d'eau et de feuilles que le vent y avait jetées.

Le Père. François peut la nettoyer, chère amie ; il a bien dormi cette nuit, tandis que ses frères, du moins Fritz et Jack, étaient exposés à toute la fureur de l'orage.

La Mère. Pourquoi ! comment ? Je ne me rappelle pas... Ma tête est si embrouillée, si pesante. Raconte-moi, je te prie, tout ce qui s'est passé depuis ce tonnerre qui a brûlé mon pauvre Ernest ; j'ai dormi si fort et si longtemps que je ne me souviens de rien.

Le Père. Je prendrai mon récit de plus loin, chère amie ; puisque, Dieu soit loué, tu n'a plus de fièvre, je veux tout t'apprendre. » Je commençai par le matin où j'avais, avec ma lunette, vu un vaisseau en mer à peu de distance de l'île ; je parlai de ma résolution de me rendre au rivage sans en rien dire à aucun des miens, pour ne pas

leur donner un espoir trompeur dans le cas où cette ressource nous
échapperait.

LA MÈRE. Qu'appelles-tu une ressource, cher ami? tu ne pensais
pas sans doute à la possibilité qu'il échouât comme le nôtre, et à en
tirer parti?

LE PÈRE. Non certainement, mais je songeais, en cas de malheur,
au moyen de pouvoir sauver l'équipage, et, dans le cas contraire, à
retourner tous ensemble en Europe.

LA MÈRE. Oh! pour cela je m'y opposerai autant que je pourrai.
Il faudra bien t'obéir si tu le veux absolument; mais je déclare que
ce sera bien malgré moi que je quitterai cette île où nous avons un si
bon établissement, où rien ne nous manque à présent que j'ai du lin,
du coton et un rouet; où nos fils mènent une vie active, simple, à
l'abri des tentations, des vices, des mauvais exemples, et sans être
obligés de nous quitter pour aller se perdre dans le monde. Et
pourquoi retourner en Europe? Si toutefois nous évitons les dangers
d'une longue navigation qui me fait frémir, si nous ne sommes pas
j tés encore sur quelque île habitée par des anthropophages tandis
que dans cette chère île, que le bon Dieu a faite tout exprès pour
nous, nous en sommes bien à l'abri puisque depuis quatre ans il
n'en a pas paru un seul. Et que trouverons-nous dans cette Europe
où il faut tant d'argent pour vivre? la misère, les guerres, et rien de
tout ce que nous avons ici en abondance.

FRANÇOIS. Nous y retrouverions grand'ma... » Il s'arrêta tout-à-
coup, se rappelant ma défense de parler de sa grand'mère; mais
ma pauvre femme l'avait compris à demi-mot, et ses yeux se remplirent de larmes. « Tu as bien raison, mon cher petit, lui dit-elle,
c'est le seul regret que j'aie, le seul motif qui pourrait me décider à
retourner dans notre patrie; et qui sait encore si je retrouverais
cette bonne mère! Elle était âgée, maladive, et sans doute elle habite à présent le ciel, et veille sur nous dans cette île comme en
Europe. Il n'y a plus ni distance ni séparation pour les âmes bien-
heureuses, et j'ai souvent pensé que notre Dieu, qui est si bon, ac-
corderait aux bonnes mères d'être les anges tutélaires des enfants
qu'elles ont laissés ici-bas, et que la mort même ne me séparera pas
des miens.

FRANÇOIS. Je veux donc être bien sage, puisque ma grand'maman me voit, pour ne pas la chagriner. »

Ma femme embrassa tendrement son fils bien-aimé. Ce commencement d'entretien l'avait si fort agitée, que, craignant le retour de la fièvre, je m'approchai et lui fis prendre une potion calmante d'éther et d'eau de fleur d'oranger que je trouvai dans la caisse, puis je continuai mon récit.

IV. — Suite de l'entretien. — Voyage de Fritz et de Jack.

« Je vois, chère amie, dis-je à ma femme, quand elle fut remise, que tu n'as nulle envie de quitter notre île ; tes fils pensent comme toi, du moins Fritz m'a tenu exactement le même langage : Jack et François n'ont point encore de volonté, et sont bien partout avec nous ; Ernest est le seul qui désirerait peut-être de retourner au pays des sciences ; mais encore sa paresse et son attachement pour nous l'emporteront, et il aimera mieux rester où il est.

LA MÈRE. Et toi, mon ami, tu ne me dis pas ce que tu préfères ?

LE PÈRE. Tout ce qui peut faire le bonheur de ceux que j'aime ; tout ce que mon Dieu veut de moi, le lieu où il m'a placé dans sa bonté, et sans doute c'est ici qu'il veut que nous restions. Il n'y a nulle apparence que le capitaine Jonhson ait hasardé avec une telle tempête de s'approcher d'une côte remplie de récifs et d'écueils ; pourvu encore qu'elle ne lui ait pas été fatale, et que son vaisseau ballotté par les vents ne se soit pas brisé ; je suis impatient de savoir si Fritz n'en a vu nulle trace ; c'est là, c'est au rivage de Zeltheim que lui et Jack ont passé la nuit.

LA MÈRE. Et ils ont bien fait, ces courageux enfants ; ils auraient pu au moins donner quelques secours aux naufragés, les placer dans notre maison des rochers ; peut-être qu'ils y sont tous à l'abri ; nous en aurions bien soin, n'est-ce pas ?

— J'aime à te voir ce sentiment d'humanité, qui l'emporte même sur la faiblesse maternelle. Tu es plus courageuse que moi, chère Elisabeth ; j'ai passé la nuit entière à gémir du danger de mes fils, et toi, femme vraiment chrétienne, tu ne penses qu'au service qu'ils pouvaient rendre à leurs semblables. »

Ma modeste compagne repoussa mes éloges. « Je n'ai pas, comme toi, me dit-elle, entendu toute la nuit mugir les vents et la mer, je dormais paisiblement pendant que tu étais en proie aux plus cruelles angoisses; et c'est pour moi, pour ne pas me quitter que tu n'es pas allé toi-même à leur secours. Quand je vois là mes quatre fils pleins de vie, il m'est facile d'approuver leur témérité; toi, tu ne voyais que leur danger. »

François était allé auprès d'eux; il les réveilla, et bientôt ils vinrent nous joindre. « Eh bien! mon fils, dis-je à l'aîné, raconte-moi où et comment tu as passé cette terrible nuit. Mais d'abord sais-tu quelque chose du vaisseau et de la chaloupe?

FRITZ. Rien, mon père; mais il me paraît impossible qu'ils aient pu résister à la fureur des vagues, qui s'élevaient comme des montagnes.

JACK. Et ces montagnes-là ne restent pas à leur place comme les autres, elles arrivaient au galop pour engloutir le grand Fritz, le petit Jack et leur beau canot d'écorce.

— Grand Dieu! s'écria ma femme, dont tout le courage s'évanouit à cette image, malheureux enfants, vous hasarder ainsi de nuit sur une mer en fureur!

LE PÈRE. Fritz, je vous l'avais défendu.

FRITZ. Mais vous m'aviez dit aussi : *Faites aux autres ce que vous voudriez qu'il vous fût fait à vous-même.* Quel bonheur c'eût été pour nous, quand notre vaisseau échoua, de voir arriver un canot!

JACK. Et deux hommes courageux venant à notre secours.

ERNEST (riant.) Deux hommes! pauvre petit Jack, dis plutôt un homme et demi.

JACK. Bah! cette demie vaut bien un trois-quarts, paresseux. On est mieux, n'est-ce pas, sur un bon matelas et sous une couverture que sur le lit de la mer et sous la vague. »

Ernest rougit de colère; il allait frapper son frère, mais je le retins : « Paix, paix, m'écriai-je, il n'est pas bien à toi, Jack, d'insulter ton frère, blessé et souffrant, et qui, malgré son mal, voulait à toute force vous aller joindre. » Alors Jack, dont le cœur est excellent, s'approcha d'Ernest pour l'embrasser, mais celui-ci le repoussa en l'appelant drôle. Jack allait répliquer. « Allons, qu'on se taise, dis-je de ma grosse voix ; et toi, Fritz, prends ton histoire depuis le commencement, au moment où vous m'avez quitté.

FRITZ. Nous allâmes d'abord droit aux rochers où croissent les karatas pour les distinguer pendant qu'il faisait encore un peu de jour, mais il pleuvait tellement, et l'eau rendait les longues herbes si glissantes, que Jack tombait à chaque instant. Enfin nous arrivâmes aux rochers ; il jeta son manteau, grimpa comme un singe sur le roc, et cueillit des karatas, qu'il me jetait à mesure, et que je mettais dans le sac que nous avions apporté. Si seulement ces bonnes feuilles n'avaient pas trois diables d'épines au bout ! Le pauvre Jack avait tous les doigts en sang, mais cela ne l'arrêta pas.

Ernest alors s'avança et tendit sa bonne main à son frère avec un touchant regard d'amitié et de reconnaissance, et la paix fut rétablie. La main de Jack portait en effet des traces d'égratignures récentes. Fritz continua sa narration ; je pensai que ce n'était pas sans dessein qu'il avait fait mention des épines, et je lui en sus gré.

FRITZ. Quand notre sac fut rempli, nous continuâmes notre route le long du rocher, pour gagner Zeltheim ; les saillies avancées nous mettaient un peu à l'abri de la pluie, que le vent chassait du côté de la mer, sur laquelle s'avançaient des vagues effrayantes. De cette hauteur, je cherchais à découvrir si je n'apercevais point le vaisseau, mais il faisait trop nuit et je ne pus rien distinguer. Une fois seulement, je crus voir dans un grand éloignement une lumière fixe qui ne me parut être ni une étoile ni un éclair ; souvent elle disparaissait, et puis reparaissait à peu près à la même place. Nous arrivâmes à la nuit presque close à la cascade que nous entendions de loin malgré le bruit de l'orage, ce qui nous fit juger qu'elle était fort grossie par la pluie qui tombait sans relâche ; en effet, elle l'était au point que les grosses pierres qui nous aidèrent à passer le ruisseau étaient entièrement cachées par une écume bouillonnante. J'aurais peut-être entrepris de le franchir si j'avais été seul, mais avec Jack c'était impossible ; je ne voulus pas même essayer de le prendre sur mes épaules comme il en avait envie.

JACK. C'est que j'aurais été là comme dans un observatoire, et j'aurais pu passer le ruisseau sans mouiller mes jambes.

FRITZ. Oui, et tomber au milieu du torrent en m'entraînant peut-

être ; il est heureux que je sois plus prudent que toi. Je pris donc
le parti le plus lent, mais le plus sage, celui de suivre le cours du
ruisseau jusqu'au pont de Famille. Nous y parvînmes avec bien de
la peine, la terre remuée depuis peu pour nos plantations et nos se-
mailles, détrempée par la pluie, enfonçait sous nos pieds, et nous y
étions quelquefois jusqu'aux genoux ; mais arrivés au pont, jugez de
notre consternation !...

LE PÈRE. Mon pont détruit ! impossible ! des poutres si fortes, dé-
passant le lit du ruisseau de plusieurs pieds, assurées par des quartiers de roc et d'énormes troncs d'arbres.

FRITZ. Je ne vous ai pas dit qu'il fût détruit, mon père, et comme
vous, je le crois impossible ; mais le lit du ruisseau, resserré à cette
place, grossissait tellement l'eau, qu'elle passait par-dessus les
planches et les cachait si entièrement que je crus d'abord qu'il n'y
était plus. Je dis alors à Jack de retourner à Falkenhorst avec le sac
de karatas, et que j'allais me jeter à l'eau et la traverser à la nage.
Je le crus parti et je remontai une centaine de pas pour trouver une
place plus étendue et moins rapide : je m'y jetai et fus bientôt à
l'autre bord. Jugez de ma surprise en voyant venir au-devant de
moi une figure humaine, je ne doutai pas que ce ne fût le capitaine,
et.....

JACK. Et c'était le capitaine Jack, sans peur et sans reproche, qui
ne pouvait se résoudre à retourner à la maison comme un poltron
qui a peur de l'eau. Lorsque Fritz se fut éloigné je revins tâter le
pont, et je sentis qu'il n'y avait pas assez d'eau sur les planches
pour risquer de me noyer ; j'ôtai vite mes bottes qui pouvaient me
faire glisser, mon manteau qui était trop pesant, et le sac de karatas ; prenant mon élan, je courus bien fort, et me trouvai sans accident, de l'autre côté du pont. Je remis mes bottes, que je portais
dans mes mains, et j'allai au-devant de M. Fritz, qui me cria de tant
loin qu'il me vit : « Est-ce vous, monsieur le capitaine? » Je voulais lui répondre « *Oui, sans doute,* » en faisant la grosse voix, mais
je riais si fort, que je ne le pus pas, et qu'il m'eut bientôt reconnu.

FRITZ. A mon grand regret; j'aurais bien mieux aimé que ce fût le
capitaine Johnson, je n'aurais pas la crainte qu'il ne fût avec ses
gens au fond de la mer.

LE PÈRE. Je le crains aussi ; cependant le vent soufflait de terre et doit l'avoir poussé au large en pleine mer, ce qui est moins dangereux que les récifs qui bordent toutes les côtes. Continue ton récit.

— Après que Jack m'eut conté sa prouesse, nous allâmes à Zeltheim, d'abord à notre maison pour nous procurer du feu et de la lumière. Je battis le briquet, et avec de l'amadou de karatas j'eus bientôt allumé au foyer de la cuisine un bon fagot, qui nous fit grand bien ; le passage du ruisseau nous avait complètement inondés. Quand nous fûmes un peu séchés et restaurés d'un peu de vin, que nous trouvâmes sur la table, restant de la collation que vous aviez offerte au lieutenant, nous nous occupâmes à préparer un signal afin d'avertir le vaisseau que nous étions là pour le recevoir. Je pris au magasin une des plus grandes cannes de bambous, j'attachai fortement à l'un des bouts la lanterne de colle de poisson que vous nous aviez fait prendre, je remplis d'huile la lampe, j'y mis une grosse mèche de coton qui donnait beaucoup de clarté, je l'allumai, et nous allâmes la planter, Jack et moi, sur le rivage, à l'entrée de la baie.

LE PÈRE. Très bien, mes enfants, je vous sais gré de cette bonne idée ; mais, par cet effroyable vent, votre signal ne sera pas longtemps resté debout.

ERNEST. Ne pensez-vous pas, mon père, que signal n'est pas le mot, et que c'était un *fanal* ?

JACK. Et moi je dis que c'était un *signal*, puisqu'il devait faire signe aux vaisseaux. Qu'as-tu à répondre, monsieur le savant ?

LE PÈRE. Et moi je dis qu'Ernest a raison et profite mieux que nous de ses lectures ; car je me suis aussi servi du mot impropre, *signal*, qui ne peut s'employer que lorsqu'on est convenu réciproquement de ce moyen de s'entendre. Par exemple, le canon donne le signal du départ ou le signal de la détresse. Mais ici c'est le cas d'employer le mot de *fanal;* un feu attaché sur un endroit élevé pour éclairer la marche des marins, porte toujours ce nom.

FRITZ. Eh bien ! donc notre fanal, *puisque fanal il y a*, ne s'est point éteint, n'a point été renversé, et s'il n'a pas été utile au vaisseau, il nous l'a été pour notre navigation nocturne. Après l'avoir bien assuré droit au-devant du rocher de la baie, où le vent de terre ne donne pas, enfoncé en terre, de trois ou quatre pieds, et assujéti avec des pierres, nous allions nous reposer auprès de notre feu de ce long et pénible travail, et nous sécher un peu avant de reprendre le chemin de Falkenhorst, lorsque nous vîmes assez distinctement la même lumière que nous avions déjà vue depuis les rochers, mais qui nous parut plus rapprochée. Au même instant nous entendîmes une espèce de ronflement, qui ne nous parut pas être celui du tonnerre, mais du canon ; il se répéta trois ou quatre fois à des intervalles plus ou moins éloignés. C'est le vaisseau qui nous appelle à son secours, dis-je à Jack. — Eh bien ! allons-y, me répond-il.

— Mon père nous l'a défendu, repris-je, mais il a dit aussi qu'il faut s'aider les uns les autres, que l'Evangile le commande, et qu'il faut obéir à ses ordres, même avant de suivre ceux d'un père ; le nôtre sera bien content et nous pardonnera si nous lui amenons demain matin le capitaine, le lieutenant, et tous ceux qui auront pu entrer dans notre canot.

— Si nous prenions la pinasse, me dit Jack, tout l'équipage y pourrait tenir et nous aurions aussi des canons pour leur répondre.

» Je lui répondis que nous ne pourrions jamais à nous deux la mettre à flot et la diriger, et quant aux canons, il nous serait plus difficile encore de les charger, n'ayant ni poudre ni balles avec nous. Mais notre canot n'avait aucun de ces inconvénients, il était si léger et si bien construit qu'il pouvait résister aux vagues, et que les outres de peaux de chiens marins dont vous avez garni les côtés le tiennent dans un parfait équilibre. Nous le montâmes donc avec courage, et, nous aidant des rames, il fut bientôt dans la baie ; après quoi la voile, enflée par le vent de terre, nous suffit de reste, et nous n'eûmes plus besoin de ramer. Je m'assis au gouvernail, mon fanal nous éclairait suffisamment, et sans la pluie qui tombait par torrents sur nous, les vagues qui passaient sur le canot, notre inquiétude sur le vaisseau et sur vous, et la crainte d'être poussés par le vent en pleine mer, notre promenade maritime aurait été délicieuse. N'est-ce pas, Jack, qu'il est charmant d'être en bateau ?

JACK. Oui, oui, quand il fait beau et que nous sommes tous ensemble ; j'aime bien autant à présent être couché dans mon hamac qu'au fond du bateau, sous une vague. C'était pourtant drôle à voir, papa, quand elles arrivaient comme des géants, et qu'elles passaient par-dessus nous sans renverser le canot ; il était quelquefois tout penché de côté, et puis il se relevait et penchait de l'autre ; il montait, il descendait, c'était comme une danse, mais qui me fatiguait bien un peu.

LE PÈRE. Je suis un peu en peine de savoir comment vous aurez viré de bord pour revenir, ayant le vent contraire

FRITZ. Cela eût été difficile en effet, si je n'avais pas alors plié la voile, au moyen des cordes que vous y aviez attachées. Lorsque nous fûmes sortis de la baie, je vis que la direction du vent nous conduisait vers le petit îlot de sable où mon gros requin alla mourir et où nous tuâmes tant de mouettes ; il est au-devant de la baie, et forme ainsi deux entrées. Je me proposai d'en faire le tour et d'y descendre, s'il nous était possible, pour voir de là si nous apercevrions le vaisseau ou la chaloupe ; mais nous ne le pûmes pas, la mer était trop haute ; nous n'aurions su d'ailleurs où amarrer notre canot, n'y ayant pas un seul arbre sur cet îlot, ni rien où l'on pût l'attacher ; les vagues l'auraient bientôt entraîné. On ne voyait plus la lumière que nous avions cru venir du vaisseau, on n'entendait plus ce que j'avais pris pour le canon, l'orage augmentait. Je pensai à vous, mes chers parents, à votre inquiétude ; l'heure où nous avions promis de revenir était passée depuis longtemps, je me décidai donc à rentrer par l'autre côté de la baie, en tâchant d'éviter le courant, qui nous aurait rejetés en pleine mer : c'est alors que je pliai les voiles et qu'à force de rames je revins au port. Après avoir soigneusement attaché le canot, nous prîmes, sans revenir à Zeltheim, le chemin de Falkenhorst ; nous traversâmes le pont comme Jack avait fait ; les planches s'étaient écartées, l'eau courant entre deux rendait le passage moins difficile, en prenant quelques précautions : nous retrouvâmes de l'autre côté le manteau de caoutchouc et le sac de karatas que Jack y avait laissés, et peu après nous vîmes venir Ernest. Comme il faisait jour je ne le pris pas pour le capitaine, mais je le reconnus bientôt : il nous raconta comment vous aviez passé la nuit dans la peine et les angoisses, et je me le suis bien reproché. Notre entreprise était imprudente, et tout-à-fait inutile ; passe encore si nous avions distingué le vaisseau, ou la chaloupe, ou quelques naufragés, alors c'était notre devoir de tout quitter pour les sauver ; mais nous n'avons rien vu, rien aperçu. Que pensez-vous, mon père, qui leur soit arrivé ?

Le Père. Aucun autre mal, j'espère, que celui, bien assez grand, d'errer sur une mer inconnue, ět semée d'écueils et de récifs de corail, qui sont à fleur d'eau, qu'on n'aperçoit qu'en les touchant, et contre lesquels le bâtiment se brisera. J'espère que le capitaine Johnson saura les éviter ; mais, s'il est encore dans nos parages, nous ferons tout ce qui dépendra de nous pour pourvoir à sa sûreté. Dès que la tempête sera apaisée nous monterons dans notre pinasse, et nous ferons le tour de notre île. Depuis longtemps tu me presses de le faire, mon fils ; qui sait si de l'autre côté nous ne trouverons pas quelques traces des pauvres navigateurs, ou peut-être eux-mêmes.

— Il me semble que la tempête augmente, » dit ma femme en regardant du côté de la fenêtre. Elle ne voulait pas démentir l'humanité dont je l'avais si fort louée, et mettre des obstacles à la course que je méditais pour chercher le vaisseau, mais elle en chargea la tempête. « Quel terrible vent ! » ajouta-t-elle ; et dans le vrai il était très-diminué ; la pluie avait cessé, le soleil paraissait, et nous promettait une assez belle journée. J'en fis la remarque à mes fils, et je leur dis que puisque leur mère était mieux, et l'orage apaisé, je voulais aller avec l'un d'eux.

« Pas encore sur la mer, j'espère ? interrompit ma femme ; sans doute il est de notre devoir de secourir nos semblables, mais il est aussi de celui d'un père de veiller à la sûreté des enfants que Dieu lui a donnés, et de ne pas s'exposer lui-même.

Le Père. Rassure-toi, chère amie, je n'exposerai aujourd'hui ni moi ni les miens ; la mer est encore trop agitée pour une légère marine, et l'excursion que je médite est sur la terre ferme. Je veux aller avec Fritz examiner le dommage de nos plantations, qui doivent avoir beaucoup souffert ; en même temps nous verrons s'il n'y a point sur la côte quelques débris de naufrage. Sois donc tranquille, je t'en prie, et attends-nous patiemment ; je te laisse tes trois cadets, qui te soigneront à merveille. N'est-ce pas, François, tu auras bien soin de maman ?

François. Oh ! oui, papa, je te le promets ; mais avant, je voudrais bien avoir soin de mon petit taureau ; entends-tu comme il m'appelle pour lui donner son déjeuner ? »

En effet, les beuglements de nos bêtes nous avertissaient qu'elles avaient faim ; on entendait aussi en second dessus le caquetage aigu de la volaille. « C'est par elles que nous commencerons, dis-je ; Fritz, Jack et François descendront pour m'aider à cette besogne, Ernest restera près de sa mère. » Celle-ci donna ses ordres au cadet, et nous laissâmes ensemble les deux blessés.

V. — Soins du ménage. — Excursion par mer et par terre. — Entretien.

Nos pauvres bêtes nous attendaient avec une grande impatience ; les événements de la veille, l'orage, les courses, le mal de ma femme et celui d'Ernest ne nous avaient pas permis de nous en occuper ; leur ratelier était mal garni, et de plus, les torrents de pluie avaient pénétré dans leur écurie, et ils étaient à demi dans l'eau. Les canards et le flamant s'en trouvaient bien, et nageaient tout à leur aise dans le limon ; mais la vache, l'âne, l'onagre, le buffle, et surtout le petit taureau de François braillaient à qui mieux mieux, chacun à sa manière, et faisaient un vacarme épouvantable ; Vaillant surtout, c'est le nom que mon petit François avait donné au veau que je l'avais chargé de soigner, et qui commençait à mériter ce nom par sa belle stature et son air de fierté, criait sans cesse après son jeune maître, et ne se calma que lorsqu'il le vit arriver. Il est inconcevable à quel point cet enfant, qui n'avait alors que douze ans, avait su s'attirer l'amitié de son élève : cet animal, quelquefois si indomptable, était doux comme un agneau avec François, qui, s'en faisant suivre seulement en l'appelant, grimpait sans crainte et s'asseyait sur son dos, le faisait aller comme il le voulait avec une petite baguette dont il lui touchait légèrement le cou, à droite ou à gauche ; mais si quelqu'un de ses frères avait voulu en faire autant il était sûr d'être renversé. Notre cavalerie était une plaisante chose à voir, Fritz sur son beau Leichtfus onagre, Jack sur son énorme buffle, François sur son taureau ; il ne restait à Ernest que notre grison, dont l'allure lente et pacifique lui convenait très bien.

François courut à son taureau, qui lui témoigna à sa manière sa joie de le voir, en frappant doucement la terre d'un pied de devant, élargissant ses naseaux, et se battant les flancs de sa queue. Au premier appel il suivit son maître hors de l'écurie : Fritz fit de même sortir son Leichtfus, Jack son gros buffle, et moi la vache et l'âne ; nous les laissâmes caracoler en liberté sur la terre humide, nous fîmes écouler l'eau de leur écurie, et garnîmes leur auge de nourriture fraîche. Nous agitâmes ensuite si nous les monterions pour notre excursion ; mais la crainte de trouver encore le pont obstrué par l'eau, et de ne pouvoir le leur faire passer, nous décida à aller à pied. Nous les fîmes donc rentrer dans leurs cases. François, premier aide-de-camp de sa mère, était chargé de la volaille, et connaissait chaque petit poulet par son nom ; il les fit sortir aussi, et leur distribua leur ration de grains de maïs et de farine de cassave. C'était un plaisir de voir toutes ces gentilles et jolies bêtes emplumées caquetant et sautillant autour de ce charmant enfant. Quoiqu'il eût douze ans passés, il était très petit pour son âge ; ses joues rondes et rosées, ses cheveux blonds bouclés, son air à la fois doux et malin, en faisaient un enfant charmant.

Après avoir mis au sec nos animaux, et leur avoir donné leur déjeuner, nous pensâmes au nôtre. Le petit marmiton François fut chargé de celui de sa mère ; il fit un peu de feu pour réchauffer du bouillon de poule ; pour nous, nous bûmes du lait que nous venions de tirer ; nous prîmes pour notre pitance quelques harengs salés et des pommes de terre bouillies les jours précédents, qui nous servaient de pain. J'avais souvent cherché, dans mes excursions, à découvrir le précieux arbre à pain, dont les voyageurs modernes parlent avec tant d'éloge, et qu'ils ont trouvé dans la plupart des îles qu'ils ont visitées ; il devait aussi croître dans la nôtre, si bien située, et cependant je n'avais pu en découvrir. Cette bonne ressource nous manquait absolument ; il y avait longtemps que nos tonnes de biscuit du vaisseau étaient épuisées ; nous avions, il est vrai, semé du blé, mais il n'était pas encore récolté.

Après avoir remercié Dieu en famille de sa protection miséricordieuse pendant cette nuit d'épreuve, l'avoir prié de nous la continuer ; après avoir déjeuné et pansé le pied de ma femme et la main d'Ernest, nous les laissâmes paisiblement ensemble sous la garde de François, et je partis avec Fritz et Jack pour notre course préméditée. Le vent et la pluie étaient apaisés, mais les vagues étaient encore hautes, et les chemins tellement remplis d'eau, que nous prîmes le parti de nous borner ce jour-là à côtoyer le rivage, pouvant mieux marcher sur la grève que dans les herbes ; notre principal but était d'ailleurs d'examiner s'il n'y avait aucune trace d'un naufrage récent. Nous n'en aperçûmes point d'abord, et, d'aussi loin que nos yeux et notre lunette d'approche purent s'étendre, nous ne découvrîmes aucun bâtiment en mer. Fritz grimpa sur les rochers qui bordaient la côte ; les vagues se soulevaient presque jusqu'à leur sommet ; il lui semblait qu'il voyait, de temps en temps, au travers de l'écume, un corps étranger nageant sur l'eau et s'approchant de notre île. Il me conjura de le laisser monter dans le canot, que nous trouvâmes attaché dans la petite anse où il l'avait laissé, tout près du ruisseau ; l'eau ayant coulé entre les planches, le pont était plus facile à traverser. Je consentis au désir de Fritz, mais je voulus aller avec lui pour l'aider à manœuvrer. Jack, qui craignait que je ne lui ordonnasse de rester, fut le premier à sauter dans le canot et à se saisir d'une rame. Comme nous étions à côté du courant il n'en était nul besoin : j'y dirigeai ma nacelle, et nous fûmes emportés avec la rapidité d'une flèche, au point de nous ôter presque la respiration. Fritz se tenait au gouvernail, et paraissait n'avoir aucune crainte ; je ne dirai pas que le père fût aussi tranquille. Je saisis Jack, craignant qu'il ne fût entraîné ; mais lui aussi riait, et disait à son frère que le canot galopait encore mieux que Leichtfus. Nous fûmes bientôt lancés en pleine mer, et nous dirigeâmes notre canot vers l'objet que nous avions remarqué, et qui était alors assez près de nous pour le distinguer. Nous avions craint que ce ne fût la chaloupe renversée : c'était un tonneau passablement gros qui, sans doute, avait été jeté à la mer par le vaisseau en détresse pour l'alléger ; nous en vîmes encore au loin quelques autres, mais aucun mât, aucune planche, ne put donner l'idée que le vaisseau et la chaloupe eussent péri. Fritz aurait voulu que nous fissions le tour de l'île pour nous en assurer mieux encore ; mais je m'y refusai absolument ; d'abord pour ne pas inquiéter ma femme en restant trop longtemps absents, ensuite la mer était encore trop agitée pour notre frêle embarcation, où nous n'avions d'ailleurs aucunes provisions. Si mon canot n'avait pas été aussi bien construit, il aurait

couru grand risque de chavirer par la force des vagues, qui passaient souvent sur nous. Jack alors se couchait sur le ventre au fond
du canot, disant qu'il aimait mieux les recevoir sur le dos que dans
la bouche ; puis il se relevait quand elles avaient passé, et s'occupait
à vider l'eau du canot, qu'une nouvelle vague venait remplir de
nouveau. Mais, grâce à mes balanciers et à mes outres, il se main-
tint dans un parfait équilibre, et je consentis d'aller jusqu'au promontoire de l'*Espoir trompé*, qui mérita ce nom une seconde fois,
car nous n'y trouvâmes aucune trace quelconque du vaisseau, quoique nous montâmes sur la colline d'où l'on apercevait un horizon
immense. Nous promenâmes aussi nos regards sur la contrée ; comme
elle nous parut dévastée ! des arbres déracinés, des plantations couchées sur la terre, des amas d'eau ressemblant à des lacs ; tout autour de nous annonçait la désolation et le ravage, et la tempête paraissait se réveiller avec force. Le ciel s'obscurcit, les vents souf-
flèrent violemment, ils étaient contraires au retour, et je jugeai qu'il
serait très imprudent et même téméraire de nous remettre dans notre canot à la merci des vagues, qui augmentaient graduellement.
Il fut solidement attaché à un gros palmier qui se trouvait au bas de
la colline, assez près du rivage ; nous nous mîmes ensuite en route
pour revenir par terre à notre domicile. Nous gagnâmes d'abord le
bois des Calebasses, et de là celui des Singes, qui nous laissèrent
passer paisiblement, malgré les agaceries de Jack pour les faire
descendre des arbres où ils se tenaient cachés : nous arrivâmes ensuite à notre métairie de Waldeck, qui, à notre grand plaisir, n'a-
vait pas beaucoup souffert de la tempête. Les provisions de nos
écuries étaient presque consommées, ce qui nous fit juger que le
bétail que nous y avions laissé s'y était mis à l'abri pendant l'orage ; nous remplîmes de nouveau les crèches avec le foin que nous
avions en réserve sous le toit, et, voyant que le temps devenait de
plus en plus menaçant, nous nous hâtâmes de reprendre le chemin
de notre demeure, dont nous étions assez éloignés. Pour éviter le
marais des Flamants, du côté de la mer, et celui de Ris, du côté des
rochers, nous traversâmes le bois des Glands doux, à l'abri du vent,
qui aurait pu sans cela nous renverser. « Comme il devient terrible !
disait Fritz ; croyez-vous possible, mon père, que le vaisseau ne soit
pas submergé ?

LE PÈRE. Il court au moins le risque d'être jeté contre quelque écueil, et ce qui m'inquiète, c'est que le lieutenant m'a dit qu'il était déjà fort endommagé; peut-être aussi aura-t-il pu se réfugier dans quelque baie ou trouver quelque bon mouillage, quelque plage hospitalière, où il aura pu aborder et faire réparer le bâtiment.

JACK. Ah oui! peut-être aussi dans quelque île de ces vilains anthropophages, qui mangent les hommes comme si c'était des lièvres ou des moutons. Ernest m'a donné un livre de voyages où j'ai vu tout cela. Croyez-vous qu'il en vienne? J'aimerais à en voir, s'ils n'étaient pas si méchants.

LE PÈRE. Ils ne le sont pas tous. Le célèbre navigateur Cook, et plusieurs autres en ont découvert qui paraissent doux et bons, particulièrement dans l'île d'Otaïti et dans quelques îles voisines; mais, à la honte de l'humanité, il en existe aussi de bien cruels, de bien barbares, et qui se portent à tous les excès, surtout envers leurs ennemis et leurs prisonniers. Puisse la divine lumière du christianisme pénétrer chez ces malheureuses peuplades idolâtres et les éclairer! Puisse le zèle et le dévouement des missionnaires recevoir cette récompense.

FRITZ. Pourquoi, mon père, n'y a-t-il point de sauvages dans cette île, qui est si délicieuse à habiter?

LE PÈRE. Je ne puis te le dire, mon fils, et je m'en suis souvent étonné: sans doute elle est inconnue et trop éloignée des autres îles dont cette mer abonde. Les voyageurs en ont remarqué plusieurs qui leur ont paru très fertiles et inhabitées; peut-être que la chaîne de récifs qui l'entoure en empêche l'abordage, et qu'on n'a pas découvert encore notre petite baie du Salut, par où nous y avons pénétré.

FRITZ. Et la grande baie de l'Espoir trompé?

LE PÈRE. Nous ne l'avons pas sondée, peut-être a-t-elle aussi ce qu'on appelle en termes de marine des *bas-fonds*, c'est-à-dire pas assez d'eau pour y naviguer. Cependant, puisque notre canot a pu aborder, des pirogues de sauvages le pourraient aussi; Dieu veuille qu'ils ne s'en avisent pas!

FRITZ. Je voudrais bien cependant faire le tour de notre île, pour en connaître la grandeur, et savoir si de l'autre côté elle est bordée de rochers, comme de celui-ci.

4

LE PÈRE. Je le crois, mais enfin nous pourrons nous en assurer ; dès que la tempête sera passée et ta mère assez bien pour aller s'établir à Zeltheim, nous monterons notre pinasse et nous ferons le tour de l'île.

FRITZ. J'ai le projet d'une espèce de voiture pour maman, qui ne la fatiguera pas du tout, et dans laquelle elle pourra bientôt aller à Zeltheim. Puisque nous sommes près du marais, permettez-nous d'aller y couper des joncs dont j'ai besoin. » J'y consentis et j'y allai avec eux. Il m'expliqua, chemin faisant, son idée ; il voulait tresser, avec ces joncs, qui sont très forts, une espèce de panier en carré long, dans lequel sa mère pourrait être assise ou à demi couchée, et qui serait suspendu entre deux cannes de bambou par des anses de corde ; deux de nos plus paisibles animaux, la vache et l'âne, seraient attelés, l'un devant et l'autre derrière, entre ces brancards, et montés chacun par un des enfants pour les diriger, au moins sur celui du devant ; l'autre suivrait naturellement, et la bonne mère serait ainsi, comme dans une litière, sans éprouver aucun cahot. Cette idée me plut ; j'en louai mon fils aîné, et nous nous mîmes vite à l'ouvrage pour emporter chacun un gros paquet de joncs. Ils me prièrent tous deux de n'en point parler à ma femme, pour lui ménager une surprise agréable. Il ne fallait pas moins que notre tendresse filiale et conjugale pour faire cette cueillette par un temps aussi désastreux. Il pleuvait à verse, et le terrain auprès du marais était si mou et si détrempé, que nous pouvions craindre d'enfoncer à chaque pas. Rien ne rebuta mes fils, et j'aurais eu honte d'être moins courageux. Lorsque nous en eûmes coupé ou arraché une charge suffisante pour chacun de nous, nous les liâmes en paquets attachés avec les joncs les plus minces. Jack mit les siens sur sa tête en tout sens ; il se fit ainsi une espèce de parapluie qui le garantissait passablement, et nous suivîmes son exemple : de là nous fûmes arrivés bientôt à Falkenhorst, où nous étions attendus avec impatience. Avant d'arriver à notre arbre, je vis de loin briller un feu qui m'effraya ; je doublai le pas, et je trouvai avec plaisir que ce n'était qu'une attention de mon François, ou plutôt de sa mère. Lorsqu'elle vit, de son lit, tomber la pluie, elle ordonna à son petit aide-de-camp d'aller allumer un bon feu à notre foyer, placé à peu de distance de l'arbre, et couvert, en forme de demi-tente, d'une toile de voile en-

duite de gomme élastique, qui le garantissait de la pluie. Mon jeune
marmiton entretenait un bon feu pour nous sécher au retour, et il en
profitait pour rôtir deux douzaines de ces excellents oiseaux que ma
femme avait conservés dans du beurre, enfilés dans l'épée qui nous
servait de tourne-broche; ils étaient prêts à manger, et le feu et le
rôti firent grand plaisir aux trois voyageurs, épuisés par leur longue
course et mouillés jusqu'aux os.

Cependant, avant même de nous asseoir, nous montâmes vite
l'escalier tournant pour embrasser et rassurer nos chers blessés,
que nous trouvâmes assez bien, mais inquiets de notre absence et
de la tempête. Ernest, avec sa bonne main et l'aide de François, était
parvenu à décrocher les quatre hamacs où lui et ses frères cou-
chaient, et, en les plaçant debout les uns à côté des autres au-devant de l'ouverture, à en faire un rempart contre la pluie, qui sans
cela les aurait inondés; je louai son invention. Comme ils intercep-
taient aussi la lumière, ils avaient déjà allumé le gros cierge dès
soirées pluvieuses ; et, pour distraire sa mère, Ernest lisait dans un
livre de voyages de la bibliothèque portative du capitaine. Par un
hasard singulier, tandis qu'en cheminant nous nous entretenions
des sauvages, ils en étaient aussi profondément occupés. Ma femme
frémissait au récit de leurs cruautés, et croyait déjà les voir arriver
dans des centaines de pirogues, armés de leurs zagaies, de leurs
lances, de leurs frondes et de leurs flèches empoisonnées. Elle s'ef-
frayait aussi des tempêtes; enfin, je la trouvai très agitée, et je
grondai Ernest d'avoir choisi ce moyen de distraction. Après l'avoir
un peu calmée, j'allai me sécher au feu de François et manger avec
appétit la collation qu'il nous avait préparée. Outre les oiseaux, il
nous avait fait cuire des œufs frais et des pommes de terre. Il me
raconta que maman l'avait installé à sa place dans l'emploi de cui-
sinier, et nous promit qu'il s'en acquitterait très bien pourvu qu'on
lui fournît des provisions. Fritz devait chasser, Jack devait pêcher,
moi commander les repas, et lui les apprêter. « Quand nous n'aurons
trouvé ni gibier ni poisson, lui dit Jack, nous ferons main-basse sur
ta basse-cour. » Ce n'était pas le compte du bon petit François, qui
chérissait ses poules et ses poulets, et aurait voulu qu'on n'en tuât
jamais; il avait presque pleuré la belle poule dont on avait fait le
bouillon de sa mère : il fallut lui promettre de n'en tuer que pour

cet usage, et d'avoir recours à nos tonnes de poisson salé quand la chasse et la pêche ne suffiraient pas. Par accommodement, il nous permit cependant de disposer de quelques oies et canards dont le caquetage l'ennuyait.

Après avoir mangé, bu et causé, nous remontâmes chez nos pauvres blessés, à qui nous apportâmes leur part de notre régal. Il fallut ensuite raconter notre course par mer et par terre, qui fit encore frémir ma femme, quoique nous n'eussions couru aucun danger; elle ne voyait plus que tempête et sauvages.

« Ainsi donc, chère, lui dis-je, te voilà décidée actuellement à quitter cette île orageuse, et si le ciel nous envoie un vaisseau à en profiter bien vite pour retourner en Europe ?

LA MÈRE. Moi ! le ciel me préserve de remettre jamais moi et les miens sur cette maudite mer où l'on n'est pas une heure en sûreté, où les vents vous poussent de côté et d'autre à leur gré, où le moindre des dangers que l'on court est de se noyer quand le vaisseau se brise, comme le nôtre et tant d'autres qui ont été jetés sur des bancs de sable, à la merci des sauvages. Grâces à Dieu, ce dernier malheur nous a été épargné, n'allons par le chercher ailleurs; puisqu'il n'en est pas venu ici, il n'en viendra point, et la tempête ne brisera pas notre maison de rochers. Promets-moi que nous y resterons.

LE PÈRE. Il le faudra bien; je n'ai plus d'espoir que ce vaisseau arrive; l'orage l'aura écarté de sa route; le ciel sait où il est en ce moment.

LA MÈRE. Il est où sont presque tous les vaisseaux qui voyagent sur ces mers, échoué contre quelque rocher, et tout son monde à la merci des sauvages : lis seulement le livre d'Ernest, c'est l'*Histoire des Naufrages*.

LE PÈRE. Je la connais, et je conviens qu'elle n'est pas gaie; mais je t'en chercherai d'autres où tu verras que tous les voyages ne sont pas malheureux, ni tous les sauvages méchants. Tu liras avec plaisir les relations de plusieurs voyages à Otahiti et dans l'Ile des Amis, et surtout des îles Pelew. Si jamais nous devons être visités par des insulaires, je désire que ce soit par ceux-là, dont nous nous ferons des amis. »

Ainsi finit cet entretien qui amena l'heure du repos, troublé par la tempête qui continuait encore; mais les hamacs, que j'assujétis mieux qu'ils ne l'étaient, nous garantissaient du vent et de la pluie.

VI. — Retour du beau temps. — Désastre. — Le petit François. — Le petit panier.

La tempête continua toute la journée suivante et jusqu'au sur-lendemain avec la même violence. Cependant notre arbre tint bon et ne fut point ébranlé, mais il y eut beaucoup de branches cassées, entre autres celle où tenait le fil de fer de François : je le remis avec plus de soin ; il dépassait de beaucoup notre toit, et j'y adaptai, à son extrémité supérieure, l'instrument pointu qui avait si bien attiré la foudre. Tranquille de ce côté-là, je substituai aux hamacs, devant la fenêtre, des planches assez fortes, qui m'étaient restées depuis ma bâtisse, et que mes fils m'aidèrent à monter avec la poulie ; après les avoir sciées à la hauteur convenable, j'y fis aussi plusieurs trous ou lucarnes, pour donner de l'air et du jour ; et pour que la pluie n'y entrât pas, j'y enchâssai des bouts de tuyaux, faits d'une espèce de bois que j'avais découvert depuis peu, sans savoir son nom. Il m'a paru tenir du sureau par la moelle dont les branches et le tronc sont remplis ; ce dernier, de la dimension d'un sapin ordinaire, se perce et se vide très facilement, cette moelle ou susbtance très tendre remplissant presque la capacité de l'arbre jus-qu'à l'écorce, très épaisse et très dure, et résistant à l'humidité. Cet arbre croît au bord des marais ; j'en avais fait très facilement des conduits d'eau pour notre fontaine, et quelques bouts qui en étaient restés me servirent pour mes fenêtres. J'employai les jours où je ne pouvais sortir à différents ouvrages sédentaires, à trier des graines et semences dont je prévoyais avoir besoin, à raccommoder des ou-tils, pendant que mes fils, nichés sous l'arbre, entre les racines, tra-vaillaient sans relâche à la voiture de leur mère. Grâce aux kara-tas, la main d'Ernest avançait vers sa guérison, et déjà il pouvait ai-der ses frères à préparer le jonc ; Fritz et Jack les passaient dans des baguettes de bois aplaties avec lesquelles il avaient fait la forme de leur panier, et il en résulta un tissu si fort et si serré, qu'on au-rait pu y transporter des liquides. La jambe de ma femme suivait le cours ordinaire des membres cassés, qui ne sont consolidés qu'au bout de six semaines; le pied était toujours très enflé. Je profitai de ce temps de réclusion pour lui faire des lectures, qui la calmèrent un peu sur le danger des voyages; et pour raisonner avec elle sur le triste avenir de nos fils, s'ils restaient dans cette île déserte et si éloignée de tout lieu habité. Elle en convenait, et disait qu'elle serait heureuse de voir ses enfants mariés. « Mais, ajoutait-elle, si c'est la volonté de Dieu, il saura bien les faire sortir d'ici. Quand nous n'y serons plus, nos fils feront ce qu'ils voudront; s'ils s'ennuient ici, ils retourneront en Europe. N'ont-ils pas, au besoin, la belle pinasse, avec laquelle, si la fantaisie leur en prend un jour, ils pourront quitter cette île? En attendant nous y sommes bien, et je ne veux pas m'inquiéter d'avance; à chaque jour suffit sa peine. Si seulement la grêle et la pluie n'ont pas abîmé mon beau jardin potager, je prendrai mon parti du reste.

LE PÈRE. Il faut bien t'y attendre, chère amie, et je crains beaucoup aussi pour mes plantations de maïs, de cannes à sucre, etc., et mon beau champ de blé et d'avoine.

LA MÈRE. Eh bien! en tout cas, nous recommencerons à travailler sur nouveaux frais pour les remettre en état; tout notre temps est à nous, et nos ouvriers aussi; nous avons encore des semences en réserve, et Dieu nous aidera. Pourvu que je puisse bientôt marcher, pour aller voir ce qui en est, et me remettre à l'ouvrage! »

Enfin la tempête s'apaisa, les nuages se dissipèrent, et la lune, dans tout son éclat, nous fit espérer le retour du beau temps. Pour jouir en plein de cet espoir, ma femme me pria de lever les planches que j'avais mises au-devant de la grande ouverture, et le bel astre des nuits répandit sa douce lumière au-dessus de notre arbre et dans notre chambre; un vent léger venait nous rafraîchir, et nous étions si enchantés de ne plus entendre les éclats de la tempête, qu'aucun de nous ne pouvait se résoudre à dormir. Nous passâmes la nuit presque entière à faire, pour les jours suivants, des projets d'excursions et de travaux; la bonne mère seule s'affligeait de ne pouvoir en être.

« Il faut pourtant que vous en soyez, lui dit Fritz; mon père et moi nous vous porterons sur nos mains.

LA MÈRE. Pas bien loin, j'espère? Vous me laisseriez bientôt tomber; je suis pesante.

JACK. Alors, maman, François et moi nous prendrons leur place; chacun son tour.

LE PÈRE. Pourquoi, chère Élisabeth, n'irais-tu pas dans notre char, conduit par un de tes fils ou par moi?

LA MÈRE. Je crains de ne pouvoir le soutenir, il est trop dur; ma tête est trop faible et mon pied trop douloureux pour supporter le bruit des roues et des cahots. »

Fritz et Jack sourirent en se regardant d'un air d'intelligence; ils pensaient à leur chaise à brancard, qui était près d'être finie. Enfin la lune se coucha, et nous de même. Le lendemain le soleil le plus brillant nous réveilla : nous en remerciâmes Dieu en famille, puis nous descendîmes pour soigner l'écurie et la basse-cour, et commencer nos travaux de la journée. Fritz et Jack me prièrent de les laisser achever leur voiture sans roues. Ernest resta avec ma femme, et cette fois je pris avec moi François pour le mener au grand jardin de Zeltheim, que lui et sa mère avaient si bien arrangé, et dont elle était impatiente d'avoir des nouvelles. Nous passâmes facilement le pont; la force de l'eau avait écarté quelques planches, qui facilita l'écoulement. Mon petit garçon s'en tira à merveille; ses frères n'auraient pas mieux sauté d'une planche à l'autre, quoique la distance fût quelquefois assez grande. Il était si fier et si content de faire une course tout seul avec moi, qu'il ne touchait pas terre, et courait toujours en avant; mais il eut un grand rabat-joie en arrivant à son beau jardin, dont il ne trouva plus la moindre trace. Tout était détruit, ravagé, creusé; les sentiers, les belles planches de légumes, les plantations d'ananas et de melons, tout avait disparu, tout était anéanti. François fut tellement saisi au premier moment, en voyant cette destruction, que j'en fus effrayé; il restait comme une statue de marbre, et il était devenu presque aussi pâle. Enfin, des larmes sortirent de ses jolis yeux bleus, et il fut soulagé. « Oh! ma bonne maman, dit-il en joignant les mains, que dira-t-elle quand elle saura ce désastre, et que toutes nos peines sont perdues? Mais il ne faut pas qu'elle le sache, reprit-il après un moment de silence; n'est-ce pas, cher papa, il ne faut pas lui dire, elle en aurait trop de chagrin? Elle ne peut pas venir le voir encore, et si vous et mes frères vous voulez m'aider, tout sera réparé quand elle pourra marcher. Les plantes ne seront pas aussi grandes, mais à présent que la terre est mouillée, elles croîtront vite, et je travaillerai de bon courage pour remettre tout en ordre. » J'embrassai tendrement ce cher enfant, et je lui promis que ce serait notre premier ouvrage; j'en prévoyais bien d'autres ailleurs, mais un enfant de douze ans me montrait l'exemple de la résignation et de la force. Nous convînmes de dire seulement à la mère que son jardin avait besoin de quelques réparations, et que dès le lendemain nous viendrions y travailler. Il était trop bien situé pour l'abandonner; s'élevant en douce pente au pied des rochers, qui le garantissaient du vent du nord, à portée de la cascade, qui l'arrosait sans peine. Je résolus seulement d'y faire une espèce de digue ou terrasse pour le mettre à l'abri des grosses pluies, telles que celles que nous venions d'avoir.

François, à qui je fis part de mon idée, en fut si enchanté, qu'il commença vite à relever les pierres dont le jardin était encombré, et à les mettre en tas à la place où je voulais établir ma digue. Il y aurait travaillé tout le jour si je l'avais permis, mais d'autres soins, d'autres inquiétudes m'appelaient ailleurs; je voulais examiner mes plantations de jeunes arbres, celles de cannes à sucre, mes champs de blé et de maïs; et, d'après l'état piteux du jardin, j'avais tout à craindre. Je pris donc tristement le chemin de l'allée d'arbres fruitiers qui conduisait à Zeltheim, m'attendant à les trouver tous cassés, arrachés, et n'existant plus. O douce surprise! il étaient, il est vrai, à demi couchés sur la terre, ainsi que les bambous qui les soutenaient, et les avaient fait plier comme eux sans se casser. Très peu étaient déracinés, aucun entièrement; et je vis que, dans deux ou trois journées de travail, Fritz, Jack et moi nous pourrions les relever. Quelques-uns avaient déjà commencé à donner du fruit; il était tombé, et la petite récolte de cette année était perdue; mais c'était peu de chose auprès de ce que j'avais craint; n'ayant plus de plant de ces fruits européens, je n'aurais pu les remplacer.

Décidé d'ailleurs à habiter à présent toute l'année ma solide maison de Zeltheim, à l'abri de la foudre et de la pluie, il était essentiel pour moi d'y avoir de l'ombre; mes nouvelles plantations en donnaient peu encore, et je tremblais de proposer à ma femme, qui craignait la chaleur, de venir habiter entre ces rochers brûlants. Je l'avoue, je regrettais alors amèrement que le capitaine Jonhson n'eût pu venir nous emmener. Je réfléchissais tristement en regardant la masse de rochers immenses au-dessus de notre demeure, et la petitesse des arbres qui l'environnaient. François cherchait et cueillait des fleurs pour porter un bouquet à sa mère; notre île en produisait de très belles, inconnues en Europe et dont j'ignorais le nom. Lorsqu'il en eut assez, il vint me les montrer : « Vois-tu, papa, me dit-il, la pluie les a un peu gâtées, mais aussi elle les a rafraîchies. Je voudrais qu'il plût encore, il fait si chaud ici; s'il y avait seulement un peu d'ombre !

Le Père. Oui, c'est à quoi je pensais; il y en aura assez quand nos arbres seront grands; mais en attendant...

François. En attendant, papa, je vais te dire ce qu'il faut que tu fasses.

Le Père. Quoi donc, mon cher petit? quelle est ta bonne idée ?

François. C'est de faire au-devant de notre maison une longue, longue galerie, qui soit large aussi; tu la couvriras de toile ou de ce que tu voudras; elle sera ouverte devant, mais elle nous garantira du soleil, et maman sera bien contente de pouvoir être à l'air et à l'ombre en même temps.

Le Père. Bien pensé, mon ami, excellente idée ! je te promets que je vais la mettre à exécution le plus tôt possible, et que nous appellerons notre jolie galerie la *Franciade*, en ton honneur et gloire. »

L'enfant fit un saut de joie et vint m'embrasser en me disant : « Bien obligé, papa, mais n'en dites rien à maman, je vous en prie ; je veux aussi lui ménager une surprise comme mes frères avec la voiture. Oh ! si seulement la Franciade pouvait être finie avant que son pied fût guéri, et le jardin raccommodé; mais Fritz et Jack vont la tourmenter pour l'amener ici dans leur voiture.

Le Père. Nous leur parlerons là-dessus; comme il faut qu'ils travaillent ici, ils n'auront pas le temps de la finir encore, et ta pauvre mère est loin de pouvoir descendre l'escalier. » En effet, en pansant son pied, le matin, je n'en avais pas été content; l'eau d'arquebusade avait guéri les contusions, mais l'enflure et la douleur étaient les mêmes, et j'avais lieu de craindre que l'articulation ne fût pas remise.

Nous reprîmes le chemin de Falkenhorst, mon petit François sautant de joie à chaque pas de ce que j'avais adopté son idée, et ne parlant que de sa jolie galerie. Je m'en occupais aussi, et j'en combinais l'architecture, qui me paraissait simple et facile : une rangée de fortes cannes de bambous plantées à distance au-devant de la façade de notre maison de rocher, et réunies dans le haut par une planche taillée en arcade, correspondante au vide des cannes; d'autres placées en pente jusqu'au rocher, où je les ferais tenir par des crampons de fer, et qui seraient recouvertes provisoirement d'une toile à voile enduite de gomme, et bien assujétie à la planche. Cette bâtisse ne devait pas nous prendre beaucoup de temps, et me faisait aussi un plaisir de la surprise de ma femme, et de son bonheur quand elle saurait que c'était une invention de son jeune favori. Il était au reste celui de tout le monde ; ses aînés, qui se disputaient et se chicanaient sans cesse, tout en s'aimant beaucoup, gâtaient tous leur petit frère et ne pouvaient rien lui refuser. Naturellement moins vif que ses frères, il était plus réfléchi ; et, causant toujours avec quelqu'un de raisonnable, son jugement s'était formé et son intelligence était très développée, quoiqu'il fût encore enfant, plus peut-être qu'il n'aurait dû l'être à son âge.

Nous cheminions tout occupés de nos projets, lorsque nous vîmes venir à nous un grand objet que l'œil perçant de mon petit drôle eut bientôt reconnu. « Je ne me trompe pas, s'écria-t-il, c'est Fritz et Jack avec la nouvelle voiture, et ils ont déjà mis dedans ma pauvre maman ; je vous en prie, allons bien vite empêcher qu'ils ne la mènent à son jardin. » Il se mit à courir et moi de même, fort en colère qu'ils eussent risqué d'estropier leur mère en lui faisant descendre l'escalier et en la hissant dans leur maudit panier. Mais François, allant plus vite que moi, eut bientôt découvert que ce n'était pas elle; et, revenant au-devant de moi, il me cria de toutes ses forces : « Ce n'est pas maman, c'est Ernest qui est dans le panier.

Le Père. Ernest! tant mieux; mais pourquoi a-t-il quitté sa mère? elle est donc seule à présent? » La voiture sans roues approcha; elle était conduite par la vache au-devant, montée par Fritz; et l'âne derrière, avec Jack dessus. Ernest dans le panier, et mollement balancé, s'y trouvait à merveille, et déclarait qu'il remplacerait souvent sa mère.

JACK. Je le veux bien ; mais alors nous attèlerons l'onagre et le buffle, et ils iront bon train, je te le promets, tu n'auras qu'à bien te tenir, ils te feront danser. La vache et l'âne sont pour maman. Voyez, mon père, comme elle y sera bien. Nous avons voulu essayer la voiture dès qu'elle a été finie : maman dormait, Ernest, qui était à la fenêtre, nous aperçut, il descendit, et nous l'avons mis dedans pour qu'il pût nous dire si on y était bien,

ERNEST. A merveille ! mais il y faudrait deux coussins, un pour s'asseoir, l'autre pour s'appuyer, cela irait encore mieux. »

Je saisis cette idée pour retarder la sortie de ma femme. Il s'agissait d'aller chercher du coton, de le préparer, de coudre les toiles, et tout cela devait nous laisser le temps de réparer le jardin et de faire la galerie. Je mis François dans le panier à côté de son frère, je dis à Fritz d'aller avec la voiture et ses frères visiter nos terres ensemencées, et je revins auprès de ma femme, qui dormait encore paisiblement. A son réveil, je lui dis que le jardin et les arbres avaient besoin de quelques jours de travail, et que nous le commencerions dès le lendemain, en lui laissant Ernest pour la soigner et lui faire sa lecture. La main de ce dernier allait assez bien pour pouvoir rendre à sa mère tous les services dont elle avait besoin, mais il n'aurait pu encore travailler à la terre. Je dis à ma femme que je les avais envoyés tous quatre visiter nos champs. Ils revinrent vers le soir, et nous en rendirent un triste compte ; le blé était complètement perdu, tant par la grêle que par l'éboulement des terres ; nous le regrettâmes d'autant plus, qu'il nous en restait très peu pour semences : nous nous étions fait une fête de manger du vrai pain, il fallut l'ajourner jusqu'à l'année suivante et nous contenter de gâteaux de manioc ou cassave, et de pommes de terre. Le maïs avait moins souffert, et nous offrait aussi une ressource pour la farine ; mais ce gros grain si dur nous donnait beaucoup de peine à réduire en poudre fine pour le pétrir. Fritz en revenait souvent à la nécessité de construire un moulin près de la cascade de Zeltheim, mais ce n'était pas l'ouvrage d'un moment, et nous avions le temps d'y penser ; nous n'étions pas encore prêts à avoir du blé prêt à moudre.

Sur quelques propos de mes aînés, je compris que François leur avait conté tous nos projets ; ils ne dirent rien cependant qui pût les trahir, mais il fut convenu que, dès le lendemain de grand matin, je me rendrais à Zeltheim avec Fritz, Jack et François, qui demanda à être de la partie, en disant, d'un petit air important, qu'il dirigerait les travaux du jardin, l'ayant déjà fait une fois avec sa mère. Celle-ci donna ses directions, se fit apporter sur son lit le sac des graines de légumes ; elle les tria, les étiqueta, en indiquant le site qui convenait le mieux à chacune, et soupira en pensant que ce n'était pas elle qui les sèmerait.

Quand nous eûmes fait un léger souper et adressé nos prières à Dieu, nous allâmes nous coucher pour nous préparer aux travaux du lendemain.

VII. — Les projets pour Zeltheim. — La caisse. — Le jardin, etc., etc.

Le lendemain nous nous levâmes tous de bonne heure et animés du même zèle ; le paresseux Ernest même s'affligeait de ne pouvoir travailler avec nous, ainsi que la bonne mère. Après les soins ordinaires du matin, nous les quittâmes pour toute la journée, en leur donnant les provisions nécessaires pour leur dîner ; nous emportâmes de notre côté une oie cuite de la veille et des pommes de terre prêtes à manger. Je fis atteler le char avec le buffle et le taureau, et j'envoyai Fritz et Jack au bois des bambous avec l'ordre d'en mettre sur le char autant qu'il en pourrait contenir, et d'en choisir des plus gros pour ma galerie ; les autres étaient destinés au soutien de mes jeunes arbres, et c'est par eux que je voulais commencer mes travaux. François aurait désiré que ce fût par la Franciade ou le jardin : mais il se rendit en pensant aux bons fruits que nos arbres nous donneraient si nous les empêchions de périr · des pêches, des pommes, des poires, et surtout des cerises ne lui étaient rien moins qu'indifférentes. Il consentit donc à m'aider plutôt que d'aller à ses tas de pierres, et à soutenir les arbres à mesure que je les relevais et que je les butais autour des racines ; il alla ensuite couper des roseaux pour les attacher. Il y était à peine, que ses cris attirèrent mon attention : « Papa, papa, il nous arrive de je ne sais où une grosse caisse, venez vite la recevoir. » Je courus, et j'aperçus en effet la caisse que nous avions prise de loin pour une chaloupe ; les vagues l'avaient amenée jusqu'à notre baie, elle s'était engagée dans

les roseaux qui y croissent abondamment, et me parut même s'être
enfoncée dans le sable. Il m'aurait été impossible de la tirer de là,
seul avec mon petit François; et, malgré notre curiosité de savoir ce
qu'elle contenait, il fallut attendre le retour de mes deux autres fils.
Nous continuâmes à soigner nos arbres, et notre ouvrage était bien
avancé, quand le chariot chargé de bambous arriva avec deux conducteurs harassés de fatigue et de faim. Il fallut commencer par
manger notre oie en nous reposant, et pour notre dessert quelques
goyaves et des glands doux, échappés à l'orage, que mes fils avaient
apportés. Fritz avait aussi tué dans le marais un très gros oiseau,
que je pris d'abord pour un jeune flamant, qui n'avait pas encore
sa belle couleur pourpre, mais c'était un jeune casoar, le premier
que j'eusse vu dans notre île. Cet oiseau est remarquable par sa
grosseur extraordinaire, et par son singulier plumage, si court, si dé-
lié, qu'il ressemble plutôt à du poil qu'à des plumes. J'aurais fort
désiré de l'avoir en vie pour en orner notre basse-cour; il était d'ailleurs assez jeune pour espérer de pouvoir l'apprivoiser, mais le
coup de fusil du grand tireur Fritz était lâché, et le bel oiseau sans
vie. Il est très rare en Europe. Je voulus le faire voir à ma femme,
et je défendis qu'on y touchât. Debout sur ses pieds membraneux,
comme ceux des amphibies, il pouvait avoir quatre pieds de hauteur.

Tout en mangeant, nous parlâmes de la caisse échouée; la curiosité de savoir ce qu'elle contenait l'emporta sur la faim; on se hâta
d'avaler et de courir au bord de la baie. Je regrettai mon canot, qui
aurait aidé à la prendre; il fallut nous mettre à moitié dans l'eau, et
nous eûmes bien de la peine à la débarrasser des herbes, du limon,
et à la pousser sur la grève. A peine y était-elle, que Fritz, armé
d'une forte hache, fit sauter les planches clouées qui la fermaient,
et, les uns sur les autres, nous nous hâtâmes de regarder de quoi
elle était remplie. Fritz aurait voulu de la poudre et des armes;
Jack, qui était un peu petit-maître et visait à l'élégance, aurait voulu
des habits, et surtout du linge plus fin et plus blanc que celui que
tissait sa mère; si Ernest avait été là, il aurait réclamé des livres;
moi, je désirais des graines d'Europe, et surtout du blé; et mon petit François aurait aussi aimé à y trouver les pains d'épices dont sa
grand'mère le régalait en Europe, et qu'il avait souvent regrettés.

Mais comme alors ses frères l'appelaient petit gourmand, il n'o-
sait pas le dire, et nous assurait que, pour lui, il ne désirait rien au
monde qu'un beau couteau de poche avec une petite scie, et ce fut
lui qui eut ce qu'il demandait. La caisse jetée au hasard, comme
cela arrive dans les tempêtes, se trouva remplie de bagatelles euro-
péennes qui par leur brillant ou leur utilité peuvent tenter les sauvages, et deviennent des moyens d'échange : beaucoup de verroteries
et quincailleries de toute espèce, des grains en couleur, de grosses
perles fausses, des épingles, des grosses aiguilles, beaucoup de miroirs, quelques joujoux d'enfants pouvant servir de modèles, tels que
petits chariots, et des outils de différentes espèces, parmi lesquels
il s'en trouva qui pouvaient nous être utiles à nous-mêmes, comme
des haches de fer, des scies, des rabots, des forets et plusieurs autres objets trop longs à détailler; entre autres beaucoup de couteaux,
parmi lesquels François eut le choix, et des ciseaux qui furent mis
à part pour la maman; les siens commençaient à s'user; et moi, j'eus
le plaisir de trouver au fond bon nombre de clous de toutes gran-
deurs et de toute espèce, et même quelques pattes et crampons de
fer, dont je manquais absolument, et qui m'étaient bien nécessaires : je n'avais presque plus de ceux de notre vaisseau. Après que
mes enfants se furent amusés à sortir et à regarder tous ces objets,
et que j'eus mis à part ceux dont nous avions besoin pour le moment, je refermai la caisse, et, avec l'aide de mes fils, je la portai à
Zeltheim et l'enfermai dans notre magasin. Comme l'inventaire de
la caisse nous avait pris assez de temps, à peine pûmes-nous achever de relever, de buter et d'attacher tous nos arbres avant la nuit;
elle était close quand nous arrivâmes à Falkenhorst, mes fils sur
notre char, et moi le conduisant. Ma femme s'inquiétait, le flegmatique Ernest cherchait à la calmer, mais notre présence y réussit
mieux. « Mère, lui dis-je en entrant, voilà tous tes poussins que je
remets sous ton aile.

JACK. Et qui ne vous arrivent pas les mains vides; voilà pour vous,
maman, une belle paire de ciseaux, un gros paquet d'aiguilles, un
autre d'épingles et un dé à coudre. Comme vous allez être riche à
présent! et quand votre jambe et votre pied seront guéris, vous me
ferez une jolie veste et un pantalon, dont j'ai grand besoin.

FRANÇOIS. Et moi, maman, je vous apporte un miroir, pour mettre droit votre bonnet; à présent vous serez bien coiffée. (Et il posa sur le lit de sa mère un petit miroir renfermé dans un étui de carton.) C'est pour donner aux sauvages, dit-il en riant, et je commence par vous.

— Je crois que je leur ressemble beaucoup, » dit ma bonne Lisbeth en arrangeant un peu le mouchoir de soie rouge et jaune qu'elle portait ordinairement autour de sa tête.

JACK. Oh ! ce n'est que lorsque vous mettez le drôle de chapeau pointu que vous a fait Ernest.

FRANÇOIS. Il pourrait aussi servir de conducteur au tonnerre.

— Que m'importe qu'il soit rond ou pointu, dit ma femme, il me garantira du soleil, et c'est l'ouvrage de mon Ernest ; lui seul m'a rendu ce bon office, et je lui en ai bien de l'obligation. »

Ernest était adroit et patient ; ayant entendu sa mère se plaindre de n'avoir pas de chapeau, il avait essayé d'en faire un, en tressant des pailles de riz. Il y avait réussi, mais n'avait pas su arrondir le fond, qui se terminait en pointe, et était le sujet éternel des railleries de ses frères.

« Maman, dit Ernest, de son ton grave et réfléchi, je ne veux pas que vous ayez l'air d'une sauvage, encore moins que vous serviez de conducteur au tonnerre ; ainsi mon premier ouvrage, quand je pourrai me servir de ma main, sera de vous faire un chapeau à forme ronde ; vous me prêterez une de vos grosses aiguilles, et je prendrai, pour le coudre, la tête de Jack ou celle de François.

— Comment, ma tête ! s'écrièrent-ils tous les deux.

ERNEST. Oui, votre tête : mais rassurez-vous, je ne l'ôterai pas de dessus vos épaules ; il suffira que celui qui me servira de modèle soit à genoux devant moi, seulement pendant une journée, et ne crie pas trop quand l'aiguille percera. »

Cette fois, les rieurs furent du côté de mon philosophe, et les railleurs se turent. Leur mère s'amusa de ce dialogue. Il fallut ensuite lui expliquer où nous avions trouvé ce que nous lui apportions. Mon présent était une hache légère, dont elle pouvait se servir pour couper le bois de son foyer, et un chandron de fer battu, plus petit et plus commode que celui qu'elle avait. Fritz avait disparu, et revint, traînant avec peine son gros casoar : « Tenez, maman, dit-il en entrant, je vous apporte un petit poulet pour votre dîner ; » et les rires et l'étonnement recommencèrent. Le reste de la soirée fut employé à le plumer pour en mettre cuire quelques morceaux le lendemain ; puis nous nous couchâmes afin de pouvoir aller de grand matin travailler à notre jardin. Ernest prenait son parti de rester à la maison avec ses livres et sa mère, à qui il lisait beaucoup pour l'amuser et pour s'instruire ; il arrangea aussi avec des matelas une espèce de dossier au moyen duquel ma femme pouvait être assise dans son lit, et travailler à la couture. De cette manière elle supporta, sans trop d'impatience, sa réclusion de six semaines, et mit tous nos vêtements en bon état. François faillit étourdiment trahir le secret de nos bâtiments ; il la pria de commencer par lui faire un tablier de maçon.

LA MÈRE. De maçon ! cher enfant, est-ce que tu veux te bâtir une maison ?

FRANÇOIS. Je voulais dire de jardinier, je me suis trompé.

LA MÈRE. A la bonne heure ; j'aime mieux ce métier, où nous pourrons travailler ensemble. »

En attendant nous travaillâmes avec zèle, mes trois fils et moi, au ardin. Il y avait beaucoup à faire, mais trois ouvriers zélés et de bon courage avancent bien la besogne. Il s'agissait non-seulement de le rétablir tel qu'il était avant l'orage, mais de faire la digue qui devait le garantir à l'avenir des inondations ; c'est ce qui nous donna le plus de peine. Pendant que nous étions à l'ouvrage, Fritz me proposa de pratiquer un conduit en pierre, pour faire écouler dans notre potager de l'eau du ruisseau qui y rentrerait après avoir circulé autour de nos planches de légumes. Cette idée nous épargnait tant de peines à l'avenir qu'il fallut bien l'adopter, et faire ce travail. Il fut considérable ; il fallut creuser la terre assez profondément à près d'un quart de lieue de longueur, et construire au fond notre conduit d'eau, en ayant soin de bien observer la pente. Fritz, assez bon géomètre, m'aida pour cette partie ; Jack choisissait les pierres dans le lit du ruisseau, lui et Fritz les apportaient sur une claie, et François me les tendait à mesure. Je creusai aussi un étang au-dessus du jardin, où la conduite amenait l'eau, qui se réchauffait au soleil, et pouvait remplir à volonté, au moyen d'une écluse, les petits canaux d'arrosement : cet étang pouvait aussi nous servir de réservoir pour des petits poissons et des écrevisses, que nous trouverions tout prêts au besoin.

Nous nous occupâmes ensuite de la digue. J'avais été avant mon mariage instituteur en Hollande, ce qui m'avait donné l'idée d'une pareille construction, que je fis très légère afin de pouvoir remédier facilement aux défauts que j'y trouverais. Elle devait nous garantir de la crue extrême du ruisseau, dans les temps de forte pluie, et de l'eau découlant des rochers. Nous traçâmes ensuite nos compartiments de jardin sur le plan que ma femme avait adopté ; je fis seulement les sentiers plus larges et plus bombés, et j'en traçai un qui allait en ligne droite à notre maison ; je me promis d'y planter des arbustes en automne, pour que ma femme pût aller à l'ombre à son jardin, où j'arrangeai aussi une place pour une tonnelle de verdure, garnie de bancs sur lesquels elle pût se reposer. Il croissait contre les rochers une telle quantité de plantes grimpantes produisant des fleurs charmantes, que je n'avais qu'à choisir pour garnir bien vite mon treillage.

Tout cela et la fermeture du jardin, qui fut enclos d'une palissade de bambous contre les invasions des chiens et des chakals, nous prit près de quinze jours, pendant lesquels la guérison de nos chers blessés avançait. Ils se trouvaient si bien ensemble, qu'ils prenaient leur parti de nos absences nécessaires. Je leur laissais souvent François pour les soins du ménage et pour faire plaisir à sa mère ; elle aimait aussi beaucoup Ernest, plus doux, plus tranquille que Fritz et Jack, et qui l'amusait par ses lectures.

Enfin le jardin fut fini, et François me tourmenta pour commencer sa galerie. Ses deux frères furent enchantés de mon plan, qui donnerait très bonne façon, disaient-ils, à notre demeure et l'empêcherait de ressembler à une caverne.

Jack. Une caverne, avec des portes et des fenêtres ! où as-tu vu cela ?

Fritz. Ou bien une grotte de sel, si tu l'aimes mieux ; mais elle n'en est pas moins bonne et commode, et le sera plus encore quand elle aura un joli balcon en colonnade, et à chaque bout un petit pavillon avec une fontaine au milieu.

Le Père. Je n'ai pas dit un mot de ces pavillons ; comment l'entendez-vous ?

JACK. Oh! bien nous, papa, nous en avons parlé, j'entends Fritz et moi. Ces pavillons sont de notre invention; la galerie s'appellera *Franciade,* à la bonne heure; mais l'un des cabinets s'appellera *Fritzia,* et l'autre *Jackia,* à vous servir.

LE PÈRE. Fort bien; mais où prendrez-vous l'eau pour vos fontaines?

FRITZ. A la cascade, mon père; elle n'est pas épuisée, et un filet d'eau viendra fort bien jusque chez nous.

LE PÈRE. Par enchantement, sans doute? je ne vois pas d'autre moyen de lui faire franchir cette distance.

JACK. Et n'y a-t-il pas des bambous dans le monde, des cannes à sucre, des palmiers à sagou, dont un seul suffirait, et votre arbre à moelle, et tant d'autres qui ne demanderont pas mieux que d'apporter de l'eau dans nos fontaines?

LE PÈRE. Et de se percer tout seuls! Petit fanfaron, je voudrais bien voir comment tu t'y prendras pour faire couler l'eau dans les tuyaux et les attacher l'un à l'autre.

FRITZ. Laissez-nous faire, mon père, nous en viendrons bien à bout; puisque ces pavillons seront nos filleuls, c'est à nous à en avoir le soin. Si vous voulez bien seulement nous aider à les construire, nous nous chargeons des fontaines; pensez quel plaisir elles feront à ma mère! »

J'étais charmé de voir à mes fils de l'imagination, de l'invention et du zèle pour obliger leur mère : son malheur avait donné plus de force à leur amour filial; ils ne pensaient tous qu'à la consoler, à la distraire, à la caresser. Elle me disait quelquefois qu'elle bénissait cet accident, qui lui avait appris combien elle était aimée de ceux qu'elle chérissait.

VIII. — La forge. — Les fontaines. — Divers travaux.

Le lendemain était un dimanche, et j'en fus bien aise. Outre la solennité de ce jour, où j'aimais à m'occuper plus particulièrement avec ma famille de notre Créateur et de notre Sauveur, mes enfants, à l'exception d'Ernest, avaient besoin de ce jour de repos. Ils avaient mis un si grand zèle, une telle activité à l'exécution de nos projets pour procurer à leur mère une agréable surprise, que je craignais que Jack et surtout François n'eussent excédé leurs forces. Quand je laissais ce dernier à Falkenhorst, il se dépêchait vite de faire son ouvrage, et, dès qu'il avait préparé le dîner de sa mère, il se hâtait de nous joindre à Zeltheim pour nous apporter le nôtre, et travailler tout le reste du jour. Quelquefois, lorsqu'il était trop chargé, il montait sur le cou de son taureau; mais le plus souvent il venait à pied, et je le préférais, craignant toujours quelque incartade de maître Vaillant, qui avait alors toute la fougue de la jeunesse. Je déclarai donc que je voulais que le jour du repos *du Seigneur* lui fût entièrement consacré et fût aussi celui de ma famille. La mère, heureuse de nous voir tous rassemblés autour d'elle, nous assura qu'elle serait bientôt guérie.

« Non pas sitôt, je vous en prie, lui dit Jack, pas avant quinze jours.

LA MÈRE. Comment, mon cher enfant, serais-tu donc fâché de me voir debout avant quinze jours?

FRANÇOIS. Oui, bien fâché. Vous voudriez courir, travailler, et vous vous casseriez encore la jambe; n'est-ce pas, mon père, il faut que maman ne se lève pas avant quinze jours, lorsque son jardin commencera à lever? » Elle rit et le lui promit.

Après une journée passée en actes de dévotion et en doux entretiens, mes fils aînés me demandèrent la permission d'aller se promener jusqu'à notre ferme de Waldeck, et j'y consentis. Ernest, qui depuis longtemps n'avait pas fait d'exercice, était bien aise de faire cette course; François n'aurait pas mieux demandé, mais j'exigeai de lui de rester avec nous, et lui donnai une leçon de lecture et d'écriture. Ses frères revinrent avant la nuit : Fritz, avec un léger signe d'intelligence, me dit qu'il avait trouvé là bien du désordre, et qu'il serait essentiel d'y travailler quelques jours, ainsi qu'à nos plantations de maïs et de pommes de terre. C'était prendre ma bonne Elisabeth par son faible que de lui parler des provisions du ménage; elle nous encouragea à ce travail, en s'affligeant de ne pouvoir pas nous aider.

Le lendemain, quoique éveillé de bonne heure, je trouvai que Fritz et Jack étaient partis depuis longtemps. Je supposai qu'ils étaient à Zeltheim, où je me proposais de les aller rejoindre après avoir soigné notre bétail; mais, à ma grande surprise, je ne trouvai dans nos écuries que l'âne, s'ennuyant de sa solitude et faisant des *hi, ha*, à en perdre la tête ; je l'apaisai en lui donnant à manger, et je fus bien aise de l'avoir pour faire cheminer sur lui mon bon petit François. Je m'aperçus aussi que mon chariot était démonté, et qu'ils avaient emporté les quatre roues ; cela m'expliqua le but de leur émigration. Dans leur promenade de la veille, ils avaient sûrement cherché et découvert quelque arbre propre à faire les tuyaux de leurs fontaines, et ils étaient occupés à l'abattre et à le transporter à Zeltheim. Comme je ne savais où les trouver, je les laissai à leur ouvrage, et j'allai prendre congé de ma femme et d'Ernest, qui était presque guéri ; mais il n'aurait pas encore pu nous aider à notre grosse besogne, et soignait très bien sa mère. L'âne porta François, qui sautait de joie de ce que j'allais enfin commencer sa galerie. J'en traçai d'abord le plan sur le terrain en prenant toutes mes mesures. A la distance de douze pieds environ du rocher qui formait la façade de notre maison, je marquai une ligne droite d'environ cinquante pieds que je divisai en dix espaces, de cinq pieds en cinq pieds, pour ma colonnade ; les deux bouts furent réservés pour les pavillons que mes fils voulaient construire. J'étais occupé de mon calcul, et de faire planter par François des petits jalons aux places où je voulais creuser, quand j'entendis rouler le char, et que je le vis bientôt escorté de mes deux braves ouvriers, la hache sur l'épaule. J'avais bien deviné : ils avaient cherché et trouvé la veille une espèce de pin qui leur avait paru ce qu'il fallait pour leurs tuyaux ; ils en avaient abattu quatre de quinze à vingt pieds chacun, et de la grosseur d'un sapin ordinaire, puis, ayant posé leurs arbres sur les roues à la distance nécessaire, ils avaient attelé leurs quatre bêtes à ce train. Jack les conduisait, et Fritz, placé derrière, veillait à ce que rien ne s'accrochât aux arbres et aux longues herbes. Ils avaient eu beaucoup de peine, mais le plus difficile restait à faire ; il fallait percer ces arbres et les réunir solidement ; nous n'avions aucun outil de fontainier propre à cet usage, ni tarière ni boîtes en fer. J'avais, il est vrai, établi une petite fontaine à Falkenhorst, près de mon château d'arbre ; mais le ruisseau était très près, et mon sagoutier avait suffi, lorsque je l'eus vidé et partagé, pour conduire l'eau près de chez nous dans notre écaille de tortue. Ici la distance était plus grande, le terrain inégal, et pour avoir l'eau pure et fraîche, des tuyaux de fontaine souterraine étaient ce qu'il y avait de mieux. J'avais eu l'idée de prendre de nos grands bambous, Fritz me fit remarquer qu'il y avait des nœuds et qu'il serait difficile de les réunir solidement.

« Crois-tu, lui dis-je, que ce sera beaucoup plus facile avec tes arbres ?

— Laissez-moi faire, mon père, me répondit-il ; j'ai vu fabriquer des fontaines en Suisse, et j'espère y parvenir ; commençons toujours par établir la galerie. Oui, cela va très bien ; allons vite, que chacun fasse un creux, je vais chercher les bambous que nous voulons y placer.

Il en apporta douze, qu'il choisit parfaitement égaux pour la hauteur et l'épaisseur. Lorsqu'ils furent plantés en ligne, à cinq pieds de distance, ils formaient une colonnade très agréable à l'œil et très régulière ; nous les assujétîmes fortement en terre, et cet ouvrage assez long et pénible termina notre journée. François courait du haut en bas de la galerie, et l'appelait *le palais de maman*. « Et c'est moi pourtant qui l'ai inventé, » disait-il en se pavanant. Ses frères rabattirent son petit orgueil en vantant leurs deux pavillons et leurs fontaines comme le principal ornement de la galerie. « Elles ne coulent pas encore, répondait François, et mes colonnes sont déjà debout. » Pour terminer ce petit débat de vanité je donnai le signal du départ. François monta l'âne, Fritz son Leichtfus, Jack son buffle, et moi je conduisis la vache et le taureau qui traînaient le chariot.

Nous fûmes obligés d'altérer un peu la vérité en rendant compte à ma femme des travaux de la journée. Je me hâtai de couper court aux questions, en en faisant à mon tour sur les lectures d'Ernest, auxquelles ma femme prenait chaque jour plus de goût ; jusqu'alors, toujours occupée de son ménage et de sa nombreuse famille, elle avait eu peu de temps à donner à la lecture et à l'étude. La petite bibliothèque de notre ancien capitaine était très bien composée ; outre beaucoup de voyages sur mer, qui l'intéressaient vivement, il y avait aussi quelques bons historiens et quelques ouvrages de poésie pour laquelle Ernest avait du goût et même du talent. Il lisait bien et pouvait expliquer à sa mère ce qu'elle ne comprenait pas ; leur amour-propre à tous deux en était flatté, Ernest était fier de montrer sa science, et ma femme d'avoir un fils savant ; aussi se plaisaient-ils beaucoup ensemble. Cependant Ernest demanda la permission de venir avec nous à Zeltheim le lendemain, et j'admirai le bon cœur de François, qui tenait si fort à la construction de sa galerie, et qui offrit tout de suite à son frère de le remplacer auprès de sa mère ; Ernest accepta, et le lendemain je me mis en marche avec lui ; Fritz et Jack avaient encore pris les devants. Pendant la promenade du dimanche ses frères lui avaient raconté leurs projets, et sa curiosité était excitée ; mais en même temps je vis qu'il éprouvait un sentiment pénible de n'être pour rien dans les surprises que ses frères préparaient à leur mère. « Ce n'est pas ta faute, lui dis-je pour le consoler, et tu n'es pas en arrière avec ta bonne mère ; tu soignais ses maux, tu cherchais à l'en distraire pendant que tes frères lui ménageaient des surprises ; et ne lui as-tu pas fait un chapeau de paille?

— Vous m'y faites penser, me dit-il; la forme n'en est pas gracieuse, je veux lui en faire un autre qui lui plaira davantage ; j'irai moi-même demain matin choisir des pailles. »

Tout en discourant, nous arrivâmes à Zeltheim. Depuis que nous en approchions, nous entendions un bruit singulier, qui se répétait en écho contre les rochers, cessait quelquefois tout-à-fait, et recommençait ensuite. Je n'aurais pu définir ce que c'était, mais j'en connus bientôt la cause. Dans une anfractuosité du rocher, j'aperçus un feu ardent sur lequel Jack, armé d'un petit bambou, soufflait sans cesse, pendant que Fritz tournait et retournait sur des charbons une barre de fer; lorsqu'elle était rougie, il la posait sur une enclume que j'avais apportée du vaisseau ; chacun d'eux à l'envi frappait dessus avec un marteau pour *l'appointir.*

« Bravo, mes apprentis forgerons, m'écriai-je, il faut essayer de tout, et retenir ce qui est bon. Viendrez-vous à bout de votre tarière (instrument à percer)? je suppose que c'est là votre but.

Fritz. Oui, mon père, nous réussirions si nous avions un bon soufflet de forge, c'est là ce qui nous manque ; voyez cependant, notre barre est déjà très appointie.

Le Père. Ce n'est pas le tout, il faudrait qu'elle fût arrangée en vis sans fin, et tranchante, sans quoi vous n'en viendrez pas à bout. »

Fritz était un petit opiniâtre, que rien ne rebutait, et qui ne voyait rien d'impossible. Il avait tué la veille un kangourou, ce qui lui arrivait souvent ; il l'avait écorché et fait cuire pour notre dîner ; la peau lui servit pour se faire un soufflet de forge. Il la cloua, le poil en dehors, n'ayant pas le temps de la tanner, à deux planchettes de bois percées de quelques trous ; il y adapta un roseau, le suspendit, au moyen d'une longue corde et d'un pieu, à côté de son foyer, et Jack avec la main ou le pied fit agir le soufflet sur les charbons, si bien que dans l'instant le fer était rougi et très malléable. J'avais aussi apporté du vaisseau le soufflet pour la forge, mais, faute d'autre, ma femme l'avait démonté et s'en était servie dans sa cuisine. Je lui montrai à tourner le fer de manière à en faire une vis assez grossière, mais qui me parut pouvoir remplir son but ; à l'autre bout on forma un anneau, dans lequel on plaça un morceau de bois transversal, afin de pouvoir tourner la vis. Nous en fîmes d'abord l'essai ; un des arbres fut posé sur deux appuis, et Fritz et moi nous tournâmes si bien le foret, en retirant les copeaux à mesure, que nous eûmes percé notre arbre en assez peu de temps, en commençant à chaque bout. Fritz ne se sentait pas de joie. Jack ramassait les copeaux à mesure et les portait dans notre cuisine, disant que sa mère serait charmée de les avoir pour allumer son feu. Ernest se promenait en dedans des colonnes, marquait la place où il s'établirait pour lire, donnait des conseils à ses frères pour l'architecture de leurs deux pavillons, et s'apercevant qu'on se préparait à percer encore un arbre, il alla se promener au jardin pour voir la digue. Il en revint très enchanté, mais avec un air préoccupé, et cependant, plus actif qu'à l'ordinaire, il voulut absolument aider à percer les tuyaux, m'assurant que sa main, que la peau commençait à peine à recouvrir, ne lui faisait plus de mal. Comme nous n'avions qu'un seul outil pour cet ouvrage, nous ne pouvions y travailler tous les quatre, je m'en chargeai seul, et j'envoyai Ernest aider ses frères à la forge ; il pouvait activer le soufflet sans se faire mal, et mes jeunes forgerons aplatir le fer dont ils voulaient faire des *boîtes* pour tenir ensemble leurs tuyaux : ils y réussirent assez facilement, et s'occupèrent ensuite à creuser la terre pour les placer. Ernest, qui savait assez bien la géométrie et l'arpentage, leur fut utile pour donner à leurs tuyaux la pente et le niveau nécessaires, et les comblait de joie en leur disant qu'ils pourraient facilement avoir un jet d'eau.

Mais je ne fus pas de cet avis; outre que tout ce qui annonçait des prétentions et du luxe me paraissait déplacé dans notre île, si simple, si agreste, nous n'avions pas les moyens de faire les tuyaux et les boîtes de fonte, et cette recherche inutile prendrait un temps qui pouvait être mieux employé. Je trouvais déjà que les pavillons étaient de trop, et que nous aurions pu nous borner à la simple galerie, mais je ne voulus pas contrarier mes fils dans le projet de causer une surprise agréable à leur mère; une fontaine à sa portée était d'abord de première nécessité, et deux n'y gâtaient rien. Je les laissai donc combiner ensemble leur élégante architecture, et je m'occupai du moyen de couvrir mon long balcon; il fut bientôt trouvé. Lorsque j'eus posé au-dessus de mes colonnes une planche taillée en arcade, qui les réunissait, et qui fut solidemement clouée, j'établis dessus des bambous, qui s'appuyèrent en pente contre le rocher; et puisque j'avais à présent une forge et des forgerons, je leur fis faire des crampons de fer au moyen desquels je les attachai au roc avec un ciseau de maçon, qu'ils me firent aussi très passablement, et ils réalisèrent à la lettre le proverbe : *En forgeant on devient forgeron.*

Lorsque mon toit de bambous fut solidement établi, les cannes aussi près qu'elles pouvaient l'être, je garnis les intervalles de terre grasse que je trouvai près du ruisseau; je coulai de la gomme par dessus, et j'eus un toit imperméable et très brillant : on aurait dit qu'il était vernissé et rayé de vert et de brun. Je relevai ensuite le terrain d'un pied pour qu'il n'y eût point d'humidité, et je pavai l'intérieur de la galerie avec mes carrés de pierres du rocher, que j'avais gardées en provision. Dans les moments où François n'était pas auprès de sa mère, Ernest travaillait à lui faire un chapeau, et n'empruntait point la tête de ses frères pour modèle; il leur cachait au contraire son ouvrage, mais leur aidait pour leurs pavillons, au moins par son intelligence. Ils leur donnèrent une forme très élégante, un peu dans le genre chinois; ils étaient exactement carrés, formés par quatre colonnes, un peu plus hautes que le toit de la galerie; le toit, à quatre pans, finissait en pointe, et donnait l'idée d'un grand parasol. Les précieuses fontaines furent placées au milieu.

Ernest fournit l'idée de masquer le bout du tuyau perpendiculaire

qui amenait l'eau dans le bassin, d'un massif de coquillages ; on en
trouvait de toute espèce au bord de la mer, des plus brillantes couleurs, et des formes les plus bizarres et les plus variées. Ernest,
qui aimait avec passion l'histoire naturelle, en faisait une collection
et cherchait à les nommer d'après les descriptions qu'il trouvait dans
les livres de voyages. Il découvrit des moules qui, dépouillées de
leur enveloppe maritime, offraient les couleurs les plus vives du
prisme et ressemblaient à des pierres précieuses, et plusieurs autres
décrites par les naturalistes ; l'étoile de mer, les trochus, le cône ou
rouleau orangé ; d'autres, du lapis le plus pur ou d'un beau couleur de rose ; des volutes de toute espèce, etc. Ces différents coquillages, d'une beauté éblouissante, furent placés autour du tuyau enduit de terre glaise ; une volute, en forme gracieuse de coupe anti-
que, reçut l'eau et la fit retomber avec grâce en petite nappe dans
la grande écaille de tortue ; un petit canal la conduisait ensuite hors
des pavillons. Le tout fut exécuté bien plus vite que je ne l'aurais
imaginé ; l'effet surpassa aussi de beaucoup mon attente, et donna
un prix infini à notre demeure, en la garantissant de la chaleur.
Gloire en fut rendue au premier inventeur, M. François, et le nom
de la Franciade fut écrit en grosses lettres sur l'arcade du milieu ;
Fritzia et *Jackia* furent écrits de même au devant des pavillons.
Mon pauvre Ernest seul n'était pas nommé et n'en paraissait pas
trop affecté ; il avait pris un grand goût pour la promenade et la botanique, et l'avait communiqué à Fritz.

Quand nos ouvrages de Zeltheim furent terminés, ils nous lais-
saient à notre tour soigner notre chère convalescente, et faisaient
ensemble des excursions qui duraient quelquefois des journées entières. Ernest nous apportait des curiosités naturelles très amusantes, des cailloux, des cristaux, des pétrifications, des insectes, des
papillons de toute beauté ; quelquefois aussi des fleurs admirables
par leurs formes et la variété de leurs couleurs, par leur parfum, et
dont aucune fleur d'Europe ne peut donner l'idée ; ou des fruits
que nous commencions toujours à faire goûter à notre singe, et dont
quelques-uns se trouvèrent excellents. Je citerai d'abord entre autres précieuses acquisitions deux palmiers bien intéressants, celui
nommé papyracée ou guajaraba, et le palmier-dattier ; ce dernier
surtout présente une telle utilité dans toutes ses parties, que nous

ne pûmes assez bénir le ciel et nos enfants de cette excellente trouvaille; les dattes étant particulièrement bonnes à demi séchées, ma femme se réjouissait de s'occuper de cette provision. On comprend que nos fils nous apportèrent seulement les fruits, mais nous nous promîmes de transplanter les arbres mêmes autour de nos demeures. Nous fûmes donc bien loin de nous opposer à des courses qui nous étaient aussi avantageuses; mais elles avaient un autre but que je ne connaissais pas encore, ainsi qu'on le verra dans le chapitre suivant.

IX. — La surprise et la grotte.

Un jour nous étions, Jack et moi, à Zeltheim, Fritz et Ernest étaient en course depuis longtemps, l'un avec son fusil, l'autre avec son sac, dans lequel il mettait ses trouvailles : notre projet était de sarcler le jardin et d'achever la tonnelle de feuillage. Je passai d'abord à la maison pour y prendre les outils nécessaires. Nous rendîmes un nouvel hommage à nos constructions; le soleil éclairait les beaux piédestaux des fontaines, et les coquillages réfléchissaient les plus brillantes couleurs. Pendant que Jack les admirait et se délectait à entendre couler l'eau, j'examinais le toit de ma galerie, et je crus m'apercevoir qu'une place demandait quelques réparations; j'appelai Jack pour m'aider à dresser notre grande échelle de corde, que j'avais apportée de Falkenhorst, et qui m'avait servi utilement pour achever ce toit. Mais nous la cherchâmes en vain; elle fut introuvable, et ce n'était pas un objet assez petit pour échapper aux recherches. Nous étions si bien à l'abri des voleurs dans notre île solitaire, que je ne pouvais accuser que mes fils aînés, qui l'auraient sans doute emportée pour grimper plus facilement sur quelque cocotier. Je me tranquillisai et nous prîmes le chemin de notre jardin, le long de la paroi de rochers. Depuis notre arrivée j'entendais un bruit sourd et continuel, qui paraissait venir de ce côté, et me donnait de l'inquiétude : c'était toute autre chose que le bruit de la forge; nous venions de passer devant elle, elle était éteinte, et mes forgerons bien loin de là. Mais à peine avions-nous fait quelques pas en côtoyant les rochers, que le bruit augmenta et devint enfin si fort, à mesure que nous avancions, que j'en fus vraiment alarmé. Etait-ce l'annonce d'un tremblement de terre, peut-être de quelque explosion volcanique? J'avais lu dans nos livres de voyages que la plupart des îles de la mer du Sud renferment des volcans. Je n'étais pas assez versé dans la géologie et la minéralogie pour avoir pu m'assurer si nos rochers étaient d'une nature volcanique; je savais seulement qu'ils renfermaient une mine de sel, puisque notre demeure y était construite. J'avais lieu de croire, par la nature du roc, exactement semblable à celui que j'avais percé, que cette mine se prolongeait au loin, mais je ne savais point s'il ne s'y mêlait pas quelques substances hétérogènes qui pouvaient produire dans l'intérieur cette singulière détonation. Plus nous avancions et plus elle augmentait. Je m'étais arrêté devant la place où le bruit se faisait le plus entendre, à moitié chemin environ de notre jardin; le rocher présentait partout une surface plane et unie, contre laquelle on semblait frapper à coups redoublés; de temps en temps on entendait comme la chute d'une pierre, et l'on n'en voyait tomber aucune. J'étais demeuré incertain sur ce que je devais faire; la curiosité me disait de rester, et une sorte de terreur, de m'éloigner avec mon enfant; mais Jack, toujours téméraire, ne voulut pas entendre parler de s'en aller avant d'avoir découvert la cause du phénomène.

JACK. Mais que voulez-vous donc que ce soit, mon père? Ecoutez... ne dirait-on pas qu'on veut abattre le rocher?

LE PÈRE. J'avoue que je n'y comprends rien; c'est quelque convulsion intérieure de la nature; et, comme nous en ignorons le résultat ainsi que la cause, il serait plus prudent de nous en éloigner; ce qu'il y a de sûr, c'est que ce ne sont pas *des gens*, comme tu disais. » J'avais à peine achevé ma phrase, lorsque j'entendis distinctement des voix humaines; je ne pouvais discerner aucun mot, mais on parlait, on riait : il me sembla même que j'entendais frapper des mains; je fus complètement pétrifié et saisi d'un tremblement général. Jack, plus courageux que moi, battait aussi des mains de joie d'avoir deviné juste. « Que vous avais-je dit, mon père? n'avais-je pas raison, ne sont-ce pas des gens par là derrière, des amis, j'espère? Et il avançait tout près du rocher, lorsqu'il me parut qu'il s'ébranlait; le bruit qui avait cessé, recommença plus fortement. Bientôt je vis une pierre tomber en dehors, puis deux, puis trois; je saisis mon fils au milieu du corps pour l'entraîner. « Viens donc, tu veux donc être écrasé ? » Au moment même une pierre tombe encore, et nous voyons s'avancer deux têtes au travers du trou... c'étaient celles de Fritz et d'Ernest. On peut juger de notre surprise, de notre joie, de nos questions. En deux sauts Jack fut à l'ouverture, ses frères l'aidèrent à passer ; tous trois travaillèrent ensuite à l'agrandir ; ce qui leur fut facile, à l'aide de pieux de fer et de gros marteaux. Dès que je pus y passer, j'entrai et je me trouvai dans une véritable grotte de la plus belle dimension, de forme arrondie, baissée vers le fond et s'élevant en forme de voûte séparée en deux parties à peu près égales, entre lesquelles on apercevait le ciel, et qui laissait pénétrer l'air et même un peu de lumière dans la grotte, éclairée de plus par deux grosses lampes de calebasses. Dès deux côtés de l'ouverture que mes fils avaient faite, en regardant celle du haut, je vis que ma grande échelle y était suspendue et descendait à quelques pieds du sol ; alors je compris par quel chemin mes jeunes ouvriers avaient pénétré dans cette retraite intérieure, dont il était impossible de se douter au dehors. Mais comment l'avaient-ils découverte, et que voulaient-ils y faire ? voilà les deux questions que j'énonçai presque à la fois. Ernest répondit d'abord à la seconde. « J'en veux faire, dit-il, un lieu de repos pour ma mère quand elle ira à son jardin ; mes frères ont tous bâti quelque chose pour elle, à quoi ils ont donné leurs noms ; j'ai voulu que quelque endroit de notre île lui rappelât aussi son Ernest, et je vous présente la grotte *Ernestine*.

— Et dans la suite, dit Jack en la parcourant des yeux, on pourra y faire un joli logement.

Je dis à mon fils aîné de nous raconter ce qui les avait amenés là.

Fritz. Peu de jours après que nos travaux de Zeltheim furent terminés, nous nous promenions, Ernest et moi, autour de ces rochers ; il me parlait de son désir de causer aussi une surprise à ma mère, pour fêter son rétablissement, mais il ne savait à quoi se décider. « Je voudrais, me disait-il, lui procurer un moyen de se reposer à l'ombre, en allant à son jardin ; ce sentier est brûlant et n'offre pas le moindre ombrage ; ces jeunes arbres n'en donneront pas de longtemps ; si nous faisions ici une tente ? Mais le sentier était trop étroit, et le rocher, échauffé par le soleil, était comme un poêle. Nous étions là à réfléchir sur ce qu'il pouvait faire, quand j'aperçus tout-à-coup au sommet du rocher un petit quadrupède charmant, et que je n'avais point encore vu dans notre île. A sa forme svelte et légère, à sa belle couleur fauve, à son attitude, je l'aurais pris pour un jeune chamois si j'avais été en Suisse ; mais Ernest me dit avec raison que le chamois ne se plaît que dans les pays froids et près des glaciers ; qu'il croyait que c'était une gazelle ou une antilope, et, comme cet animal ne se trouve guère qu'en Afrique, aux Indes orientales et au Sénégal, il pensait que celui-là était une gazelle de Guinée ou celle de Java, que les naturalistes désignent sous le nom de memina chevrotain. Vous comprenez, mon père, que le désir d'avoir ce charmant animal mort ou en vie s'empara de moi telle-ment que j'essayai de gravir le rocher sur lequel elle restait comme immobile, un pied levé et sa jolie tête se tournant de tous côtés. Je ne pus parvenir à grimper sur ce roc à pic et tout uni ; j'aurais d'ailleurs fait fuir la gazelle, qui est d'un naturel timide et farouche. Je me rappelai que près de Zeltheim il y avait une place où la bande du roc paraissait interrompue et offrait une espèce de passage pour le tourner ; j'y courus, Ernest m'accompagna, et nous trouvâ-mes qu'en effet nous pouvions, avec un peu de peine, escalader le roc un peu plus bas, là où il présentait plusieurs inégalités. Ernest se moquait de moi, il me demandait si je croyais que ma gazelle m'attendrait paisiblement. N'importe, je voulais au moins l'essayer ; un bon chasseur ne connaît ni peines ni difficultés. Je dis à mon frère qu'il pouvait rester et m'attendre, mais bientôt il eut autant d'envie que moi de gravir au sommet ; il crut voir briller dans les fentes du rocher une fleur de la plus belle couleur de rose qu'il ne connaissait point encore. Mon savant botaniste jugea que c'était une érica ou bruyère arbre, et voulut s'en assurer : ainsi, nos deux pas-sions mises en activité nous firent surmonter les difficultés ; et nous aidant l'un l'autre, nous nous accrochâmes aux pierres, aux buis-sons, nous parvînmes au-dessus de la bande de rochers, et nous fû-mes déjà récompensés de nos fatigues par la vue superbe qui s'of-frit à nous de tous côtés. Nous en reparlerons, mon père ; j'ai pu déjà me faire une idée de la contrée dont les rochers nous séparent ; revenons d'abord à ce que vous voulez savoir, à la découverte de cette belle grotte. J'allais en avant, regardant de tous mes yeux si je ne voyais pas ma jolie gazelle, et j'eus le plaisir de la retrouver encore, léchant un morceau de roc, où sans doute elle trouvait du sel. Il me semblait que j'en étais à peine à cent pas, et, quoique je n'eusse d'autre chemin que des pointes de roc et des pierres, j'avançais doucement, tenant mon fusil en joue, lorsque je fus tout-à-coup arrêté dans ma marche par un précipice qui ne laissait aucun passage. Les rochers recommençaient au-delà en pointes saillantes, mais aucun moyen de passer ; l'ouverture, sans être très large, l'était trop cependant pour pouvoir la traverser. Le joli quadrupède était sur le rocher, vis-à-vis de moi ; mon coup de fusil aurait peut-être pu l'atteindre ; mais à quoi m'aurait servi cette cruauté, également je ne pouvais l'avoir ? et si je l'avais seulement blessé sans le tuer, quels auraient été mes regrets ! Je laissai donc au hasard le soin de me le faire retrouver, et j'examinai l'ouverture, qui me parut assez profonde, mais me laissait voir le sol, blanc comme celui de notre précédente grotte. J'appelai Ernest, qui était resté en arrière avec ses plantes et ses cailloux, pour lui faire part d'un idée qui m'était venue tout-à-coup : c'était de faire là le reposoir de notre bonne mère. « Je crois, lui dis-je, que le fond de ce précipice est de niveau avec le sentier qui conduit au jardin ; nous ferons là une ouverture en forme de grotte naturelle, et ce sera précisément ce que tu veux.

— C'est fort bien, me dit Ernest, et je te remercie de ta bonne pensée ; il nous sera facile de nous assurer de la profondeur et du niveau, au moyen d'une ficelle attachée à une pierre, mais il ne sera pas aussi aisé de descendre là-bas tous les jours pour y travailler, et de remonter pour aller coucher chez nous.

— Qui nous empêche, lui dis-je, de l'ouvrir là-bas, par devant, comme nous avons fait à Zeltheim?

— J'aimerais beaucoup, me répondit Ernest, travailler dans l'intérieur, si cela nous était possible. D'abord nous serions plus au frais, c'était au printemps que nous travaillâmes à Zeltheim, l'atmosphère était au moins brûlant ; à présent au plus fort de l'été, travaillant contre un roc brûlant, nous serions bientôt hors d'état de continuer, et puis notre sentier est si étroit que nous serions embarrassés des décombres, qui nous serviraient au contraire dans l'intérieur à construire un banc autour de notre grotte ; et le plaisir de faire notre ouvrage en secret, sans qu'on s'en doute, sans avis ni aide que les tiens, mon cher Fritz, que j'accepte de tout mon cœur, en te laissant tout l'honneur de l'idée; mais je voudrais qu'elle pût s'exécuter seulement entre nous deux : cherche, imagine dans ta bonne tête un moyen de descendre là-bas et de remonter facilement

— Il est tout trouvé, lui dis-je : n'avons-nous pas là-bas la grande échelle de corde? A nous deux nous pourrons bien l'apporter ici; elle a quarante pieds de haut; autant que je puis en juger, ce trou n'en a pas davantage; nous l'attacherons fortement à cette pointe de rocher, et nous descendrons et remonterons le plus facilement du monde. »

Ernest fut enchanté et plein de courage; nous fûmes plus vite en bas que nous n'étions venus en haut. Nous prîmes d'abord un paquet de ficelles et plusieurs bougies, puis l'échelle, aussi bien pliée qu'il nous fut possible, mais qui n'en fut pas moins d'une extrême difficulté à monter là-haut; nous fûmes obligés deux ou trois fois, lorsque le roc était trop rapide, de l'attacher avec une corde et de la tirer en haut. Mais de quoi ne vient-on pas à bout avec une ferme volonté, du courage et de la persévérance? Nous parvînmes avec notre fardeau au bord de l'ouverture; nous commençâmes par la sonder, et nous vîmes, avec plaisir, que notre échelle atteindrait presque le bas : nous mesurâmes ensuite le rocher en dehors, et nous fûmes assurés que le sol était à peu près au niveau de celui de l'intérieur. Pour profiter ensuite, mon père, de vos leçons et de votre expérience, nous fîmes l'épreuve du feu contre l'air méphitique; d'abord avec un paquet de bougies allumées, qui ne s'éteignirent point; puis avec un gros fagot de branches et d'herbes qui brûlèrent entièrement, et la fumée s'échappait par l'ouverture comme par une cheminée. Tranquilles là-dessus, mais un peu fatigués, nous remîmes au lendemain à commencer nos travaux, et nous revînmes à Falkenhorst. Dès le lendemain la forge fut allumée, nous appointîmes des barres de fer, que nous trouvâmes au magasin, qui devaient nous servir de pieux pour enfoncer le roc; nous trouvâmes aussi les ciseaux de maçon que vous nous aviez fait faire pour fixer au rocher le toit de la galerie, ainsi que les marteaux : tous ces outils furent jetés en bas. Nous arrangeâmes aussi deux calebasses pour nous servir de lampes; et quand tout fut prêt, et notre échelle solidement attachée, nous descendîmes nous-mêmes; et nous n'avons plus rien à vous dire, si ce n'est que notre joie fut grande quand nous vous avons entendu causer de l'autre côté, le jour même que notre ouvrage tirait à sa fin. Nous avions eu peu de peine à détacher les couches intérieures, composées de gypse, mais quand nous sommes arrivés au roc vif, durci par l'air et le soleil, nous en avons eu beaucoup : enfin nous en sommes venus à bout, et c'est en entendant distinctement vos voix que nous avons compris combien il était devenu mince; nous avons alors redoublé de courage... et vous voilà près de nous. A présent, dites-nous, mon père, si vous êtes satisfait de notre idée, et si vous nous pardonnez de vous en avoir fait un mystère?

— L'un et l'autre, mes chers fils, dis-je en les embrassant : je suis charmé de voir que mes enfants deviennent des hommes capables de former une entreprise utile et de l'exécuter avec force et courage, sans se laisser rebuter par les difficultés et la peine. Je te loue, mon cher Fritz, d'avoir donné à ton frère ton aide et tes bons conseils, et toi, Ernest, d'avoir eu la pensée de faire à ta mère un abri et un lieu de repos; nous lui conserverons le nom de la *grotte Ernestine*. Je vais actuellement vous aider à élargir cette ouverture; comme nous voulons lui laisser toute la simplicité d'une grotte naturelle, cela sera bientôt fait. »

Nous nous mîmes tous trois à l'ouvrage. Nous résolûmes d'y établir, comme à Waldeck, une colonie de nos troupeaux, qui s'augmentaient chaque jour; notre vaillant taureau promettait que nous, ne manquerions pas de génisses et de vaches, ce qui était bien précieux pour notre nourriture; mais nous aurions désiré avoir une femelle de buffle : avec leur lait on fait d'excellents fromages. Ce fut en formant mille projets pour notre avenir que nous arrivâmes chez nous, où nous trouvâmes nos chéris en bon état.

X. — La fête de la convalescence.

Peu de jours nous suffirent pour achever complètement la grotte Ernestine; elle renfermait quelques stalactites, mais beaucoup moins que la nôtre; nous trouvâmes cependant dans un enfoncement un beau bloc de sel qui ressemblait à du marbre blanc de Carare.

Le jour du déménagement fut fixé; mes fils allèrent tous quatre la veille à Zeltheim pour y préparer la réception de leur mère.

Le jour se leva radieux, et le plus brillant soleil éclaira notre émigration. Ma femme était impatiente de sortir, sans se douter cependant qu'elle ne reviendrait pas dans sa haute demeure; son pied était remis et sa jambe affermie, mais elle était faible et marchait avec peine.

Lorsque la porte fut ouverte, et qu'elle se vit en plein air, entourée de son mari et de ses quatre enfants, ses genoux fléchirent et ses yeux et ses mains s'élevèrent au ciel; son visage rayonnait de joie et de reconnaissance; elle remercia l'Être suprême de son rétablissement et même de son épreuve. « Nous étions trop heureux, dit-elle; il faut aussi apprendre à supporter les maux et le malheur. Je te bénis, ô mon Dieu! de ce que, dans ta grande bonté, tu as permis qu'il tombât sur moi plutôt que sur ces êtres chéris dont l'existence et les forces sont si nécessaires, tandis que je ne puis pour eux que te prier de les conserver. » Nous versions des larmes d'attendrissement pendant cette touchante prière; elle se releva et vint se jeter dans nos bras.

Sa jolie litière d'osier arriva; on y avait attelé la vache et le taureau, parce qu'ils étaient de la même hauteur. François nous avait répondu de la sagesse de Vaillant, pourvu qu'il le conduisît : il était donc gravement monté dessus, sa baguette en main, son arc et son carquois sur le dos, et très fier d'être le conducteur de sa mère. Au devant de la litière nos trois autres fils, montés chacun sur leur Bucéphale, étaient prêts à faire l'avant-garde; moi j'étais désigné pour le poste de l'arrière-garde, et chargé de veiller sur le tout. Ma femme était émerveillée, attendrie, et ne cessait d'admirer la charmante voiture, que Fritz et Jack lui présentèrent comme leur ouvrage; François se vanta d'avoir cardé le coton du joli coussin sur lequel elle devait être assise, et moi de l'avoir cousu. J'enlevai dans mes bras cette chère amie, et je la plaçai dessus. A peine fut-elle assise qu'Ernest, se jetant à bas de son baudet, vint poser sur sa tête le nouveau chapeau qu'il lui avait fait, et qui l'enchanta. Il était de paille assez fine, et si serrée, si épaisse, qu'il pouvait même la garantir de la pluie. Mais ce qui lui fit un plaisir extrême, c'est qu'il avait la forme des chapeaux des paysannes suisses, dans le canton

6

de Vaud. Ma femme avait, dans sa jeunesse, habité quelques années dans ce canton, au charmant village de Montreux, près de Vevay. Ernest connaissait ces chapeaux, parce que sa mère en avait apporté un lorsqu'elle revint près de Zurich, et que souvent il l'entendit regretter de ne pas oser le porter au lieu des chapeaux entièrement plats de la Suisse allemande. Elle fut enchantée d'en retrouver un ; il lui rappelait sa jeunesse, sa bonne tante et les rives du lac Léman, et ce beau canton dont elle parlait toujours avec enthousiasme. Nous arrivâmes au pont de Famille sans qu'elle fût le moins du monde fatiguée. Nous arrêtâmes là. « Ne veux-tu pas le passer, chère amie, lui dis-je, ce pont que tu traversas avec tant de plaisir, il y a quatre ans, pour la première fois, qui est mon ouvrage et celui de tes enfants, et qui va te conduire à présent dans ta jolie et solide maison de Zeltheim, où tu n'auras point d'escalier ni à monter ni à descendre ? nous en sommes bien près ; n'es-tu pas tentée de la revoir ? Et ton jardin ? il faut que tu juges si nous l'avons refait à ton gré, et que tu donnes ta bénédiction aux jeunes plantes. — Comme il te plaira, cher ami, me dit-elle ; je suis si bien dans mon panier filial que je ferai, si l'on veut, le tour de notre île ; je serai charmée de voir mon jardin et notre maison ; elle doit être brûlante en cette saison ; mais nous n'y resterons pas longtemps.

FRITZ. Il faudra pourtant y dîner, bonne mère ; il est trop tard pour retourner dîner à Falkenhorst, et cela serait d'ailleurs trop fatigant.

LA MÈRE. Je le veux bien, mon enfant ; mais avec quoi dîner ? nous n'avons rien de prêt, aucunes provisions ; vous courez risque d'avoir grand'faim.

JACK. Qu'est-ce que cela fait, pourvu que vous dîniez avec nous ? A la guerre comme à la guerre. Je vais vite pêcher quelques huîtres, on ne meurt pas de faim avec cela. » Et mon petit drôle mit son buffle au galop.

« Et toi, mon fils, dis-je à Fritz, tu prendras quelques harengs dans un tonneau. — Oui, mon père, » me dit-il ; et il partit, comme l'éclair, sur son Leichtfus.

LA MÈRE. Oh ! si nous avions seulement un vase pour prendre de l'eau du ruisseau, car nous ne trouverons à Zeltheim que de l'eau de la mer, et notre dîner sera bien salé.

— Je ne vais jamais sans ma gourde, dit Ernest en sortant de son sac une calebasse en bouteille; je mets rafraîchir mes plantes là-dedans, et je vais la remplir pour notre dîner. » Je riais, en pensant aux deux fontaines coulantes qu'elle allait trouver dans sa demeure.

« Et n'avons-nous pas aussi, dit François, le lait de notre vache? nous n'avons qu'à la traire. »

Nous continuâmes notre route. Après deux mois de retraite, ma femme jouissait délicieusement de tout ce qu'elle voyait, et m'assurait que la tempête n'avait fait aucun mal. Dans ces climats favorisés du ciel, avec cette terre neuve et fertile, tout est bientôt réparé.

Enfin nous arrivâmes devant la galerie; ma femme resta muette d'étonnement et croyait rêver. « Où suis-je? et que vois-je? s'écria-t-elle enfin.

FRANÇOIS. Ta Franciade, maman, cette belle galerie, de l'invention de ton François, pour te garantir de la chaleur; tiens, lis cet écriteau : *François à sa bonne mère. Puisse cette galerie, qui se nomme Franciade, être pour elle le temple du bonheur!* A présent, maman, appuie-toi sur moi, et viens voir les présents de mes frères, bien plus jolis encore que les miens; puisque tu as commencé par le cadet, continuons en remontant; » et il la mena au pavillon de Jack, qui y était, à côté de son joli bassin de coquilles. Il en tenait une à la main, où il puisa de l'eau; il l'avala en disant : *A la santé de la reine de l'île : puisse-t-elle n'avoir plus d'accidents, et vivre autant que ses enfants; vive la reine Elisabeth, la meilleure des mères, et qu'elle vienne tous les jours à Jackia boire à son fils Jack, qui la chérit!*

Je soutenais ma femme, et je n'étais guère moins ému qu'elle; elle pleurait, priait, tremblait de joie, de surprise et d'attendrissement. « Viens, Ernest, dit Jack, entrelaçons nos mains et portons ma mère à Fritzia où Fritz nous attend. » Ils firent un siége de leurs mains, elle s'y assit en passant chacun de ses bras autour du cou de ses fils. François nous suivait, et nous arrivâmes ainsi à l'autre bout au pavillon de Fritz, où la même scène de tendresse et de reconnaissance recommença. « *Votre premier né*, lui dit-il, *désire que vos jours, aussi purs, aussi limpides que cette eau, s'écoulent au milieu de vos enfants, et ne soient plus troublés par aucun malheur. Acceptez ce pavillon, cette fontaine, et que Fritzia vous fasse penser à Fritz!* ²

La pauvre mère était trop émue pour pouvoir exprimer ses sentiments ; ses fils vinrent l'embrasser tour à tour ; elle mit une nuance de plus de tendresse avec Ernest ; il ne lui avait rien dit, son nom ne se trouvait pas dans les hommages de ses frères, elle n'aurait pas voulu qu'il crût qu'elle en était blessée : elle loua beaucoup son chapeau suisse, s'étendit sur le plaisir qu'il lui faisait, but avec délices de l'eau de ces brillantes fontaines, qu'elle ne pouvait se lasser d'admirer, et revint s'asseoir au milieu du festin, qui fut aussi l'objet de son admiration et de sa tendre reconnaissance. Chacun offrit les mets qu'il avait fournis ; elle mangea peu mais goûta de tout, et nous dit que de sa vie elle n'avait fait un meilleur repas : je dis de même. Au dessert je servis à la ronde, dans des coquilles, mon vin‎ de Canarie ; alors Ernest se leva, et, de sa belle voix de ténor, il chanta les couplets suivants, en les adressant à sa mère, sur l'air : *Avec les jeux dans le village.*

> Honneur à la mère chérie !
> Bénissons à jamais ce jour !
> Le ciel nous conserva sa vie,
> Le ciel la rend à notre amour,
> A ce séjour simple et tranquille,
> Près des objets chers à son cœur.
> Ah ! restons, restons dans notre île,
> Sachons y fixer le bonheur.
>
> Il est partout, si l'on est sage,
> Si l'on sait borner ses désirs
> Et renoncer avec courage
> Au bruit du monde, aux faux plaisirs.
> Dans un séjour simple et tranquille
> On sent les vrais plaisirs du cœur.
> Ah ! restons, restons dans notre île,
> Nous y fixerons le bonheur.
>
> Tes enfants, pendant ta souffrance,
> Au ciel adressaient tous leurs vœux,
> Demandaient ta convalescence.
> Pour célébrer ce jour heureux,
> Ils ont embelli ton asile,
> Chaque place parle à ton cœur.
> Ah ! restons, restons dans notre île
> Nous y trouverons le bonheur.

À chaque refrain nous fîmes chorus ; aucun de nous ne pensait ni à un vaisseau, ni à l'Europe, ni à rien de ce qui se passe dans le monde ; notre île était notre univers, et notre Zeltheim un palais plus beau que tous ceux qu'on vante, et que nous n'aurions pas échangé contre aucun de ceux où l'on n'est sûrement pas aussi heureux que nous l'étions. Qu'elle fut ardente et sincère la prière d'actions de grâces qui termina ce doux repas ! Nous ne demandâmes à notre Dieu que la continuation de sa protection miraculeuse et des biens qu'il nous accordait ; il nous semblait dans cet instant de bonheur que tout vœu téméraire pour l'augmenter l'aurait peut-être détruit, et qu'il nous suffisait de rester ensemble. Hélas ! ce ne fut qu'un moment de douces illusions, du moins pour moi ; j'en revins bientôt à mes désirs vagues, à mes craintes pour l'avenir de mes enfants, au lieu de me confier entièrement à celui qui sait mieux que nous ce qui nous convient, et compte tous les cheveux de notre tête.

Revenons à ce jour fortuné dont nous n'avons pas encore épuisé toutes les délices ; il nous reste à voir la grotte Ernestine, et le jardin, et la digue, et la tonnelle. Après le dîner je déclarai à ma femme qu'elle ne retournerait pas à Falkenhorst ; que je ne pouvais me résoudre à lui voir encore monter et descendre l'escalier tournant, et courir les risques d'une seconde tempête ; qu'à Zeltheim elle serait tout-à-fait en sûreté, et pourrait se promener facilement, soit à pied, appuyée sur l'un de nous, soit dans son panier ; et qu'elle ne saurait mieux récompenser ses fils de la peine qu'ils avaient prise pour embellir sa demeure, qu'en l'habitant avec eux. Elle fut du même avis, et se réjouit d'être aussi près de sa cuisine, de ses provisions, et de pouvoir déjà, à l'aide d'un bâton, se promener seule sur la galerie.

J'engageai ma femme à passer dans sa chambre et à s'y reposer pendant une heure, après quoi nous la mènerions à son jardin. Après son repos, elle trouva en dehors de la galerie ses quatre fils prêts à la porter dans le panier, comme dans une chaise à porteur ; les deux aînés auraient suffi, mais les cadets ne voulurent pas céder leur part de ce plaisir. Lorsqu'elle fut assise, chacun saisit un des bouts des bambous ; ils portèrent ainsi l'heureuse mère le long du rocher, et ils entrèrent tout droit dans la grotte, où je les attendais. Nouvelle surprise de la bonne mère : « Qu'est cela ? Où me menez-vous ? » disait-elle. Cachée sous son grand chapeau, elle n'avait vu la grotte qu'au moment où elle y était entrée.

Ernest conduisit ensuite sa mère sur le siége qu'il lui avait préparé ; il avait étendu de la mousse sur un des bancs de débris sur lequel elle se reposa mollement, en écoutant, avec le plus vif intérêt, le récit de la découverte de la grotte. Ce fut ensuite mon tour de lui présenter mon cadeau ; le jardin, la digue, l'étang et la tonnelle ; elle y alla à pied, appuyée sur mon bras, et son ravissement fut extrême, en trouvant son empire si bien arrangé, elle avait peine à s'y reconnaître ; l'étang, qui lui donnait la facilité d'arroser elle-même ses légumes, fut surtout ce qui l'enchanta, ainsi que la tonnelle ombragée, laquelle elle trouva tous ses outils de jardinage, ornés de fleurs sous et augmentés de deux arrosoirs très légers, composés de deux grosses calebasses que Jack et François avaient creusées ; ils y avaient adapté, très artistement, des tuyaux avec une courge-bouteille percée au gros bout comme les arrosoirs : elle leur fit le plaisir de s'en servir d'abord, ils étaient très légers et versaient à merveille. La digue aussi la surprit beaucoup, il fallut lui en expliquer l'usage ; elle eut l'idée de mettre au-dessus des plantes d'ananas et de melons, qui seraient là comme dans une couche, et je le lui promis.

Ma femme ne cessait de répéter que la fête de sa convalescence n'aurait pas été célébrée ainsi en Europe. « Là, disait-elle, on donne un bouquet, un ruban, un petit bijou de fantaisie ; ici, j'ai reçu une voiture, un balcon, des pavillons, des fontaines crnées, une immense grotte, un jardin, un étang, une tonnelle et un chapeau de Montreux. Ah ! comme je suis riche et heureuse ! » Elle s'endormit avec cette douce pensée, et son bonheur recommença le lendemain.

XI. — Projet de course contrarié. — Entretien.

Le lendemain et les jours suivants furent employés à transporter nos effets et notre volaille devenue très nombreuse, et à construire une basse-cour, assez loin de nous pour que leur caquetage ne troublât pas notre sommeil, et assez près pour les soigner facilement. Fritz, qui prenait goût à l'architecture et à la mécanique, me donna de bonnes idées, et surtout celle, qu'il exécuta, de faire passer au travers de la basse-cour l'eau du bassin de la fontaine, ce qui nous procura ainsi un petit étang pour nos canards. Les pigeons eurent leur demeure au-dessus du poulailler, et de jolis paniers qu'Ernest et François faisaient à la manière de ceux des sauvages des îles des Amis, dont ils avaient vu les gravures dans les voyages de Cook. Quand le tout fut fini, ma femme se réjouit en songeant que, même dans la saison pluvieuse, elle pourrait soigner ses bêtes emplumées et ses provisions d'œufs. » Quelle différence, disait-elle, en admirant l'élégance de nos constructions. Comparés à ce que nous étions alors, nous sommes à présent de grands seigneurs.

JACK. Des rois, ma mère, car toute cette île est à nous, et c'est bien tout comme un royaume.

LE PÈRE. Combien son altesse le prince Jack compte-t-elle de milliers de sujets dans le royaume de son auguste père ?

JACK. Le prince Jack n'a pas encore fait le dénombrement des perroquets, kangurous, agoutis, singes...

ERNEST. Voilà ton département ; comme le troisième fils, tu ne seras jamais qu'un prince apanagé, et tu seras le prince des singes.

JACK. Et toi, celui des pingoins, paresseux... »

Un éclat de rire général arrêta la dispute.

LA MÈRE. En vérité, il me semble qu'il ne nous manque plus rien, et je ne saurais que désirer ; nous n'avons plus rien à faire qu'à jouir et à nous reposer.

LE PÈRE. Et à nous ennuyer bientôt de notre bonheur, car rien n'amène plus tôt l'ennui que la jouissance et l'oisiveté. Dieu ne nous a pas départi un degré d'intelligence si supérieur à celui des autres créatures, pour n'en faire aucun usage ; l'homme doit tendre à la perfection, qui doit être un jour son partage, et pour laquelle son âme immortelle lui fut donnée.

LA MÈRE. Oui, sans doute, et quand j'ai prétendu que nous n'avions plus rien à faire qu'à jouir et à nous reposer, je n'ai pas voulu dire qu'il ne fallût plus travailler ni de corps ni d'esprit. Ne faut-il pas entretenir ce que nous avons fait ; labourer, ensemencer, récolter pour soutenir notre existence ? Ne faut-il pas surtout nous occuper à perfectionner notre âme, et, puisqu'elle doit exister éternellement, la préparer à cette existence future, en fortifiant notre foi et notre piété, par de bons entretiens et de bonnes lectures? Ernest ne m'a pas seulement lu des voyages pendant que j'étais au lit ; nous avons souvent voyagé dans la Jérusalem céleste. Non, j'ai voulu dire seulement, en parlant de repos, de ne plus vous tourmenter pour imaginer et faire de belles choses qui ne soient pas strictement nécessaires, et nous éloignent de notre simplicité. Mes fontaines de coquillages sont charmantes, et je les admire tous les jours ; mais elles ont pris bien du temps et donné bien de la peine ; une calebasse et un tuyau de roseau auraient suffi.

Le Père. Peut-être as-tu raison, chère amie, ou du moins tu es certainement bien raisonnable ; tout ce que tu viens de nous dire est excellent, je t'en remercie ; et j'espère que nos enfants en profiteront, qu'ils seront de bons chrétiens et de bons cultivateurs ; mais je te prie de permettre que, lorsque ces deux occupations, premièrement essentielles, leur en laisseront le temps, ils puissent exercer leur imagination sur des arts utiles et même agréables. Fritz dessine passablement et paraît avoir des talents pour la mécanique ; Ernest en a pour les sciences, et tourne avec beaucoup de goût ; Jack et François annoncent des dispositions pour la musique ; laissons-les, dans leurs moments de récréation, se livrer à des goûts innocents qui seront une ressource contre l'ennui s'ils restent ici, et contre la pauvreté s'ils rentrent dans le monde.

Fritz. Vous consentirez bien, maman, que je vous fasse un beau moulin au-dessous de notre cascade ? elle semble faite exprès ; c'est cela qui sera utile ! surtout quand nous aurons du blé, et déjà pour le maïs. Je compte aussi construire un four ici, au fond de la cuisine ; ne sera-ce pas bien commode pour faire cuire notre pain ? »

Le cœur de la bonne ménagère sourit à cette idée, elle embrassa son fils. « Voilà, dit-elle, des travaux vraiment utiles et que je suis loin de blâmer, mais en seras-tu capable ?

Fritz. Je l'espère, avec l'aide de Dieu et celle de mes frères.

Ernest. C'est juste, tu m'as bien aidé à ma grotte ; mais vous me laisserez bien quelques moments pour mon herbier et ma collection d'histoire naturelle. »

Ma femme en sentait moins l'utilité ; mais elle ne voulut pas contredire son cher Ernest, qui l'avait si bien soignée ; elle lui offrit même, pendant qu'elle ne pouvait pas encore bien marcher, de ranger, étiqueter, numéroter tout ce qu'il avait déjà recueilli, et qui était entassé, mêlé sans aucun ordre ; il y consentit avec reconnaissance. Elle alla d'abord se mettre à l'ouvrage ; je courus lui chercher du papier de soie ; j'en avais trouvé une grande quantité sur le vaisseau ; dans ce paquet, que je n'avais pas encore ouvert, n'en ayant pas eu besoin, j'aperçus une pièce de quelque chose qui me parut n'être ni du papier ni de l'étoffe : je l'examinai avec mes fils, et nous nous rappelâmes tous que c'était une pièce de l'étoffe fabriquée à Otahiti, que notre capitaine avait achetée d'un insulaire dans une île où l'on était descendu sur notre route. Cette étoffe excita vivement la curiosité de Fritz ; Ernest lui dit gravement : « Je vais t'apprendre à la faire. » Et il courut chercher le volume de l'Histoire des voyages où le capitaine Cook en donne une description détaillée. Fritz fut un peu consterné quand il vit qu'elle se composait de l'écorce de trois arbres dont il nous en manquait deux, et que de ces trois arbres un seul croissait dans notre île. C'est le mûrier, l'arbre à pain et le figuier sauvage : nous avions en quantité de ces derniers ; mais nous n'avions pu découvrir aucun plant des deux premiers. Fritz ne se découragea pas. « Il faut pourtant, dit-il, qu'il y en ait, puisqu'il en croît tant dans les îles de la mer du Sud. Peut-être en trouverions-nous de l'autre côté des rochers ; j'ai vu depuis le haut, quand nous avons découvert la grotte, des arbres superbes que je ne connaissais pas ; et qui sait aussi si je n'y trouverais pas ma jolie gazelle, qui y sera retournée ? la coquine sait mieux sauter que moi sur les rochers. J'avais bien envie de les descendre ; mais ils sont les uns à pic et très hauts, les autres ont le sommet en avant ; cela me fut impossible ; je puis cependant y aller comme vous y avez une fois pénétré, par le défilé de l'ermitage, près de la grande baie.

JACK. Oui, oui, je te conduirai ; j'étais du voyage avec papa ; j'irais là les yeux fermés. C'est dans cette contrée que j'ai trouvé mon buffle ; en lui lançant ma fronde entre les jambes, paf ! je ne manquai pas mon coup, et il fut à nous. Peut-être pourrai-je en prendre un autre pour lui tenir compagnie ; il sera pour toi, Ernest. Tu es à présent trop grand pour monter l'âne ; et quand c'est M. le savant, on ne peut pas seulement dire : Qui se ressemble s'assemble. Eh bien ! Fritz, quand partons-nous ?

FRITZ. Demain, si mon père y consent.

LE PÈRE. Demain, soit ; et je serai de la partie, j'ai depuis longtemps envie de connaître le revers de notre île ; Ernest et François
resteront avec leur mère.

ERNEST. J'en ai la douce habitude;... mais, je l'avoue, j'aurais
assez aimé voir si je ne trouverais rien là de nouveau pour mes collections.

LA MÈRE. Eh bien ! vas-y, mon ami ; j'ai bien assez de François
pour me garder, à présent que j'ai tout à ma portée ; d'ailleurs ce
n'est plus un enfant, c'est un grand garçon de douze ans, qui nous
a garantis du tonnerre et préservera ma mère de tout danger. Je
n'en cours aucun ici, où je suis si bien à l'abri ; et vous dans un
pays inconnu, plus vous serez nombreux, plus je serai tranquille.
Êtes-vous sûrs qu'il n'y a point de sauvages ?

JACK. Oh ! non, point de sauvages, mais des buffles tant qu'on en
veut ; il y en a par centaines, et tous plus gros que le mien.

LE PÈRE. Tu exagères un peu, mon ami ; il y en avait au plus
une trentaine, et, suivant toute apparence, nous en retrouverons.
Mais cet animal n'est hostile et méchant que lorsqu'on l'attaque ou
qu'on l'effraie. Ceux-ci, qui ne connaissent point l'homme et n'ont
pas appris à s'en défier, ne nous feront aucun mal. Mais garde-toi
bien, Fritz, de tirer un coup de fusil, cette explosion les rend furieux,
alors ils sont très dangereux : je ne veux pas même prendre nos
chiens dans cette excursion ; ils faillirent nous perdre en les atta-
quant. En général, dis-je à mon fils aîné, je ne puis assez te recom-
mander de ménager notre poudre ; il ne nous en reste plus pour
bien longtemps, pour une année tout au plus, en ne la prodiguant
pas, et il peut se trouver des occasions où elle serait pour nous un
grand moyen de défense. — J'ai dessein d'en faire, me répondit Fritz,
qui ne trouvait jamais de difficulté à rien ; je sais déjà de quoi elle
se compose, vous nous l'avez dit à propos du tonnerre : c'est du
charbon, du salpêtre, du nitre et du soufre ; nous devons trouver
ces ingrédients dans notre île, il s'agit seulement de les combiner et
de les mettre en petits grains ronds, et c'est là ce qui m'embarrasse ;
mais j'y penserai, et d'abord il faut mon moulin. Je me rappelle
confusément avoir vu à Berne une fabrique de poudre ; c'étaient des
rouages qui allaient au moyen de l'eau ; ces rouages faisaient mou-

voir des espèces de marteaux qui pilaient et mêlaient ensemble ces ingrédients. N'est-ce pas cela, mon père ?

LE PÈRE. A peu près, mon fils ; mais nous avons bien des choses à faire avant la poudre. Pour commencer, allons dormir ; il faut partir avant le jour si nous voulons revenir coucher ici. » Nous fûmes, en effet, levés bien avant le soleil, qui ne se leva point pour nous. Le temps était très nébuleux et tourna tout-à-coup en pluie abondante et continuelle, qui nous força d'ajourner notre voyage, et nous mit tous de mauvaise humeur.

Fritz fut celui qui se consola le premier ; il ne songeait plus qu'à la construction de ses moulins, à la fabrication de la poudre, et me fit mille et mille questions sur ces deux objets. Il me pria de lui dessiner un moulin ; ce qui fut très facile pour l'extérieur, c'est-à-dire la roue et la chute d'eau qui la met en mouvement ; mais l'intérieur, l'engrenage des rouages, les meules pour écraser le grain, les tamis ou bluteaux pour passer la farine et la séparer du son, toute cette manutention était bien compliquée, et j'eus de la peine à lui donner les explications nécessaires ; mais il comprenait tout, devinait tout, me disait son refrain accoutumé : *J'essaierai et j'y parviendrai.*

JACK. Crois-tu donc ne point avoir de peine à faire ton moulin ? Je suis curieux de voir comment tu t'y prendras pour fabriquer cette grosse pierre creusée qu'on appelle une meule.

FRITZ. Bah ! entre nous deux ce sera bientôt fait ; trouvons seulement la pierre. Croyez-vous, mon père, que celle de nos rochers soit bonne ?

LE PÈRE. Elle m'a paru fort dure lorsque j'ai voulu faire notre demeure ; mais vous pourrez difficilement en tailler dans le roc un morceau assez gros pour cet usage. »

Fritz me fit sa réponse accoutumée : « *J'essaierai ;* Ernest et Jack m'aideront, et peut-être vous aussi, mon père ?

LE PÈRE. Sans aucun doute, mais tu seras cette fois le chef de l'entreprise, le maître maçon, et nous trois les ouvriers.

Il ne nous manque que la pierre, le bois, les outils et la science. » Au mot de science, Ernest, qui lisait dans un coin sans nous écouter, leva le nez en disant : « Quoi? de quelle science est-il question?

JACK. De celle que tu ignores, monsieur le savant ; voyons, sais-tu faire un moulin?

ERNEST. Un moulin! lequel veux-tu? Il y en a de plusieurs sor-tes ; c'est précisément ce que je cherche dans mon dictionnaire : mou-lin à blé, moulin à poudre, moulin à huile, moulin à vent, moulin à eau, moulin à bras, moulin à scier ; duquel est-il question? en voilà à choisir. »

Fritz aurait voulu les avoir tous. « Tu me fais penser, dis-je à Ernest, que nous avions apporté du vaisseau un moulin à bras, et un à scier, démontés il est vrai, mais étiquetés ; ils doivent être dans le magasin où vous avez trouvé l'enclume, les outils de forgeron et les barres de fer ; je les avais oubliés.

— Allons vite les examiner, dit Fritz en battant le briquet pour al-lumer sa lanterne, cela me donnera des idées. — On t'épargnera la peine d'en avoir et de les exécuter ; lui dit sa mère. »

Je les laissai aller tous les quatre à la recherche de nos trésors du vaisseau, entassés dans un endroit si obscur que, ne les voyant point, je les avais oubliés en partie. Quand je fus seul avec ma femme, je la priai sérieusement de ne pas s'opposer aux occupations de nos fils, fussent-elles même au-delà de leurs forces et de leur pouvoir.

Elle me comprit et me promit de les encourager ; mais, en tendre mère, elle craignait pour eux l'excès de la fatigue ou quelque acci-dent.

« Rassure-toi, lui-dis-je ; à leur âge, ce qui fait plaisir ne fatigue pas, et nous sommes toujours là pour les arrêter s'ils allaient trop loin ; quant aux accidents, n'as-tu pas la triste preuve qu'il peut en arriver partout et sans faire de grands travaux? Remets tes enfants à Dieu, et crois qu'ils seront bien gardés ; il ne leur arrivera jamais que ce qui sera pour leur bien. »

Ils revinrent du magasin, enchantés de ce qu'ils y avaient trouvé, et chargés d'outils ; ceux de maçon, le ciseau, le marteau court, la truelle, manquaient cependant, ce sont les outils qu'on trouve le plus rarement sur les vaisseaux ; en revanche, tous ceux de char-pentier, scies, rabots, équerres, etc., etc., y sont en grand nombre. Mais à présent que Fritz était forgeron, il n'était pas en peine de se faire les outils qui lui manquaient. Il en portait sur l'une et l'autre épaule, et de plus dans chaque main une poignée de poudre à tirer : l'une bien conditionnée, dont il avait trouvé un tonneau plein ; l'autre avariée par l'eau et toute agglomérée ; il me demanda bien vite si, en la pilant de nouveau, elle ne pouvait pas nous servir. Je lui appris alors que la poudre, lorsqu'elle est trop fine et réduite vraiment en poudre et non en grains, ne vaut plus rien pour l'explosion, mais fait ce qu'on appelle long feu, et peut encore servir pour les traînées. Jack et François étaient aussi chargés de différents objets ; entre autres, de plusieurs pièces du moulin à bras que Fritz voulait examiner. Notre brave Ernest, toujours un peu paresseux, portait fièrement en bandoulière une grande boîte en fer blanc, appartenant au naturaliste pour placer ses plantes, et à la main une petite pelle légère et recourbée pour les arracher ; il s'était aussi chargé d'un havre-sac de cuir propre à mettre des pierres, des minéraux et des coquilles. Ses jeunes frères, et même le bon petit François, le raillaient impitoyablement sur sa pesante charge ; l'un lui offrait de la porter, l'autre d'aller chercher l'âne ; il conservait son air grave, et fut s'étendre sur une chaise à côté de sa mère, qui s'occupait de ses échantillons d'histoire naturelle.

La pluie avait un peu cessé ; je dis à Fritz et à Jack de venir avec moi visiter notre digue pour voir si elle n'avait point souffert et répondait à son but, et pour ouvrir les écluses de notre étang. Tout allait bien.

Nous revînmes à la maison, et nous nous couchâmes avec l'espoir de pouvoir faire notre course le lendemain.

Nous fûmes encore contrariés dans nos projets de course, et plus longtemps que nous le pensions. Non-seulement la pluie continua le lendemain, mais elle dura pendant plusieurs jours, et de nouveau la campagne devint comme un lac ; mais il n'y avait ni vent ni orage : nous ne fûmes pas alarmés sur nos possessions, et nous prîmes le parti d'attendre patiemment que le temps nous permît la course projetée. Ma femme se réjouissait d'être à l'abri et de nous avoir tous autour d'elle. Ces jours d'inaction au-dehors ne furent pas perdus ; Ernest acheva de ranger sa collection avec sa mère et François ; Fritz, aidé de Jack, prépara les outils dont il aurait besoin pour ses grands travaux qu'il voulait commencer par le moulin à scie. Pour avoir des planches comme il les lui fallait, il avait trouvé sur le vaisseau,

parmi les outils de charpentier, une très grande scie qui pouvait servir à cet usage; mais il fallait la faire agir par le mouvement de
l'eau, et c'était là le difficile. Il fit divers modèles avec le bois
mince de nos caisses et les roues de nos canons, mais elles étaient
trop petites; enfin l'imagination de mon jeune mécanicien s'exerçait,
ses idées s'étendaient, se perfectionnaient, et cette science nous
était si nécessaire dans notre position, que je laissais faire tous les
essais. Malgré la pluie, garanti par mon manteau de caoutchouc, il
alla plus d'une fois à la cascade prendre ses mesures, voir où il
placerait ses moulins, où du moins l'eau ne manquerait jamais. Ernest
l'aidait de ses conseils, et lui promettait de l'aider de ses mains
quand l'ouvrage serait en train. Jack et François aidaient leur mère
à carder du coton dont nous avions fait une bonne récolte, et qu'elle
voulait filer pour nos vêtements; et moi j'exerçais mes talents mécaniques pour lui tourner un grand rouet qui allât très facilement,
sa jambe étant encore un peu roide, et un dévidoir à roue où quatre
bobines se remplissaient à la fois en tournant une manivelle.

Ainsi s'écoulèrent quelques semaines; Ernest nous faisait, pendant les soirées, des lectures instructives ou amusantes, et, quand sa
collection fut en ordre, il travaillait soit au tour, soit au métier de
tisserand.

Et notre départ fut fixé au lendemain, dans l'espoir que la pluie
ne nous jouerait pas encore le tour de revenir.

XII. — Dispute. — Voyage de l'autre côté du rocher.

Le temps était à souhait : le lendemain, la pluie avait rafraîchi l'air
et la verdure, et nous fûmes tous levés avant l'aurore. J'étais encore
dans la chambre à coucher, où je prenais congé de ma femme et de
François, en promettant à la première de veiller sur les trois autres,
lorsque je les entendis se disputer vivement sur la galerie; j'y courus et n'eus pas le temps de m'informer du sujet de la querelle, car
Jack vint à moi avec sa vivacité accoutumée en me disant : « Arri-
vez, papa; je suis sûr que vous allez être de mon parti, nous serons
deux contre deux; mais celui où se trouve le père doit l'emporter.

LE PÈRE. De quoi s'agit-il? je doute fort que je sois de l'avis de cette mauvaise tête. — Pas si mauvaise, dit le petit drôle en la se-couant d'un air mutin.

FRITZ. Jugez-en, mon père. Au moment du départ, ce polisson se met tout-à-coup dans l'esprit qu'il vaudrait beaucoup mieux faire le tour de l'île par eau dans notre belle pinasse que par terre, et sou-tient que c'est votre intention. Depuis nos deux courses aventureu-ses en canot il se croit le premier marin du monde, et nous ne l'ap-pelons plus que *M. de la Vague.* Il ne cesse de dire : *Quand j'étais sous la vague, quand la vague roulait sur moi, etc., etc.* Crois-tu qu'elle me laissait à sec ?

JACK. Non, monsieur du Fusil, vous en avez eu votre part, et c'est pourquoi vous n'en voulez plus essayer ; moi je les aime, les vagues, et je dis : Vive la mer ! c'est elle qui nous a amenés ici.

LE PÈRE. Je trouve que M. Jack, qui n'a que quinze ou seize ans, se donne des airs en voulant diriger ses aînés et les faire marcher ou voguer à sa fantaisie, et que c'est à lui de céder.

JACK. Mais, papa, vous avez toujours dit que vous vouliez faire le tour entier de l'île, en pinasse.

LE PÈRE. Oui, cela se fera une fois ; mais, la course d'aujourd'hui ayant pour but principal de chercher des arbres qui nous man-quent, et de connaître les productions de l'île, il est plus sensé de la faire à pied.

JACK. Ne pourrions-nous pas aborder de temps en temps?

LE PÈRE. C'est du moins fort incertain, si l'île est bordée de récifs, comme je le crois, puisqu'il n'y paraît aucun indigène ; peut-être même s'étendent-ils au loin en mer et nous feraient-ils perdre l'île de vue; c'est ce que nous vérifierons une fois; aujourd'hui j'ai quel-que chose à vous proposer qui vous mettra tous d'accord, et qui aura un but utile ; c'est de tâcher de pénétrer derrière les rochers de ce côté-ci. Il doit y avoir un passage, puisque l'île se termine là, cherchons-le, et, si nous le trouvons, nous la longerons en entier de l'autre côté ; nous parviendrons, j'espère, à l'autre bout et au détroit de l'Ermitage; alors nous irons reprendre notre canot, que nous avons laissé à l'ancre près de la grande baie et qui m'a souvent man-qué, nous reviendrons dessus à Zeltheim, et M. de la Vague aura son bout de mer.

JACK. Bon, bon, vive la mer ! vivent les vagues ! cherchons vite ce passage, il sera bien fin s'il m'échappe; » et saisissant sa fronde et son arc, il partit le premier, en continuant de crier : « Vive la mer ! vivent les vagues ! »

« Voilà un petit marin tout fait, pensais-je en le suivant des yeux et de la pensée ; s'il nous arrive quelque vaisseau, il est très capable de grimper dessus et d'y rester : alerte, vif, résolu, ne craignant aucun danger, il semble destiné à cet état ; » et mon cœur se serra en pensant que peut-être il me quitterait, et que je ne le reverrais plus.

Je faisais ces réflexions, en suivant la paroi de rochers à gauche de notre demeure ; elle nous conduisit d'abord à la place de notre premier abordage, dont on a vu la description dans les premières pages de mon Journal ; cette anse, ou petite plaine inculte, de forme triangulaire, dont la base touchait à la mer et la pointe se perdait entre les rochers. J'y trouvai encore quelques traces de notre établissement ; mais comme il me parut triste, comparé à ceux qui lui avaient succédé ! comme je comprenais bien que ma pauvre femme n'eût pu le supporter. Nous essayâmes en vain d'y trouver un passage pour traverser de l'autre côté ; la chaîne des rochers était partout comme un mur impénétrable. Nous parvînmes à l'endroit par où Fritz et Ernest avaient escaladé au-dessus lorsqu'ils découvrirent la grotte, et vraiment il fallait le courage et l'imprudence de leur âge pour l'avoir entrepris. Tout-à-coup mon aîné se frappa le front, et saisissant Ernest par le bras : « Ernest, lui dit-il, comme nous avons donc été bêtes tous les deux !

ERNEST. Comment ! quoi ! que veux-tu dire ? quelle bêtise avons-nous faite ?

FRITZ. Oh ! c'est de n'avoir pas fait que je me désole. Lorsque nous étions là-bas dans cette grotte si vaste, si profonde, qui n'est peut-être qu'une continuation de la séparation du roc, qui nous empêchait de percer de l'autre côté ? Nous n'aurions pas eu beaucoup de peine, si, comme je le crois, le rocher se partage en deux jusqu'à la base ; quelques coups de pioche et de ciseau, ou même en employant la poudre, et nous voilà de l'autre côté par une porte de notre façon. Pensez-vous, mon père, à la commodité d'y arriver ainsi au travers de notre grotte, de pouvoir transporter par là sur notre char les arbres que nous trouverons ; d'y aller chasser, sans avoir je ne sais combien de lieues à faire ?

— Eh bien ! ce qui n'est pas fait peut se faire, dit Ernest de son ton calme et grave ; si nous ne trouvons point d'autre passage nous traverserons la grotte Ernestine, avec la permission de maman, à qui elle appartient.

JACK. Et qui sera charmée, je pense, d'aller lestement se promener de l'autre côté de l'île ; voir mes beaux troupeaux de buffles, et je ne sais combien de choses nouvelles. A l'ouvrage ! à l'ouvrage ! je veux aussi aider à faire le trou, et passer le premier la tête au travers ; c'est moi qui perçai le premier notre maison. »

L'idée de mon fils aîné me plut assez, et ne me parut pas impossible à réaliser. Il me parut sage d'attendre, pour commencer l'ouvrage, que nous eussions examiné la nature du sol de l'autre côté des rochers. Je le dis à mes fils, qui en convinrent, et nous allâmes en avant avec un nouveau courage ; il fut un peu abattu lorsque nous nous vîmes tout-à-coup arrêtés par la mer, battant contre un roc à pic d'une hauteur effrayante, qui terminait notre île de ce côté et ne laissait pas la possibilité d'aller plus loin. En regardant avec attention, il nous fut facile de voir que ce rocher ne s'étendait pas beaucoup, et qu'au-delà le terrain, s'élevant en pente douce, présentait un abord facile de l'autre côté de l'île ; mais comment y arriver ? je n'en voyais aucun moyen. Jack triomphait, et disait que si nous avions suivi son conseil et pris la pinasse, nous aurions pu descendre là, parcourir cette portion de l'île, et venir la reprendre.

« Cela n'est pas trop sûr, lui dis-je ; il me paraît que la côte est entièrement bordée de récifs à fil d'eau, qui s'étendent même assez loin, et contre lesquels notre pinasse se serait bientôt brisée. Voyez ces pointes et ces masses dans les endroits où la mer ne les recouvre pas ; si je ne me trompe, je suppose que cette espèce d'arrêt qui comprime les eaux est la cause des vagues qui viennent frapper le rocher, tandis qu'au loin la mer paraît assez calme. »

Mes fils regardaient et réfléchissaient ; Jack assurait, de son ton décidé et mutin, que le seul parti à prendre était de retourner sur nos pas, et de commencer à percer la grotte Ernestine. Ernest s'a-

7

dressant à moi, me dit : « Vous aimez les bains de mer, mon père, il fait déjà très chaud, n'aimeriez-vous pas en prendre un ? »

Le Père. Oui, avec plaisir, si je n'avais pas autre chose à faire.

Ernest. Eh bien ! donnons-nous tous ce plaisir ; il n'y a pas bien loin d'ici à cette bande de récifs, et la mer n'est pas très profonde ; lorsque nous serons parvenus à les atteindre nous pourrons, je crois, aller dessus, en nous mouillant un peu, il est vrai, jusqu'à la place où l'on peut pénétrer dans l'île.

Fritz. Fort bien ! mais nos fusils et la poudre, pourrai-je m'en servir quand ils seront mouillés ?

Ernest. Laisse la poudre dans ta poche, prends tes habits sur ta tête et tiens ton fusil en l'air, cela n'est pas bien difficile.

Jack. Monsieur du Fusil ne pense qu'au sien. Allons vite à la mer, et j'espère bien avoir une bonne vague sur le dos.

Le Père. Pense seulement à te bien tenir ; tu n'es pas aussi grand que nous, mais tu sais nager.

Jack. Comme un poisson ou comme mon maître Fritz.

Le Père. Allons donc, mes enfants, à l'eau. Jack, donne-moi ta fronde, passe ton arc et tes flèches sur tes épaules, cela ne t'empêchera pas de nager. » Mon petit drôle fut le premier déshabillé et sur le récif, où il se tint debout son arc sur l'épaule.

Fritz et Ernest, embarrassés de leurs fusils et des paquets, furent plus longtemps à y arriver, et moi plus encore. Outre mes habits, j'avais ceux de Jack, attachés ensemble sur la tête, et de plus, le sac aux provisions ; mais la mer sur des bas-fonds n'était pas haute et l'eau ne nous allait qu'aux épaules ; nous n'eûmes donc pas besoin de nager pour gagner le banc de récifs, sur lequel nous nous rhabillâmes à demi, et nous commençâmes une marche très pénible, sur des cailloux pointus qui nous déchiraient les pieds. Nous enfilâmes nos bottes qui nous garantirent ; mais dans plusieurs places où le banc s'abaissait, la mer devenait d'autant plus haute, et nous avions souvent de l'eau jusqu'à la ceinture. Ernest, l'inventeur de cette manière d'arriver, nous encourageait et voulut d'abord marcher le premier, mais bientôt il resta en arrière, si bien que, ne le voyant plus, je craignis qu'il ne fût tombé au fond de la mer ; je l'appelai à grands cris, il me répondit, mais je ne le voyais point encore ; enfin je l'aperçus, couché tout de son long sur le récif et s'efforçant avec son couteau d'en casser un morceau.

« Mon père, me dit-il, je suis sûr à présent que ce banc de rocher sur lequel nous marchons et que nous avons cru être des pierres ou du caillou, n'est autre chose qu'un de ces immenses polypiers dont parlent nos livres de voyages, formés par cette espèce singulière d'animaux qu'on appelle des polypes ou des madrépores, qui font le corail et quantité d'autres choses extraordinaires ; ils pourraient même faire des îles toutes entières : voyez tous ces petits creux et ces pointes, et ces étoiles de toutes couleurs et de diverses formes, je donnerais tout au monde pour en avoir un morceau et des échantillons de toutes les espèces. » Il vint à bout d'en casser un morceau, qui était en dedans d'un beau rouge orangé ; il en trouva aussi quelques autres de différentes formes et couleurs. Quelques-uns ressemblaient aux cellules d'abeilles, d'autres étaient arrondis en globe avec des dessins réguliers et charmants : le tout s'entassa dans son sac et enrichit beaucoup sa collection, et certes notre paresseux ne plaignait pas sa peine, sa passion du moment étant plus forte encore. Il avait donné son fusil, qui le gênait dans ses recherches, à son frère Jack, qui se plaignait plus que lui de la difficulté de marcher sur le récif, et disait qu'il préférait mille fois recevoir une vague ou ramer de toutes ses forces. Notre trajet était en effet très pénible. Nous pûmes enfin gagner le rivage sans fâcheux accident, mais très fatigués et meurtris, et nous promettant bien tous de ne plus nous promener sur les récifs de madrépores.

Après nous être habillés et reposés, en mangeant un morceau sur la grève, nous nous remîmes en marche plus commodément dans l'intérieur de l'île ; cependant, si les longues herbes n'étaient pas aussi dures que les madrépores, elles étaient bien aussi très gênantes ; elles s'entortillaient autour de nos jambes et risquaient de nous faire tomber à chaque pas. Ernest, chargé de ses fragments de roc, de coraux, de polypiers, qu'il augmentait sans cesse, avait presque rempli son sac et laissé son fusil à porter à Jack, qui n'avait que sa fronde. Comme le fusil était chargé, et que je craignais que les longues herbes ne l'accrochassent et ne le fissent partir, je jugeai plus prudent de le décharger. Pour profiter de ce coup, je le déchargeai sur un petit quadrupède de la grosseur d'un écureuil, que je vis cou-

rir à quelque distance; il resta sur le coup. Fritz courut le relever;
il me parut que c'était l'animal que les naturalistes nomment *rat
palmiste*, parce qu'il grimpe avec agilité sur le palmier à coco, ou le
palmier dattier, s'accroche avec sa queue, qui est très longue et
flexible, aux branches du sommet, et perce avec ses dents les cocos
et les dattes, étant très friand de l'amande qu'ils renferment; mais
Ernest prétendit que c'était le *rat des bois*, autrement appelé di-
delphe ou philandre : il nous amusa par quelques détails sur les
mœurs de cet animal. Celui que j'avais tué était un mâle, et n'avait
point de poche; il était gros comme un chat, fauve-clair en dessus,
les jambes blanches intérieurement. Nous continuâmes notre route
de différents côtés pour faire plus de découvertes, en convenant d'un
cri pour nous réunir au besoin. On verra bientôt que cette précaution n'était pas inutile.

Le côté de l'île par où nous étions entrés cette fois ne ressemblait pas à celui près de la grande baie, dont nous avions été si enchantés Jack et moi; l'île se rétrécissait beaucoup de ce côté-ci, et,
au lieu de la belle plaine à perte de vue, traversée par une rivière,
coupée de bois délicieux et donnant l'idée du paradis terrestre, nous
cheminions dans une vallée très étroite, resserrée entre la paroi des
rochers qui partageaient l'île en deux, et une chaîne de collines sa-
blonneuses qui dérobaient entièrement la vue de la mer et la pré-
servaient des vents; aussi était-elle dans l'intérieur extrêmement
fertile et plantureuse. Nous montâmes Fritz et moi sur l'une de ces
collines, où croissaient quelques pins et des genêts ; mais le revers
était entièrement nu et touchait à la mer, sur laquelle s'élevaient à
fleur d'eau, et quelquefois un peu plus haut, des bancs énormes de
récifs avançant dans la mer. Si des navigateurs ont passé sur ces
parages, cette île a dû leur paraître inabordable et entièrement sté-
rile : elle est cependant bien loin de l'être ; l'herbe est très épaisse
et les arbres de la plus belle venue; nous en vîmes beaucoup qui
nous étaient inconnus, quelques-uns chargés de fruits, et des arbrisseaux charmants couverts de fleurs : l'oranger nain, l'élégant méla-
leuca, le muscadier, le rosier du Bengale mariant ses fleurs avec
l'odorant jasmin des Açores; je ne finirais pas si je voulais nommer
tous les superbes végétaux que nous trouvâmes dans cette vallée
abritée, et qu'on pourrait appeler le jardin botanique de la nature.

Ernest était dans le ravissement ; il aurait voulu tout cueillir, tout emporter, mais il ne savait plus où mettre ses richesses. « Ah ! disait-il, si seulement notre grotte était déjà ouverte ! » Au moment même, Fritz vint en courant et criant de toutes ses forces : « L'arbre à pain ! l'arbre à pain ! Je l'ai trouvé, voilà son fruit ! du pain excellent, savoureux : goûtez, mon père ; tiens, Ernest, tiens, Jack, régalez-vous ; » et il nous donna à chacun un morceau d'un fruit ovale de la grosseur d'un melon ordinaire, qui nous parut en effet très bon et très nourrissant. « Il y a beaucoup de ces arbres, nous dit-il, et chargés de fruits : je l'ai reconnu d'abord à la description que vous nous en aviez faite. Oh ! si seulement notre grotte était ouverte, pour en faire une provision pendant qu'ils sont à ce bon point de maturité !

JACK. Si nous avions seulement des outils, nous pourrions déjà commencer de ce côté.

LE PÈRE. Fort bien ; mais sais-tu la place où nous rencontrerons justement la grotte Ernestine ?

FRITZ. C'est bien facile : droit au-dessous du roc à sommet fourchu, et je crois que je le vois ; regarde là, Ernest ; n'est-ce pas notre rocher ? Nous l'avons assez descendu et remonté pour le reconnaître.

ERNEST. Oui, oui, c'est bien lui. Prenons vite nos dimensions, et je dis comme Jack : C'est bien dommage que nous n'ayons aucun outil pour l'entamer ! »

Nous entrâmes dans un fourré d'arbres et de buissons qui nous séparait du rocher, pour examiner la nature du sol et la roche partagée. Jack, toujours leste, avait pris les devants, après avoir rendu à Ernest son fusil ; Fritz le suivait de près. « Je crois, nous dit-il, que la bonne nature nous aura épargné bien de la peine ; il me semble que le rocher est partagé du haut en bas ; je vois au pied une espèce de grotte ou de caverne déjà faite. » Au même moment, un cri perçant de Jack se fit entendre, nous le vîmes courir de toute la vitesse de ses jambes, sa fronde à la main : « Deux bêtes monstrueuses, s'écriait-il, à mon secours ! » Nous avançâmes promptement, tenant nos fusils en avant, et nous vîmes en effet à l'entrée de la caverne deux animaux assez gros, que je reconnus bientôt pour des ours brun-roux. L'ours noir, dont la fourrure est plus estimée, ne se

trouve guère que dans les pays montagneux et froids, mais le brun
se plaît au midi ; il passe pour être féroce et carnassier ; le noir ne
se nourrit que de végétaux et de miel. Ceux-ci, l'un surtout, que je
supposai être la femelle, paraissaient irrités et faisaient entendre un
grognement sourd accompagné d'un craquement de dents qui indi-
que toujours la colère. Comme il s'en trouve souvent dans les Alpes
de la Suisse, je n'étais pas étranger à cette chose, et je me rappelai
avoir ouï dire qu'un coup de sifflet aigu les effraie et les arrête.
J'en fis partir un aussi fort et aussi prolongé qu'il me fut possible :
l'effet en fut prompt ; la femelle se retira à reculons dans sa caverne,
pendant que le mâle se leva lentement sur ses pattes de derrière ; et
dans l'attitude d'un homme debout, les poings fermés, il resta immobile. Mes deux fils aînés tirèrent à la fois leurs deux coups de
fusil au milieu de sa poitrine. Il tomba mort, mais remuait encore ;
et comme il pouvait n'être que blessé, se relever en fureur et se jeter sur nous, je lui lâchai à genoux un troisième coup, qui l'acheva.
Nous n'étions pas sans crainte sur celui qui restait dans la caverne ;
il pouvait en sortir avant que nous fussions prêts à le recevoir, nous
nous hâtâmes de recharger nos fusils à balles. Jack s'était rapproché et voulait lui lancer sa fronde ; mais les jambes des ours étant
grosses et courtes, il n'était guère possible qu'il pût y réussir, et je
le fis rester à l'écart. Il s'agissait à présent de nous garantir de
l'ourse et de ne pas perdre notre temps à nous tenir en faction pour
l'attendre ; nous nous approchâmes, serrés en ordre de bataille, de
l'entrée de la caverne ; je criai feu, et les trois coups partirent en
même temps : une espèce de cri féroce nous fit espérer qu'ils avaient
porté ; mais pour nous en assurer, et pour prévenir la sortie de l'a-
nimal s'il vivait encore, je fis rassembler à l'entrée de cette grotte
un immense tas de branches et de feuilles sèches, et j'y mis le feu
avec mon briquet. Dès que le tas fut bien enflammé, la lueur nous
fit découvrir l'ourse couchée sans mouvement ; mais il est connu
que cet animal est quelquefois assez rusé pour feindre d'être mort,
jusqu'à ce qu'on l'approche d'assez près pour qu'il puisse se relever,
étreindre son ennemi dans ses énormes pattes, et l'étouffer. Je dis à
Fritz de prendre une bûche enflammée, et nous approchâmes avec
précaution ; la grotte ou caverne était un peu profonde, la bête était
à demi couchée sur un grand amas de feuilles sèches préparées

pour mettre bas ses petits ; je m'assurai qu'elle était véritablement
morte. Elle était pleine et immensément grosse et grasse ; il nous
fallut appeler mes deux autres fils pour nous aider à la sortir, son
antre étant trop obscur pour y travailler, et je voulais, s'il m'était
possible, tâcher de tirer parti de cette épaisse et belle fourrure, qui
pouvait nous être utile pendant l'hiver lorsque nos couvertures seraient usées. Nous y travaillâmes avec courage, et comme ces animaux étaient encore chauds, nous en vînmes à bout plus facilement
que je ne l'aurais cru : mais la peau était tellement lourde qu'il nous
était presque impossible de la porter jusqu'à notre habitation. Fritz
me proposa de la laisser dans la caverne, dont le fond était sablonneux, et d'en fermer l'entrée avec des branches, de manière que
d'autres animaux ne pussent pas venir la dévorer ; nous leur aban-
donnâmes les deux corps, en regrettant leur abondante graisse, utile
à mille usages domestiques. « C'est dommage, disait Ernest ; si notre grotte était percée nous en aurions pu profiter ; mais elle le
sera avant l'hiver, et du moins nous retrouverons les fourrures. »

Nous reprîmes notre route, en remerciant Dieu de nous avoir garantis de ce danger, où mon Jack au moins pouvait périr. Comme
preuve et trophée de notre action, nous coupâmes les pattes de devant pour les apporter à ma femme ; on dit que c'est un morceau
très friand, qu'on sert à la table des rois.

La vallée se rélargissait de plus en plus et présentait un aspect
plus varié ; elle était coupée de belles plaines ou savanes, dont l'herbe
avait visiblement été broutée, et de bois plus étendus, où nous avions
grande peine à nous frayer un passage, tant ils étaient épais et
pleins de lianes : nous ne pûmes en venir à bout qu'en nous tenant
sur les bords, où nous étions aussi plus en sûreté contre les animaux
sauvages et les reptiles ; nous en vîmes de plusieurs espèces qui
faisaient leur demeure au pied des rochers. Outre la fatigue, qui
commençait à se faire sentir, nous étions tourmentés de la soif,
n'ayant pas trouvé d'eau depuis que nous avions quitté la mer. Le
sol est en général humide, et je crois qu'en creusant on en trouve-
rait ; mais ayant été forcés de laisser nos pelles lorsque nous étions
montés sur le récif, nous n'avions point d'outils à cet usage. Nous
étions impatients aussi de nous laver, après notre boucherie d'ours,
lorsqu'à notre grande satisfaction nous entendîmes un murmure de

rivière, qui sans doute était celle que nous avions vue, Jack et moi, dans notre précédent voyage. Il ne cessait de m'en demander des nouvelles ; nous avions pensé follement qu'elle se prolongeait le long de la vallée, ce qui ne se pouvait pas ; elle était d'eau douce, et ne sortait pas de la mer, mais du pied d'une colline perpendiculaire. Cette source me rappela celle de la rivière d'Orbe, au canton de Vaud en Suisse ; elle sort de toute sa largeur, roule d'abord sur un lit de cailloux, puis formant un coude gracieux, elle prend son cours du côté de la grande baie, et se précipite en cascade dans la mer. Nous nous arrêtâmes quelque temps pour remplir nos gourdes, boire à mesure, et prendre un bain, qui nous fit à tous grand bien.

La soirée avançait, et nous dûmes, bien malgré nous, nous résoudre à passer la nuit à la belle étoile, séparés des êtres chéris que nous avions laissés à Zeltheim, et qui s'inquiétaient sûrement. Heureusement Fritz avait pour sa mère une provision des fruits de l'arbre à pain ; il en avait rempli ses poches et celles de ses frères.

A l'exception de Jack, qui s'endormit d'abord comme s'il était dans son lit, aucun de nous ne put trouver le sommeil. La nuit était superbe ; une foule d'étoiles et de constellations resplendissaient au-dessus de nous dans la voûte éthérée : Ernest ne cessait de les contempler. Après quelques questions et suppositions sur la pluralité des mondes, sur leur cours, sur leur éloignement, il nous quitta pour se promener au bord de la rivière qui les réfléchissait ; et c'est de cette nuit que date la passion qu'il prit pour l'astronomie, passion qui l'emporta sur les autres, et devint son étude favorite et continuelle, qu'il poussa même assez loin, à l'exemple de Duval, dont il avait lu l'histoire. Pendant que ce goût se développait par la contemplation, nous causions, Fritz et moi, sur plusieurs sujets intéressants pour nous, sur nos projets pour percer la grotte, et l'extrême utilité de ce passage, ce côté de l'île étant perdu pour nous par la difficulté d'y parvenir. « C'est vrai, disais-je, et je le sens comme toi ; mais n'est-ce pas à cette difficulté que nous devons la sûreté dont nous avons joui ? elle existe aussi pour tous les animaux dont ce côté de l'île est peuplé, tandis que nous en avons si peu du nôtre et si peu de dangereux. Qui nous répond que les ours, les buffles ne trouveront pas aussi le chemin de la grotte ? et je t'avoue que je ne me soucie pas du tout de leur visite, pas même de celle des onagres. Qui sait s'ils n'engageraient pas ton Leichtfus à revenir vivre avec eux? La liberté a bien des charmes, et la sûreté, la tranquillité en ont aussi. Jusqu'à présent n'avons-nous pas été heureux de l'autre côté de l'île, sans les productions de celui-ci? Mon fils, le proverbe dit *que le mieux est l'ennemi du bien ;* ne cherchons pas le mieux, n'ayons pas trop d'ambition, elle a perdu de plus grands états que le nôtre. »

XIII. — Travail pénible. — Fatale découverte. — Crainte. — Invasion. — Retour à la maison.

Tandis que nous discourions en admirant les étoiles, elles pâlirent peu à peu et firent place à l'aurore. Ernest se rapprocha de nous ; nous réveillâmes Jack, qui avait dormi tout d'un somme et ne savait où il était. Nous revînmes auprès de l'étroit passage, entre la cascade et le ruisseau : s'il ne nous avait pas semblé praticable la veille à peu près de nuit, ce fut bien pis quand nous le vîmes en plein jour. J'avoue que je fus consterné ; il me parut que, de ce côté du moins, nous étions complètement enfermés, et je frémissais en pensant que, pour sortir de l'autre bout, il faudrait traverser encore toute l'île, au risque des animaux sauvages que nous pourrions rencontrer, et recommencer notre route périlleuse et douloureuse sur les récifs de coraux. Dans ce moment j'aurais consenti de bon cœur à ouvrir une porte aux habitants de ce côté de l'île pour pouvoir y passer moi-même. Je pensais à ma femme et à mon fils cadet, à leurs transes mortelles en nous attendant, avec un serrement de cœur qui m'ôtait la respiration et le courage d'entreprendre un travail qui me paraissait impossible, sans autre outil qu'une petite scie et une houlette ou pelle recourbée pour arracher les plantes, dont Ernest n'avait pas voulu se dessaisir. Le sentier par lequel nous avions passé, Jack et moi, était entièrement encombré de rocs, d'amas de terre, qui obstruaient même le lit du ruisseau ; on ne voyait plus la pace où nous l'avions passé à gué ; il se frayait un cours au-delà, et s'étendait en largeur.

« Il est impossible, dit Fritz en regardant ce désastre, que nous puissions remuer sans outils ces immenses pierres qui nous barrent le passage ; mais peut-être avec un peu de courage pourrons-nous passer par-dessus et redescendre de l'autre côté ; le ruisseau s'étant étendu ne doit pas être bien profond, et cela vaut toujours mieux que le passage des récifs.

LE PÈRE. Essayons ; mais je doute fort que cela soit possible, au moins à celui-ci, dis-je en montrant Jack.

JACK. Pourquoi, mon père ? *celui-ci* est tout aussi fort, et peut-être plus leste que ceux-là ; demandez à Fritz s'il n'est pas content de son ouvrier. Voulez-vous que je passe le premier, pour vous montrer le chemin ? » Nous avions descendu quelques toises plus bas, avec une peine inouïe, enfonçant dans une terre grasse et détrempée, ou forcés d'enjamber des pierres énormes, lorsque Fritz, qui marchait le premier, s'écria avec joie : « Le toit ! mon père, le toit de notre cabane ; il est entier, il nous servira de pont, tâchons seulement d'arriver jusque-là.

— Quel toit ? quelle cabane ? m'écriai-je.

— Celle de l'ermitage d'Eberfort, que vous aviez si bien couverte de pierres, à la mode des chalets suisses. »

Je me rappelai tout-à-coup qu'en effet j'avais fait cette cabane à l'instar des chalets de ma patrie, en écorce, avec un toit à peu près plat, et couvert de pierres pour l'assurer contre les vents, et nous donner une idée des simples demeures des bergers de nos montagues ; c'était, ainsi que sa position, ce qui avait dû la sauver de l'orage. J'avais eu soin de la placer en face de la cascade pour la voir dans toute sa beauté, et par conséquent un peu de côté du passage obstrué par la chute d'une partie du rocher. Quelques quartiers touchaient le toit de la cabane, et nous n'aurions pu pénétrer dans l'intérieur ; mais ainsi elle se trouvait appuyée, et le toit, tout-à-fait debout, était encore assez solide. Nous y parvînmes en nous laissant glisser le long du roc qui le soutenait ; Jack fut le premier debout sur le toit et chantant victoire. En effet, il nous fut aisé de descendre de l'autre côté en nous tenant aux perches et aux morceaux d'écorce, et nous nous trouvâmes tous quatre en sûreté dans notre île. Ernest seul avait perdu son fusil dans le passage ; n'ayant pas voulu se dessaisir du sac aux curiosités naturelles ni de la petite pelle, le fusil lui avait échappé et s'était perdu dans l'abîme. « Tu prendras celui que j'ai laissé dans le canot, lui dit Fritz, mais une autre fois jette là tes pierres et garde ton fusil, c'est un bon ami dans l'occasion.

— Nous allons donc monter sur le canot, me dit Jack, et vive la mer, vivent les vagues ! elles ne sont pas aussi dures que les pierres. »

J'étais bien aise aussi de ramener mon canot au port de Zeltheim ; toutes nos grandes occupations m'en avaient empêché, et c'était une excellente occasion ; la mer était calme, le vent favorable, nous serions plus tôt chez nous, et moins fatigués qu'en y allant par terre. Nous suivîmes la grande baie jusqu'au bois des Choux palmistes, à l'un desquels j'avais attaché le canot si fortement que je n'avais aucune crainte de ne pas le retrouver. J'arrive à la place, il n'y était plus ; la trace de la corde qui l'attachait se voyait encore sur l'arbre ; le canot avait disparu. Saisis, confondus d'étonnement, nous nous regardons avec effroi, et sans pouvoir articuler une parole. Qu'était-il devenu ? « Quelque animal, des chakals, un singe peut-être, l'auront détaché, nous disait Jack ; mais ils n'auraient pas mangé le canot, » et nous n'en retrouvions nulle trace, non plus que du fusil que Fritz y avait laissé. Cette disparition extraordinaire me donna beaucoup à penser. Des sauvages avaient sûrement abordé dans notre île et fait cette capture. Nous ne pûmes plus en douter en trouvant sur le sable des empreintes de pieds nus. Mais quand ? dans quel moment ? Il y avait plus de quinze jours que nous n'étions venus de ce côté. Inquiet, agité, comme on le comprend, je me hâtai de prendre le chemin de Zeltheim, dont nous étions éloignés de plus de trois lieues. Je défendis à mes fils de parler à leur mère de cet événement, et de nos craintes sur l'invasion des sauvages dans notre île, ce qui ne lui aurait pas laissé un moment de repos. Je cherchais à me rassurer. Aucune trace ne nous indiquait qu'ils fussent venus plus loin que le rivage de la baie. A la ferme de Waldeck, où nous passâmes exprès, tout nous parut en ordre ; et s'ils y avaient pénétré ils auraient trouvé des objets qui pouvaient les tenter, nos matelas de coton, nos siéges d'osier, et quelques ustensiles de ménage que ma femme y avait laissés ; nos oies et nos poules n'avaient point l'air effarouchées, et picotaient, comme à l'ordinaire, des vers et des insectes. Je commençais à espérer que nous en serions quittes pour la perte de notre canot, perte qui pouvait se réparer. Nous étions assez nombreux et assez bien armés pour ne pas redouter quelques sauvages, s'ils pénétraient plus avant et commettaient des hostilités. J'exhortai mes fils à ne rien faire qui pût les irriter le moins du monde, à leur témoigner au contraire toute sorte d'amitiés et de prévenances, et à ne se porter contre eux à aucun acte de violence, à moins qu'ils ne fussent les agresseurs et que mes fils n'eussent à défendre leur vie. Je leur recommandai aussi de prendre dans la caisse échouée divers objets qui leur plaisent et de les porter toujours sur eux. « Mais je vous conjure encore, ajoutai-je, de ne pas alarmer votre mère. » Ils me le promirent. Nous continuâmes notre route jusqu'à Falkenhorst, sans faire aucune rencontre. Jack avait pris les devants, se réjouissant, disait-il, de revoir notre château, qu'il espérait que les sauvages n'auraient pas emporté. Tout-à-coup nous le vîmes revenir en courant, l'effroi peint sur tous ses traits. « Ils y sont, disait-il, ils s'en sont emparés, notre chambre en est remplie. Ah ! comme ils sont affreux ! Quel bonheur que maman n'y soit plus, elle serait morte de peur en les voyant entrer. »

J'avoue que je fus vivement ému ; mais ne voulant absolument pas exposer mes enfants à quelque danger avant d'avoir fait mon possible pour le prévenir, je leur ordonnai de rester en arrière jusqu'à ce que je les appelasse. Je rompis à la hâte une branche d'arbre, que je tins dans une main, et dans l'autre quelques longs clous, que je trouvai par hasard au fond de ma poche, et je m'avançai ainsi près de mon château d'arbre. Je m'attendais à trouver la porte de mon escalier enfoncée et brisée, et nos nouveaux hôtes le montant et le descendant ; mais je vis d'abord qu'elle était fermée comme je l'avais laissée ; elle était faite d'écorce, on ne la distinguait pas. Mais comment cette horde sauvage avait-elle pu pénétrer dans ma chambre, à quarante pieds de hauteur ; j'avais remis les planches devant la grande ouverture ; elles n'y étaient plus, la plupart gisaient en bas sur le terrain, et j'entendais un tel bruit dans notre case, que je ne pouvais douter de la vérité du rapport de Jack. Je m'avançais timidement tenant en l'air ma branche et mon offrande, lorsque je vis que je les offrais à une troupe de singes cantonnés dans cette garnison, et s'amusant à la détruire. Nous en avions une grande quantité dans notre île, quelques-uns même assez gros et méchants, dont nous avions peine à nous défendre lorsque nous traversions le bois où ils avaient principalement établi leur domicile. Les coups de fusil que nous tirions fréquemment autour de notre demeure les en avaient éloignés ; mais, enhardis par notre absence, et très friands des petites figues de notre arbre, ils y étaient venus en foule. Cette maudite vengence avait percé le toit, et une fois dans l'intérieur, ils s'en étaient rendus maîtres, avaient jeté en bas les planches, qui n'étaient qu'appuyées et rangées au-devant de l'ouverture ; ils faisaient mille grimaces, toutes plus affreuses les unes que les autres, et jetaient en bas tout ce qu'ils pouvaient accrocher.

Nous continuâmes notre route, et..., Je m'arrête ici, mon cœur est oppressé. Ce que j'éprouvai en arrivant chez moi demande un chapitre à part, pour lequel j'ai besoin de rassembler mes forces.

XIV. — Désespoir. — Départ.

Nous fûmes bientôt au pont de Famille ; j'avais un peu d'espoir d'y trouver François, et peut-être ma femme, qui commençait à bien marcher ; il fut déçu, je n'y trouvai personne, et je ne m'en inquiétai pas ; ils n'étaient pas assez sûrs de l'heure de notre retour ni du chemin que nous aurions pris pour se hasarder à venir au-devant de nous. Malgré ma fatigue, qui était extrême, je doublai le pas, espérant les trouver au moins sur le joli balcon,... ils n'y étaient pas. J'entrai vivement dans les chambres, j'appelai à haute voix : « Elisabeth, François, où êtes-vous? » Point de réponse. Alors la crainte la plus cruelle s'empara de tout mon être ; elle fut si forte, qu'elle m'ôta, pour le moment, la faculté de marcher.

« Ils sont à la grotte, dit Ernest.

— Ou bien au jardin, s'écria Fritz.

— Peut-être au bord de la mer, dit Jack. Ma mère aime à voir les vagues quand elles sont petites, et François à chercher les coquilles. »

Toutes ces suppositions étaient possibles, je les faisais aussi ; je voulus suivre mes fils, qui couraient où ils pensaient que leur mère et leur frère étaient allés. Il me fut impossible de faire un pas, et je fus contraint de m'asseoir; j'avais un tremblement général, un battement de cœur à ne pouvoir respirer, et je n'osais pas m'avouer à moi-même ce qui me mettait dans cet état, ou plutôt, pendant quelques minutes, je n'eus pas une idée distincte. J'essayai de me remettre, j'articulai vaguement : *Oui, à la grotte, au jardin, ils vont revenir*, et je ne fus pas plus rassuré ; c'était sans doute un affreux pressentiment du malheur qui m'attendait. Il ne fut que trop tôt réalisé. Mes fils revinrent, l'effroi, la consternation peints sur leurs traits ; ils n'avaient rien trouvé, ni à la grotte, ni au jardin, et n'eurent pas besoin de me le dire, ce fut moi qui m'écriai : « Ils n'y sont pas...! Oh Dieu! » et je retombai anéanti. Jack vint le dernier et le plus consterné ; il était allé du côté de la mer, et se jeta dans mes bras en me disant avec des sanglots convulsifs : « Ce sont les sauvages, ils sont venus, ils ont emmené ma mère et François, qu'ils ont mangés peut-être ; j'ai vu la marque de leurs horribles pieds sur le sable ; j'ai vu aussi celles des bottines de François. » Ces mots me rendirent à l'instant mes forces, comme par miracle ; je ne sentais plus ni mal ni fatigue. « Allons, mes enfants, allons les délivrer, s'il en est temps encore! le ciel nous aidera, il aura pitié de notre détresse, il nous les rendra... venez, venez.

— Allons! allons! fut le cri général ; mais un autre effroi s'empara de moi, je regardai mes fils d'un air égaré, disant : « La pinasse, oh! Dieu! l'auront-ils laissée! » Si elle n'y était pas, tout moyen de les retrouver, tout espoir nous était enlevé ; et je retombai anéanti. Jack, occupé de sa triste découverte, n'avait pas regardé du côté de la pinasse. A peine l'avais-je nommée, que Fritz et lui couraient déjà ; Ernest me soutenait, cherchait à me calmer : « Peut-être, me disait-il, sont-ils encore dans cette île ; peut-être auront-ils pu fuir et se cacher dans quelque bois ou dans les roseaux ; lors même que la pinasse se retrouverait, nous ne devons pas partir avant d'avoir parcouru toute l'île d'un bout à l'autre ; dès que Fritz sera venu nous allons nous mettre en route ; vous pouvez vous fier à nous ; s'ils y sont avec leurs ravisseurs, n'importe, nous les ramènerons. Pendant nos recherches vous préparerez tout pour le départ, et, dussions-nous les chercher d'un bout du monde à l'autre, parcourir tous les pays, toutes les mers, nous les retrouverons, mon cœur me le dit, fions-nous à la bonté de Dieu, il est notre père : il ne nous éprouvera pas au-delà de nos forces. » J'embrassai ce cher enfant ; mes larmes, mes sanglots, retenus trop longtemps, se firent un passage, et me soulagèrent, ainsi qu'une prière ardente et du fond de mon cœur ; mes lèvres ne la prononcèrent pas ; mes yeux, élevés au ciel ainsi que mes mains, la portèrent aux pieds du Tout-Puissant, de celui qui nous éprouve et nous console. Déjà une lueur d'espoir rentra dans mon âme quand j'entendis la voix de mes fils qui criaient de loin : » La pinasse y est ! ils ne l'ont pas emmenée ! » J'en remerciai Dieu à genoux, c'était une espèce de miracle, elle était plus tentante que le canot. Peut-être, comme elle était cachée dans une petite crique, entre les rochers, ne l'ont-ils pas vue ; peut-être ont-ils craint de ne pas savoir la gouverner, ou n'étaient-ils pas assez nombreux ? Enfin n'importe, elle y est, elle pourra nous servir à retrouver les objets chéris que ces monstres nous ont enlevés.

Malgré mon extrême impatience de commencer des recherches, je sentais bien aussi qu'un voyage tel que celui que j'allais entreprendre, dans des mers inconnues, et pouvant être de long cours, ne devait pas se faire sans préparatifs ; il fallait penser à la nourriture, à la boisson, aux armes, et à bien d'autres choses encore. Il y a des moments dans la vie qui s'emparent tellement du cœur, de l'âme, de tout ce qu'il y a chez nous de moral et de sensible, que le corps et ses besoins sont comptés pour rien, on n'y songe même pas, et nous en offrions la preuve. Nous venions de faire un voyage pédestre et très pénible de plus de vingt-quatre heures, pendant lesquelles nous n'avions eu que peu de repos et point de sommeil ; depuis le matin nous n'avions mangé que quelques morceaux des fruits de l'arbre à pain, nous devions être à demi morts de fatigue et d'inanition. Eh bien ! pas un de nous n'en eut même la pensée, tant nous étions, si j'ose me servir de cette expression, nourris de désespoir. Ce ne fut qu'au moment où je vis mes fils prêts à partir, que l'idée de notre nature physique me revint ; je voulus exiger d'eux qu'ils prissent quelque chose, qu'ils se reposassent un instant ; mais ils étaient trop agités pour y consentir.

Dès que mes aînés furent partis, je dis à Jack de me conduire à l'endroit du rivage où il avait vu l'empreinte des pieds nus des sauvages : il était essentiel de les examiner pour juger de leur nombre et de leur direction. J'en trouvai en effet plusieurs assez distinctes, mais en sens différents, et je n'en pus rien conclure de positif; les unes étaient près de la mer, la pointe des pieds tournée vers le rivage, et parmi celles-là Jack croyait remarquer la forme des bottines de François. Ma femme en portait aussi, que j'avais faites plus légères; elles la dispensaient d'avoir des bas, et affermissaient sa marche. Je ne pus en découvrir l'empreinte; mais ce qui me prouva positivement que ma pauvre Elisabeth avait été jusque-là, ce fut une pièce déchirée du tablier qu'elle s'était fait avec un morceau de sa toile de coton, teinte en rouge. Alors je n'eus pas le moindre doute qu'elle n'eût été sur mon canot avec mon fils.

Sûr qu'ils n'étaient plus dans notre île, j'attendais avec impatience le retour de mes fils, et je fis tous les préparatifs du départ. La première chose à laquelle je pensai, fut la caisse échouée, qui me fournissait des moyens de gagner l'amitié des sauvages et de racheter mes bien-aimés. J'aurais voulu doubler, tripler mes richesses pour les donner en échange de celles auxquelles j'attachais tant de prix, la vie ou la liberté de ma femme et de mon enfant. Je pensai ensuite à ceux qui me restaient, et à moi, lorsque peut-être ils n'avaient déjà plus de mère! Je pris dans des sacs et des calebasses tout ce que nous avions encore de gâteaux de cassaves, de racines de manioc, et des pommes de terre. Pendant tous ces voyages de la maison à la pinasse, le temps s'écoulait rapidement; la nuit arriva, et mes fils n'étaient pas revenus. Mes angoisses devenaient à chaque instant plus vives, l'île était assez grande et assez boisée pour qu'on pût s'y égarer dans l'obscurité; les voleurs du canot pouvaient aussi y être revenus et les avoir rencontrés. Enfin, après quelques heures d'une inquiétude et d'une incertitude mortelles, j'entendis tirer un coup de fusil : hélas! un coup seulement, c'était le signal convenu s'ils revenaient seuls, deux s'ils m'amenaient leur mère, trois si François y était aussi; mais je ne m'attendais que trop à les voir revenir seuls, et je fus encore heureux. Je courus au-devant d'eux, ils étaient abîmés de fatigue et de chagrin.

« Partons, mon père, me dirent-ils, vous avez sans doute tout préparé? ne perdons pas un instant, tous sont précieux; un seul peut les sauver. Nous avons parcouru toute l'île, crié mille fois leurs noms, que les échos des rochers répétaient; ils n'y sont pas; mais s'ils existent encore nous les retrouverons, nous les ramènerons ici;

s'ils n'existent plus... que nous importe cette île? nous n'y reviendrons pas sans eux. » C'était Fritz qui disait cela, et qui, un instant
après, ne put retenir un profond soupir en voyant caracoler son
cher Leichtfus autour de lui : « Adieu, mon ami, adieu, lui dit-il
en lui flattant le cou ; puissé-je te retrouver où je te laisse avec
douleur, et te ramener ton jeune maître, dit-il au taureau qui s'approchait aussi de lui ! » Il s'arracha d'eux et vint nous joindre sur la
galerie. « Partons, mon père, la lune nous favorise. » Elle venait de
se lever dans toute sa majesté.

J'allai avec un nouveau courage vers l'anse où était la pinasse,
dans laquelle Jack rangeait tout ce que nous avions apporté. Nous
la sortîmes de l'anse avec nos rames, et lorsque nous fûmes dans la
baie, nous tînmes un conseil de famille pour décider de quel côté nous
commencerions nos courses. Je penchais à retourner vers celui de
la grande baie, où le canot avait été enlevé; mes fils pensaient au
contraire que les insulaires, contents de ce vol, retournaient chez
eux, en passant tout le long de notre île, et qu'un hasard malheureux ayant amené leur mère et leur frère sur le rivage de la petite
baie, les sauvages les avaient vus, enlevés, et continuaient leur
route avec leurs prisonniers. Ils pouvaient tout au plus avoir un jour
d'avance sur nous ; mais c'était assez pour nous remplir de crainte
et prévoir les plus affreux malheurs. Je me rendis à l'avis de mes fils ;
et nous fûmes bientôt en pleine mer.

XV. — Voyages sur mer.

Le vent, sans être trop violent, enflait nos voiles et nous dispen-
sait de ramer. Notre long voyage sur mer depuis l'Europe m'avait
fait acquérir des connaissances sur la navigation, mais ces connaissances se bornaient à peu de chose. Mes deux fils aînés, qui n'a-
vaient pas fermé l'œil la nuit précédente et avaient marché presque
au-delà des forces humaines, ne furent pas plus tôt sur un banc,
que, malgré leur affliction, la nature fut la plus forte, et qu'ils s'en-
dormirent profondément. Jack, enchanté au milieu de son chagrin,
d'être sur mer et de voir des vagues, résista plus longtemps; il aurait cependant fini par s'endormir aussi ; mais je l'appelai près de

8

moi, je lui fis tenir le gouvernail, je lui montrai ce qu'il devait faire, et, m'appuyant la tête contre la poupe, je cédai aussi à l'excès de la fatigue, et j'oubliai, pendant quelques minutes, mes peines cruelles. Un songe me ramena dans notre île chérie avec ma femme et mes quatre fils : « Vois, Elisabeth, lui disais-je, comme nous sommes heureux. — Oui, me répondait-elle, nous avons le ciel sur la terre. » Ah ! si le sommeil et ses douces illusions suspendent, pendant quelques instants, les tourments des malheureux, combien ils les sentent plus vivement encore au réveil ! Je fus tiré de mon sommeil par un cri d'Ernest : « Laisse le gouvernail, disait-il à son frère, tu le conduis mal ; ne vois-tu pas que la pinasse dérive ? » En effet, un faux mouvement l'avait fait changer de direction, et nous courions le risque de donner contre les brisants de la côte. Je me saisis du gouvernail, et j'eus bientôt remis le bâtiment sur la bonne route, me promettant de ne plus le laisser conduire à cet étourdi.

Jack était celui de mes fils qui montrait le plus de dispositions pour l'état de marin, mais il n'en avait aucune connaissance ; il était encore trop jeune lorsque nous nous étions embarqués, pour avoir fait aucune attention à la manœuvre du vaisseau ; jouer avec les petits mousses, essayer de grimper comme eux dans les cordages, là se bornait jusqu'à présent sa science nautique. Mes deux aînés s'en étaient plus occupés. Le désir qu'Ernest avait de s'instruire, désir qui se répandait sur tous les objets, l'avait engagé à questionner le pilote sur tout ce qu'il lui voyait faire ; il avait donc là-dessus assez de théorie, mais aucune pratique ; il connaissait les termes de marine, l'usage des différents instruments, et n'aurait pas su les employer. Le génie mécanicien de Fritz lui faisait deviner, et je me serais plus fié à lui, en cas de danger. Mais avec quelle ardeur je priai le ciel pour que nous en fussions préservés ! Qu'on se représente la situation d'un père, seul avec trois fils, son unique espérance, en recherche du quatrième et d'une épouse chérie, qui peut-être déjà n'existaient plus ; ignorant de quel côté se diriger, s'éloignant d'eux peut-être, au lieu de s'en rapprocher ; errant sur une mer inconnue et semée d'écueils, sans guide, sans boussole ; n'ayant que peu de connaissance de l'élément perfide sur lequel nous voyagions ; sans laisser aucune trace qui pût nous ramener aux lieux chéris que nous venions de quitter. Je me reprochais quelquefois, pensant aux dangers qui menaçaient mes enfants, de ne pas m'y être exposé seul, de ne pas avoir songé à les laisser tous trois dans leur île paisible. Lorsque je craignais que les sauvages n'eussent enlevé la pinasse, Fritz me dit, avec vivacité et sentiment : « S'il n'y a pas d'autre moyen, j'irai à la nage d'île en île. » Ils étaient tous trois profondément affectés, mais je n'entendis pas une plainte sur leur situation ; ils ne témoignèrent pas la moindre crainte de la voir devenir plus fâcheuse ; au contraire, ils cherchaient à m'encourager, à me consoler. Fritz vint se mettre au gouvernail, en observant que la pinasse était neuve, bien construite, et pourrait résister à la tempête. Ernest, debout sur le tillac, contemplait, sans parler, la marche nocturne des astres lumineux ; et, perdu dans ses profondes observations, il ne rompit le silence que pour me dire qu'il espérait suppléer par eux à la boussole et connaître de quel côté nous avancions. Jack, qui n'était pas curieux de rester en arrière, et qu'on ne voulait plus au gouvernail, grimpa lestement au mât pour me prouver qu'au besoin nous aurions un mousse alerte et hardi : il en eut le titre, Fritz celui de pilote, Ernest d'astronome, et moi de chef et de capitaine de notre embarcation. Tout cela se faisait à la pointe du jour, qui nous montra bientôt que nous avions dépassé notre île ; elle ne nous paraissait plus qu'un point sombre. J'étais, ainsi que Fritz et Jack, d'avis de la tourner et d'essayer notre fortune à la côte opposée ; mais Ernest, qui n'avait eu garde d'oublier sa lunette d'approche au travers de laquelle il parcourait l'horizon de tous les côtés, nous assura qu'il voyait, dans une direction qu'il nous indiqua, quelque chose qu'il croyait être une terre ; il nous céda l'instrument, nous regardâmes tour à tour, et nous fûmes enfin convaincus qu'il ne se trompait pas. A mesure que le jour avançait, ce point se développpait davantage, et nous n'hésitâmes pas à cingler de ce côté-là.

Comme c'était la seule place qui nous présentât autre chose que la vaste mer, il nous parut que ce devait être la terre la plus rapprochée de notre île, et par conséquent celle où, suivant toute apparence, les insulaires pouvaient avoir conduit leurs captifs. Mais nous n'y étions pas encore, et j'étais appelé à passer par de cruelles épreuves.

Le mouvement que nous fûmes obligés de faire pour nous diriger vers la côte changea naturellement notre direction à l'égard du vent ;

il fallut changer aussi la voile. Le mousse Jack voulut mériter ce
titre, et, pour m'aider dans cette opération, il grimpa lestement au
mât en se tenant aux cordages; mais avant qu'il eût atteint la voile,
la corde à laquelle il était suspendu cassa si subitement que, n'ayant
plus de point d'appui, il fut précipité dans la mer, et disparut à l'instant même ; mais il reparut bientôt en cherchant à nager et poussant
des cris qui se confondaient avec les nôtres. Fritz, qui fut le premier à voir sa chute, fut dans l'eau presque aussitôt que lui, et, le
saisissant par les cheveux, nageait de l'autre main en lui disant :
« Courage, Jack, tâche de t'élever assez pour me saisir par le corps. »
Et moi, moi malheureux père, je voyais mes deux fils se débattre
sous les vagues qu'un vent de terre rendait assez fortes ; je les
voyais, j'entendais leurs cris de détresse, et, dans mon désespoir,
j'étais sur le point de me précipiter après eux si Ernest ne m'avait
pas conjuré de rester pour les aider à remonter la pinasse. Il leur
avait jeté des cordes, et l'un des bancs qu'il avait arraché avec la
force que l'on trouve dans les grands dangers ; Fritz avait pu saisir
la corde et la passer autour du corps de Jack, qui nageait aussi,
mais faiblement, et dont les forces s'épuisaient. Fritz, qui déjà en
Suisse et sur le bord du lac de Zurick passait pour un maître nageur,
conserva toute sa présence d'esprit ; il nous cria d'attirer doucement
la corde tandis que l'un de ses bras soutenait l'enfant et le poussait
vers la pinasse. Je pus enfin l'atteindre et le reprendre ; mais mon
émotion avait été telle, que, lorsque je l'eus déposé presque sans
vie au fond de la pinasse, je tombai à côté de lui sans aucun sentiment. Oh! combien alors le calme d'Ernest nous fut précieux! sa
situation était affreuse, terrible! trois êtres chéris en danger de
mort! auquel courir? par lequel commencer? Tout autre en aurait
perdu la tête; il conserva toute la sienne, et, débarrassant promptement Jack de la corde qui l'entourait, il la rejeta à la mer pour que
Fritz pût la saisir et remonter sur la pinasse avec cette aide ; il attacha fortement l'autre bout au mât pour qu'elle eût de la résistance.
Cela fait, plus promptement que je ne l'écris, il vint à nous, releva
son jeune frère, et le plaça de manière qu'il pût rendre facilement
l'eau salée qu'il avait avalée ; il s'approcha ensuite de moi, et m'eut
bientôt rendu l'usage de mes sens avec quelques gouttes de rhum,
dont nous avions bu un peu le matin pour nous redonner des forces,

et surtout en me disant : « Courage, mon père, vous avez sauvé Jack, et je sauverai Fritz ! il a pris la corde, il nage avec force, il avance, le voilà ! le voilà ! » Il me laissa pour tendre la main à son frère, qui, à l'aide de la corde, fut bientôt dans la chaloupe et dans mes bras. Jack, revenu de son étourdissement, vint s'y jeter aussi. O Dieu tout bon ! grâces te soient rendues ! tu m'accordas au milieu de mon épreuve un moment de vrai bonheur. Retrouver ceux que je crus si près de périr, me parut un heureux augure pour retrouver aussi ceux que j'allais chercher. Ernest eut la même idée : « Nous les retrouverons, nous les sauverons aussi, me dit-il en me serrant la main avec expression. — Nous retournerons avec eux dans notre île, me dit Fritz, et nous n'en sortirons plus, n'est-ce pas, mon père ? — Oh ! comme maman aurait eu peur, dit Jack dès qu'il put parler, si elle m'avait vu enfoncer tout là-bas ! j'ai cru que j'allais tomber comme une pierre tout au fond de la mer ; mais j'ai vite étendu les bras et les jambes de toutes mes forces, et me voilà remonté. Mon maître Fritz s'est trouvé tout à propos pour me donner une bonne leçon de nage ou de *natation*, comme il dit ; il m'a pris par les cheveux, qu'il a tirés si fort que j'ai cru qu'il allait les arracher. « Grimpe sur mon dos, » m'a-t-il dit ; mais j'ai craint de le faire enfoncer, et j'aimais mieux nager comme lui, tant que je pouvais. A l'instant il attrape un bout de corde qu'il noue autour de mon corps, et puis me laisse aller ; j'enfonce encore, je me relève, et M. Ernest me tire comme s'il tirait un gros saumon, vous savez bien, papa ? et puis vous m'avez pêché comme lui, et vous ne me mangerez que de baisers ! » que je ne lui refusai pas.

Il était inondé, ainsi que Fritz. J'avais pris au hasard quelques vêtements de rechange, que je leur fis mettre, après leur avoir donné à boire un peu de rhum, ce qui acheva de leur faire rendre l'eau de mer. Ils étaient si fatigués et moi si agité, tant mon émotion avait été vive, qu'il fallut, pour le moment, renoncer à ramer, comme j'en avais envie, afin de gagner plus vite la terre avant une tempête qui s'annonçait. De moment en moment on distinguait mieux l'île où nous voulions aborder ; et des oiseaux de terre, des pingoins, des fous, qui venaient se poser sur nos voiles, nous donnaient l'espoir d'en approcher avant la nuit, lorsque l'horizon se couvrit tout-à-coup d'une brume si épaisse, qu'elle nous cacha tous les objets,

même la mer ; il nous semblait voguer au milieu des nuages. Je crus
plus prudent de jeter l'ancre : nous en avions heureusement une
bonne et très forte; je la jetai. La mer me parut si peu profonde à
cette place, que je craignis d'être près des brisants, et que j'attendis
avec anxiété que la brume dont nous étions environnés s'éclaircît
et nous permît de distinguer la côte. Elle se changea enfin en une
pluie battante, dont nous avions peu de moyens de nous garantir ; il
y avait cependant dans la pinasse une espèce de pont ou tillac sous
lequel nous pûmes nous nicher et nous mettre à l'abri. Là, serrés
les uns contre les autres, nous parlâmes du danger que nous avions
couru d'être encore séparés de l'un de mes fils, peut-être de deux,
et sans espoir de les retrouver. Fritz m'assurait n'avoir couru aucun danger, et disait qu'il se replongerait dans l'eau à l'instant même
s'il avait le moindre espoir de retrouver sa mère et François. Nous
disions tous de même; cependant Jack trouvait que ses amies les
vagues n'avaient pas reçu trop poliment sa visite, et l'avaient rudement battu : « Mais j'en souffrirais bien d'autres, disait-il, pour revoir maman et mon cher François. Ne pensez-vous pas, cher père,
qu'il est impossible que les sauvages leur aient fait du mal? maman
est si bonne, et François est si joli ! et puis, pauvre maman boîte
encore, ils en auront eu pitié, et l'auront portée. » Hélas! je craignais bien plutôt qu'ils ne l'eussent forcée de marcher, ou que, rebu-
tés par sa lenteur... Non, je ne puis prendre sur moi d'exprimer les
horribles idées qui se présentaient tout-à-coup à ma pensée, malgré
tous mes efforts pour les écarter; le désespoir qui en était la suite,
et que je m'efforçais de cacher à mes enfants. Je me rappelais toutes
les cruautés des horribles anthropophages, et l'idée que mon Elisabeth et mon charmant François étaient peut-être entre leurs mains
m'ôtait presque la raison. La prière, le recours à Dieu, ma parfaite
confiance en sa bonté, étaient les seuls moyens, non pas de me con-
-soler, mais de supporter l'excès de mon malheur avec résignation.
« Je suis encore père, me disais-je en regardant mes trois fils;
ceux-ci me restent encore ; ils m'ont été rendus, et peut-être retrouverai-je leur mère et mon cadet, si ce n'est ici-bas, au moins
dans le ciel, où peut-être ils sont déjà à l'abri des misères de la
vie ! »

Ernest sortait à tout moment pour observer le ciel ; il fondait tou-

jours en eau, et l'on n'apercevait point la terre. L'obscurité avançait
rapidement et devint enfin totale ; nous jugeâmes que c'était la nuit.
La pluie avait cessé ; je sortais pour battre feu et allumer notre lanterne, que je voulais attacher au mât, lorsque Ernest, monté sur le
tillac, nous appela à hauts cris : « Mon père, mes frères, venez, venez ! la mer est toute en feu ! » En effet, aussi loin que la vue pouvait s'étendre, la surface de l'eau paraissait enflammée ; cette lumière, d'un rouge de feu le plus vif, touchait à la chaloupe, et nous
en étions environnés ; c'était un spectacle à la fois ravissant et presque effrayant. Jack demandait sérieusement s'il n'y avait pas un
volcan au fond de la mer, et je l'étonnai beaucoup en lui disant que
c'était une espèce d'animaux marins qui, par leurs formes bizarres,
ressemblaient souvent à des plantes, et que l'on croyait ancienne-
ment en être ; mais les naturalistes et voyageurs modernes ont entièrement détruit cette erreur, et fourni des preuves que ce sont des
êtres organisés qui ont tous les mouvements spontanés propres aux
animaux. Ils sentent quand on les touche, ils cherchent la nourriture,
la saisissent et la dévorent. Ces êtres singuliers sont très variés ; il
y en a de plusieurs espèces et couleurs ; ils sont aussi connus, outre
leur dénomination, sous le nom général de mollusques ou zoophytes.

« Et celui qui embrase ainsi la mer et qui a de si belles couleurs,
s'écria Ernest, s'appelle *pyrosoma*. En voilà que j'ai pris dans mon
chapeau ; tenez, regardez comme ils remuent ; voilà le feu qui dispa-
raît : oh ! comme il devient à présent orange, vert, bleu, comme
l'arc-en-ciel ; et quand on le touche, voyez comme le feu reparaît
plus éclatant encore ; à présent le voilà d'un jaune pâle. »

Ils s'amusèrent pendant longtemps de ces singuliers zoophytes, à
qui il me semble qu'on ne peut attribuer qu'une demi-vie ; on doit
convenir cependant qu'ils ont des mouvements spontanés, des orga-
nes de nourriture et de digestion, ainsi qu'une facilité extrême de se
reproduire, sans doute à la manière des polypes et par une espèce de
boutures. L'immense quantité que nous en observâmes, et qui suppose une multiplication très rapide, peut en donner l'idée. Cette ré-
gion lumineuse occupait un très grand espace ; cette étonnante lumière au milieu de l'obscurité de l'atmosphère avait quelque chose
de si frappant, de si magnifique, que cela apporta, pendant quelques

moments, une légère distraction à nos peines ; mais une réflexion dé Jack nous y ramena bientôt.

« Si François a passé par ici, nous dit-il, combien il se sera amusé de ces drôles de bêtes, qui ressemblent à du feu qui ne brûle pas ; mais il n'aura pas osé les toucher ; et maman, qui n'aime que les bêtes qu'elle connaît, comme elle aura eu peur ! Ah ! comme je me réjouis de lui conter notre voyage et mon *patatra* dans la mer, et comme Fritz m'a raccroché par les cheveux, et comment on nomme ces poissons de feu ; redis-le-moi, Ernest ; py, py...

ERNEST. Pyrosoma, à ce que dit M. Péron ; tout cet article est fort intéressant dans son Voyage ; je l'ai lu à maman, elle se le sera rappelé et n'aura pas eu peur.

— Plaise à Dieu, repris-je, qu'elle n'ait pas eu d'autre peur que celle des pyrosomas, et que nous puissions bientôt les revoir avec elle et François ! »

L'aurore ayant paru, nous nous décidâmes à lever l'ancre et à tâcher de trouver un passage entre les récifs pour gagner l'île, que nous voyions alors assez distinctement, et qui nous paraissait une côte inculte et rocailleuse. Je me remis au gouvernail, mes fils prirent la rame, et nous avançâmes avec précaution en sondant à chaque instant. Que serions-nous devenus si notre pinasse s'était brisée ? je frémissais en y pensant ; mais je frémissais bien plus encore de ne pas retrouver mon excellente compagne et mon enfant. A mon désespoir se joignait le remords de les avoir quittés. Mon fils aîné, qui avait le premier insisté sur notre course autour de l'île, partageait avec moi ce sentiment si cruel ; il avait des moments de désespoir ; mais son caractère entreprenant et ferme le ramenait à la certitude de les retrouver, et pour atteindre ce but, aucune fatigue, aucune peine ne lui paraissait impossible ; et, quand il m'avait dit avec la confiance d'un inspiré : *Nous les retrouverons,* il avait remonté mon courage et mes espérances.

Le vent s'était apaisé, la mer était calme, et après avoir invoqué le ciel et mangé quelque chose pour soutenir nos forces, nous allâmes en avant, en regardant de tous côtés si nous n'apercevrions aucune pirogue de sauvages, aucun canot, peut-être le nôtre ; peut-être..... Mais non : nous ne fûmes pas assez heureux pour voir la moindre trace de nos *chéris,* ni rien qui nous donnât l'idée que cette île fût habitée : cependant, comme c'était notre seul point d'espoir, nous ne voulûmes pas l'abandonner. A force de chercher nous aperçûmes une petite baie qui nous rappela celle de notre île ; elle était de même formée par un ruisseau assez large et assez profond pour que notre pinasse pût y pénétrer. Nous y entrâmes, et, après avoir placé notre bâtiment dans un enfoncement, où il nous parut en sûreté, nous tînmes conseil sur les moyens d'explorer en entier cette île, et de nous retrouver.

XVI. — Suite du voyage de recherches.

Je ne dissimule point à mes lecteurs que j'étais très ému en débarquant sur l'île inconnue, peut-être habitée par des sauvages cruels et barbares ; je frémissais à l'idée des périls auxquels j'exposais les trois enfants qui me restaient, dans l'espoir incertain de retrouver les objets chéris que j'avais perdus ; je me demandais s'il n'aurait pas été plus sage, plus prudent, plus dans mes devoirs paternels de me résigner à cette perte si douloureuse, et de ne pas risquer de la quadrupler, en allant au hasard à leur recherche. J'aurais peut-être pu la supporter en chrétien, avec l'aide de Dieu, si j'avais vu mourir ma femme et mon enfant près de moi, dans mes bras, et si j'avais pu me dire avec certitude : « Ils sont heureux dans le sein de Dieu ! » mais me les représenter au pouvoir de ces hommes féroces, idolâtres, qui leur feront souffrir mille supplices avant une mort qui fait frémir la nature ! Cette image s'offrait sans cesse, m'ôtait et me rendait tour à tour le courage. « Chère Elisabeth, charmant petit François, si vous existez encore vous nous appelez sans doute à votre secours ; nous y allons en aveugles, il est vrai, mais avec des cœurs pleins d'amour pour vous et de confiance en l'Etre suprême qui veille sur vous, sait où vous êtes, et saura bien nous y conduire, si c'est sa volonté de nous réunir. Mes enfants, dis-je à mes trois fils, vous avez commencé avec une piété filiale et fraternelle, que je ne puis assez louer, une entreprise bien difficile et bien périlleuse ; vous sentez-vous le courage de la poursuivre ? rien n'est plus incertain que sa réussite, et rien n'est plus certain que les dangers de toute espèce qui vous menacent ; vous périrez tous les trois peut-être, ainsi que votre malheureux père, avant d'avoir atteint notre but.

ERNEST. Ne pensez-vous pas, mon père, que nous serions tous heureux de mourir, si nous ne retrouvons pas ma mère et François ? »

Je baissai la tête en silence ; j'étais trop du même avis pour le contredire, et prononcer l'arrêt de leur mort m'était impossible.

FRITZ. Oui, sans doute, tu as raison ; mais pendant que nous vivons encore il faut consacrer cette vie à les retrouver. J'ai souvent regretté, mon père, de n'avoir pas d'abord réclamé mon droit d'aînesse pour être chargé seul de cette recherche ; vous seriez resté dans notre île, où j'aurais été si heureux de vous les ramener ; n'ai-je pas toujours réussi dans tout ce que je veux fortement ? Laissez-moi le soin de cette entreprise, il en est temps encore ; retournez chez nous avec Ernest et Jack. Si, pendant que nous les cherchons, ils allaient y revenir, quel serait leur désespoir de n'y retrouver aucun de nous ! Pensez à cela, mon père ; fiez-vous à moi, laissez-moi des armes, des moyens d'échanges avec les sauvages, et n'ayez nulle inquiétude ; j'ai un intérêt trop vif à me conserver.

LE PÈRE. Je n'ai aucune inquiétude sur ton zèle, ton courage et même ta prudence, mon cher enfant, mais tu ne peux pas l'impossible : si, comme tu le crois, tu avais le bonheur de retrouver ta mère et ton frère, comment les ramènerais-tu dans notre île, si tu n'as plus notre pinasse ? Quant à ton idée qu'ils pourraient y revenir, elle me paraît aussi fausse ; si je pouvais l'espérer, j'y retournerais, je crois, à la nage ; mais comment veux-tu qu'ils y reviennent ?

JACK. D'abord, ni maman ni François ne savent nager, et ceux qui les ont pris ne les ramèneront pas. Non, non, il vaut mieux les chercher par tout le monde, et y retourner avec eux.

LE PÈRE. Et les chercher tous ensemble, avec la confiance que Dieu bénira nos efforts et nous réunira.

Il faut nous concerter, arranger nos plans, convenir de nos faits ; notre pinasse est si essentielle à notre retour, si nous avons le bonheur de retrouver nos amis, ou pour les chercher ailleurs, que nous serions des imprudents de l'abandonner. Mon avis est de ne rien risquer légèrement ; deux de nous resteront ici pour surveiller la côte de la mer, tandis que deux autres pénétreront dans l'intérieur ; il s'agit seulement, pour le moment, de s'assurer si l'île est habitée ou déserte, ce qu'il est facile de découvrir ; en grimpant sur quelque arbre élevé qui domine la contrée, on verra s'il y a des cabanes, des rassemblements de naturels, des feux allumés, etc., etc. Ceux qui iront à la découverte se hâteront de venir avertir ceux qui ne les auraient pas suivis ; alors nous irons tous en force reprendre notre bien et notre bonheur. Si rien n'annonce que l'île soit habitée, nous repartirons bien vite pour les chercher ailleurs. Allons, qui veut rester, qui veut aller ?

— Moi ! moi ! moi ! aller ! aller ! » fut le cri général. « Je vois, leur dis-je, que c'est moi seul qui défendrai la pinasse, si les sauvages viennent l'enlever.

ERNEST. Non, non, mon père, pas ainsi ; si vous restez, je reste avec vous ; les insulaires peuvent aussi arriver du côté de la mer, et je ne vous laisse pas seul. Fritz a la vue perçante d'un chasseur, il aura bientôt découvert s'il y en a dans l'île.

JACK. Et Jack n'est pas mousse pour rien, il sait grimper aux arbres comme aux mâts. Allons, Fritz, à la découverte, nous nous entendrons nous deux pour réussir dans nos entreprises. Adieu papa, adieu Ernest, nous reviendrons bientôt vous dire ce que c'est que cette île affreuse ; mais je la crois déserte, et sais bien que je ne voudrais pas l'habiter.

FRITZ. Nous avions jugé la nôtre de même en y abordant, ce n'est que lorsque j'eus traversé le ruisseau que je vis comme elle était délicieuse. Vous souvient-il combien ma pauvre mère se trouvait malheureuse entre les rochers de Zeltheim ?

LE PÈRE. Ah ! plût au ciel que nous y fussions tous encore, entre les rochers et sous notre misérable tente ! je suis bien sûr que ma chère Elisabeth dit de même : ce ne sont pas les embellissements de Zeltheim qu'elle regrette.

JACK. Elle aimait bien cependant sa galerie, sa grotte et ses deux charmantes fontaines. Oh ! mon Dieu, ne les reverrons-nous jamais !

LE PÈRE. Demandons à Dieu cette grâce, mes enfants, avant de nous séparer pour quelques heures, et de vouloir bien, dans sa grande bonté, diriger nos recherches. »

A l'instant même tous les trois furent à genoux sur la grève humide, et leurs mains jointes élevées au ciel ; je me prosternai de même, et j'invoquai dans ma détresse le secours du Très-Haut par une prière courte, mais bien fervente. Tous répétèrent en chœur *amen, amen*, et nous nous relevâmes avec un nouveau courage.

Il fut décidé que Fritz et Jack, comme les plus lestes à la course, iraient visiter l'intérieur de l'île, et viendraient nous en rendre compte le plus tôt possible. A tout hasard je leur donnai une gibecière pleine de quincailleries, verroteries, qui plaisent aux sauvages, même des pièces d'or et d'argent que j'avais mises au fond de la caisse ; je voulus aussi qu'ils prissent quelque nourriture. Fritz saisit son fusil, en me promettant de ne s'en servir que pour défendre sa vie et celle de Jack ; je lui conseillai même de ne tirer aucun coup qui pût alarmer les insulaires, s'il y en avait, et les engager à transporter ailleurs leur proie. Il me le promit : Jack prit sa fronde, et ils partirent accompagnés de nos bénédictions et du brave Turc, sur qui je comptais particulièrement pour découvrir sa maîtresse et son amie Bill, si elle était encore avec eux. Ils me laissèrent le cœur bien serré de me séparer d'eux, mais comptant sur la prudence de l'un et sur l'agilité de l'autre.

Dès que nous les eûmes perdus de vue nous travaillâmes, Ernest et moi, à mettre, autant qu'il nous fut possible, notre chaloupe à l'abri de toute découverte ; nous la démâtâmes, et nous cachâmes avec soin sous le pont la précieuse caisse aux échanges et nos provisions, principalement la poudre. Nous avions conduit notre pinasse avec grande peine, vu le peu de profondeur de l'eau, derrière un rocher qui l'abritait du côté de terre ; mais de la mer, elle était visible. Ernest eut l'idée de la couvrir en entier de branches d'arbres, tellement qu'elle ne parût qu'un groupe de broussailles, et nous nous mîmes à l'ouvrage avec deux haches de la caisse, que nous eûmes bientôt emmanchées. Nous trouvâmes aussi un gros anneau de fer à crampons, qu'Ernest parvint, à force de coups de marteau et de coins de bois, à fixer au rocher pour y attacher la pinasse.

Nous eûmes quelque peine à trouver des branches à notre portée pour la couvrir : il croissait bien quelques arbres sur la plage, mais leurs troncs étaient dégarnis. Nous trouvâmes enfin plus loin un fourré assez étendu, composé d'un joli arbuste, qu'Ernest reconnut pour être une espèce de mimosa « dont le tronc noueux et rabougri » s'élève de trois à quatre pieds au-dessus du sol, étend horizontale-

» ment des branches garnies d'un charmant feuillage, et. tellement
» entrelacées, que les petits quadrupèdes, qui viennent y chercher
» un gîte, sont forcés de se frayer des chemins couverts pour sortir
» de cet amas inextricable. »

Dès les premiers coups de hache que nous donnâmes sur les branches, nous vîmes sortir de tous côtés de charmants petits quadrupèdes, ressemblant aux kangurous de notre île, mais plus petits,
plus élégants, et remarquables par la beauté de leur pelage, rayé
comme celui du zèbre.

« C'est le kangurou à bandes, s'écria Ernest, dont j'ai lu la description dans les voyages de Péron, c'est bien lui-même. Oh! si je
pouvais en avoir un pour l'examiner, et si c'était une femelle, que je
serais content ! Elles doivent avoir une poche sous le ventre pour y
placer leurs petits. Ne bougez pas, mon père, seulement un léger
coup sur les branches pour les faire sortir. » Il se coucha à terre
sans faire un mouvement, à l'entrée du fourré, et bientôt deux kangurous vinrent se jeter d'eux-mêmes presque dans ses bras ; il eut
du moins peu de peine à les saisir. Cet animal est naturellement doux
et timide comme les lièvres de nos contrées ; ils faisaient leur possible pour s'échapper ; mais Ernest, assis par terre, les tenait bien ; il
se fut bientôt assuré que l'un était une femelle, qui avait son petit
caché dans sa poche : mon fils me donna l'autre à tenir, et sortit
avec précaution le petit kangurou de sa niche. Il était impossible de
rien voir de plus mignon que cette petite créature, habillée déjà
comme sa mère, mais d'une nuance plus claire, se tenant debout
devant elle avec toutes les grâces ; ils nous donnèrent le plus doux,
le plus charmant des spectacles. La mère ne montrait plus la moindre envie de fuir, mais le désir très marqué de remettre son nourrisson en sûreté dans son gîte ; elle le mangeait de caresses, auxquelles il répondait par mille singeries et postures toutes plus gracieuses
les unes que les autres. Enfin la mère se coucha sur le dos, entr'ouvrit avec dextérité son sac maternel, avec ses petites courtes pattes
de devant, pendant qu'avec celles de derrière, beaucoup plus longues, elle saisit et poussa le petit jusqu'à ce qu'il fût rentré : alors
son désir de s'enfuir fut tel, qu'Ernest ne pouvait presque pas la retenir. Il avait grande envie de la garder, et m'assurait qu'il avait lu
qu'on pouvait les apprivoiser. Il me demanda la permission de la

porter dans la pinasse, et de vider une de nos caisses pour la loger ; mais je m'y opposai tout-à-fait. « Si nous devions demain retourner dans notre île, lui dis-je, j'y consentirais avec l'espoir d'y acclimater ces animaux ; mais qui sait quand nous la reverrons, et combien d'embarras et de dangers nous attendent encore ; ne nous donnons pas un souci et un chagrin de plus ; tu en aurais sûrement en voyant cette pauvre mère périr de faim et du désir inutile d'être en liberté ; pense à la tienne, Ernest, elle aussi désire sa liberté. »

Les yeux de mon fils se remplirent de larmes. « Et moi, dit-il, je ne serai pas le méchant sauvage qui retient une bonne mère captive. Va-t'en, jolie bête, dit-il en ouvrant ses deux mains, et puisse ma mère être aussi heureuse que toi ! » Elle profita de la permission et partit avec rapidité en emportant son trésor caché dans son sein. J'avais eu un moment l'idée de garder l'autre, qui était un mâle, pour notre nourriture ; mais je ne voulais pas détruire l'effet de ma leçon, et je lui rendis aussi la liberté. Il y en avait tant qu'il nous eût été facile d'en retrouver au besoin.

Nous continuâmes à couper des branches de mimosa ; mais nous avions tant de peine à les démêler de leur entrelacement, et leur feuillage est si léger, que nous préférâmes aller un peu plus loin chercher d'autres branchages plus épais.

En s'éloignant de la mer le terrain paraissait plus fertile ; nous trouvâmes plusieurs arbres qui nous étaient inconnus et ne portaient point de fruits ; mais quelques-uns des fleurs délicieuses. Ernest était dans son élément ; il aurait voulu tout cueillir, tout analyser, il cherchait à découvrir leurs noms, soit par analogie avec d'autres plantes, soit d'après les descriptions qu'il en avait lues, avec l'application qu'il mettait à tout. Il crut reconnaître *le mellaleuqua, le metrosideros*, plusieurs espèces de *mimosa*, et le pin de Virginie, qui nous offrit les branches les plus longues et les plus fournies. Nous nous en chargeâmes autant que nous pûmes, et, en deux ou trois voyages nous eûmes de quoi couvrir notre chaloupe et nous faire un abri pour la nuit, si nous devions la passer sur le rivage. J'avais donné l'ordre à mes fils de revenir tous deux avant la nuit close s'ils n'avaient rien découvert ; mais à la moindre espérance l'un d'eux devait accourir en toute hâte m'en avertir et m'apprendre sur quoi elle était fondée. Toute ma crainte était qu'ils ne s'égarassent

dans cette contrée inconnue ; ils pouvaient trouver des lacs, des marais, des forêts inextricables ; chaque minute qui s'écoulait présentait à mon imagination alarmée un nouveau danger, et jamais journée ne me parut plus longue.

Ernest partageait sans doute toutes mes inquiétudes, tous mes
sentiments ; mais il était dans l'âge où l'esprit ne peut se fixer sur
une seule pensée, sans que rien puisse l'en détourner ; il répétait
après moi, avec anxiété : « Où sont-ils ? ne leur est-il rien arrivé de
fâcheux ? ont-ils découvert quelque chose ? etc., etc. » Après m'avoir
donné toutes les consolations tirées de leur caractère, du temps, qui
était superbe ; de la lune, qui devait éclairer leur marche, lors même
qu'elle se prolongerait ; de la possibilité qu'ils eussent été entraînés
plus loin par quelques probabilités de retrouver nos captifs, il finissait par se rassurer lui-même, et par trouver du plaisir à la découverte de productions marines dont les rochers étaient tapissés ; les
algues, les mousses marines des plus brillantes couleurs, des zoophytes, des espèces les plus variées et les plus charmantes, l'occupaient tour à tour, l'intéressaient et lui donnaient des moments
d'une heureuse distraction. Il me les apportait et s'affligeait de ne
pouvoir les conserver. Ces animaux, mous et gélatineux, composés
de membranes si fines, si déliées, que l'œil peut à peine les saisir,
ne sauraient être ni conservés ni transportés, et perdent d'ailleurs en
mourant les superbes et brillantes teintes qui les distinguent et dont
le pinceau seul peut donner l'idée. Cette circonstance ramenait Ernest aux objets de notre sollicitude : « Si ma mère les voyait ! si
Fritz pouvait les peindre ! comme ils amuseraient François ! » Et
nos lamentations recommençaient, ainsi que mes vives inquiétudes.

XVII. — Attente et nouvelle affliction.

Tout était si tranquille autour de nous, et notre pinasse, complètement cachée sous son dôme de verdure, courait si peu de dangers, que je me repentais de n'avoir pas accompagné mes fils ; je ne
concevais même pas que j'eusse pu avoir l'idée de m'en séparer. Il
n'était plus temps de penser à les rejoindre, je courais le risque de

prendre un autre chemin et de les manquer; cependant je ne pouvais m'empêcher de faire quelques pas sur la route que je leur avais
vu suivre. Ernest, contre les rochers au bord de la mer, cherchait et
trouvait de nouvelles curiosités naturelles, lorsque je l'entendis
jeter un cri, et que je le vis accourir. « Mon père, un canot! un
canot.....

— N'est-ce point le nôtre? » Je me précipitai au bord de la mer,
et je vis en effet, au-delà des récifs, un canot qui voguait légèrement.
Il me parut rempli d'insulaires, faciles à distinguer à leur couleur
cuivrée et presque noire. Ce canot, qui ne ressemblait point au nôtre, était plus long, plus étroit, et ne me sembla composé que de
longues lanières d'écorces tout-à-fait brutes, réunies aux deux bouts
par un lien, ce qui les faisait relever d'une manière assez gracieuse;
cependant c'était l'enfance de l'art de la navigation. Il n'est pas possible de comprendre que de si frêles embarcations, qui doivent faire
eau de toutes parts, puissent résister au moindre orage; mais tous
les insulaires, hommes et femmes, sont de si parfaits nageurs, que,
lorsque leur nacelle est submergée, ils s'en embarrassent peu; ils la
relèvent, la vident, se remettent dedans, et lorsqu'ils sont arrivés
sur le rivage, un homme ou deux la chargent sur leurs épaules, et
l'emportent à leur habitation. Celle qu'Ernest avait signalée me parut cependant pourvue de balanciers qui la tenaient en équilibre;
six sauvages la faisaient aller comme le vent, avec des espèces de
rames. Lorsqu'elle passa devant la partie de l'île où nous étions,
nous les hélâmes de toute la force de la voix; ils y répondirent par
d'affreux hurlements, mais ne témoignèrent aucune intention de s'approcher de nous et d'entrer dans la baie; ils poursuivirent au contraire leur route avec plus de rapidité, en continuant leurs cris. Je
les suivis des yeux aussi loin qu'il me fut possible, avec une émotion
qui m'ôtait presque la faculté de parler. Etait-ce une illusion de mes
yeux et de mon cœur? il me semblait avoir entrevu, au milieu de
ces hommes d'une teinte si foncée, une figure plus blanche; je n'aurais pu distinguer si c'était un homme ou une femme, ni ses traits
ni ses vêtements, c'était comme une vision vague, incertaine, qui me
remplissait à la fois d'espérance et de crainte, et que je tremblais
également de détruire ou de confirmer. Ernest, plus leste que moi,
avait grimpé sur une dune sablonneuse, et, sa lunette d'approche à

la main, suivait le canot plus loin que moi, étant plus élevé il le vit doubler une pointe de terre et disparaître : alors il redescendit, et le calme Ernest avait l'air presque aussi ému que moi. J'allai au-devant de lui.

LE PÈRE. As-tu vu, Ernest, as-tu remarqué?...

ERNEST. Quoi? mon père.

LE PÈRE. Au milieu de la pirogue, une figure, quelque chose qui n'était pas un sauvage?... Oh! mon Dieu! si c'était ma femme.

ERNEST. Non, ce n'était pas ma mère, j'en suis sûr.

LE PÈRE. Peut-être François!

ERNEST. Non, ni François non plus. »

Il se tut : un frisson parcourut mes veines, je pus à peine articuler : « Qui crois-tu donc? que veux-tu dire?

ERNEST. Je n'en sais rien, je vous assure : à cette distance, même avec la lunette, on ne peut guère distinguer dans un passage aussi rapide.

LE PÈRE. Tu assures pourtant que ce n'est ni ta mère ni ton frère?

ERNEST. Plût au ciel que ce fût l'un d'eux, ou même tous deux! nous serions assurés qu'ils vivent, et que nous sommes sur leurs traces. »

Après un moment de silence il ajouta vivement : « Il me vient une idée, mon père : débarrassons vite la pinasse, ce sera bientôt fait et courons après ce canot. En la mettant à la voile nous irons plus vite qu'eux; nous les trouverons derrière ce petit cap, et nous saurons ce qu'il faut croire, et peut-être...

LE PÈRE. Je le ferais sans balancer, si je n'attendais pas Fritz et Jack; ils seraient au désespoir s'ils ne retrouvaient en arrivant ni nous ni la chaloupe.

ERNEST. Ils nous croiraient repartis pour notre île; c'est ce que Fritz désirait, et nous les rejoindrons bientôt; je vais vite débarrasser la pinasse.

LE PÈRE. Vite! nous avons au moins mis deux heures à la couvrir.

ERNEST. Oui, en faisant dix voyages des arbres ici ; en moins d'une demi-heure elle est dégagée. » Et déjà, grimpé sur les branches, il commençait à les jeter avec une incroyable activité. Je l'aidais moins

9

vivement; quoique pressé d'un côté par la curiosité d'atteindre le canot, j'étais retenu par l'idée de mes fils absents, et dont j'étais très inquiet. J'interrompis donc souvent mon ouvrage pour regarder dans l'intérieur de l'île, croyant toujours les voir arriver, et n'apercevant que des arbres, que je prenais pour eux à la lumière douteuse du crépuscule du soir qui s'avançait. Enfin, je ne me trompe pas, je vois distinctement quelqu'un marcher assez vite : « Les voilà! » m'écriai-je ; et, laissant la pinasse, je cours en avant, suivi d'Ernest ; bientôt je distingue une figure noire. Hélas! ce ne sont pas mes fils, c'est un insulaire, il est seul, et je n'éprouve aucune frayeur, mais un vif chagrin de m'être trompé. Je m'arrête, je dis à Ernest de se rappeler les mots du vocabulaire des sauvages, qu'il avait appris dans les livres de voyages. Cependant l'homme noir avançait, et qu'on juge de ma surprise, quand je l'entends s'écrier en bon allemand : « N'ayez pas peur, mon père, c'est moi, c'est Fritz, c'est votre fils.

Le Père. Dieu! c'est toi! puis-je le croire! et Jack? qu'as-tu fait de mon Jack, où est-il? Parle donc. » Ernest ne demandait rien. Hélas! il n'avait que trop reconnu, à l'aide de sa lunette, son frère Jack sur le canot des sauvages, mais n'avait pas osé me le dire. J'étais au supplice; Fritz, harassé de fatigue et accablé par le désespoir, se jeta à terre, ou plutôt à mes pieds. « O mon père, me dit-il en sanglotant, combien je craignais de paraître devant vous sans mon frère! je l'ai perdu! je l'ai... Mon père, ne maudissez pas le malheureux Fritz!

— Perdu, me dis-tu! mon Jack, mon bien-aimé; ces monstres l'ont sans doute massacré? Oh! mon enfant, mon enfant!

— Non, non, s'écrièrent-ils tous les deux en même temps ; ils ne l'ont pas tué, me dit Fritz, je l'espère au moins ; mais ils l'ont enlevé, emporté, et je n'ai revu ni lui ni ses ravisseurs.

— Moi, je viens de les voir, s'écria Ernest ; ils ont passé là, devant nous, en avant des récifs ; avec ma lunette j'ai reconnu Jack, il était assis sur un des balanciers ; il m'a paru aussi qu'il était sans vêtements, mais non pas teint en noir comme toi.

Fritz. Plût au ciel qu'il l'eût été, c'est ce qui m'a sauvé. Mais tu dis que tu l'as vu, Ernest! grâces en soient rendues au ciel! de quel côté sont-ils allés, ces monstres de ravisseurs?

ERNEST. Là-bas, derrière cette pointe qui s'avance dans la mer.

FRITZ. Allons-y, portons-leur tous nos trésors, nous le sauverons peut-être ; partons à l'instant, partons.

LE PÈRE. Et ta mère et François, tu n'en as rien appris ?

FRITZ. Hélas ! non, rien ; cependant je crois avoir reconnu, sur la tête d'un sauvage, le mouchoir que maman portait à son cou ; partons, je vous raconterai tout en chemin. Mon père ! dites que vous me pardonnez.

LE PÈRE. Oh ! mon fils, je pouvais te perdre aussi, je t'ai retrouvé aussi malheureux que nous de cette nouvelle affliction. Juge si je te plains et te pardonne. A présent ne perdons plus de temps ; nous avions couvert la pinasse de feuilles pour la cacher, Ernest la débarrassait déjà pour poursuivre le canot, elle sera bientôt prête. Mais, es-tu bien sûr que ma femme et François ne sont pas sur cette île ?

FRITZ. Très sûr ; elle est inhabitée, manquant absolument d'eau douce et de gibier ; il n'y a d'autres quadrupèdes que des rats et des kangurous, mais beaucoup de fruits ; j'ai rempli mon sac de celui de l'arbre à pain, et cela nous suffira ; partons. »

Nous travaillâmes si bien qu'avant un quart d'heure la chaloupe fut débarrassée de ses branches, et prête à nous recevoir. Un bon vent nous poussait du côté du promontoire que les insulaires avaient tourné ; nous étendîmes la voile, je me mis au gouvernail ; la mer était calme, la lune nous éclairait. Je dis à Fritz de commencer son triste récit.

« Bien triste, en effet, dit le pauvre garçon en essuyant ses larmes ; si nous ne retrouvons pas mon cher Jack, je ne me consolerai jamais de n'avoir pas commencé par le teindre de la tête aux pieds avant de penser à moi ; c'est lui, lui qui serait là avec vous, et moi.....

Nous cheminions, le pauvre Jack et moi, avec espoir et courage, et plus nous avancions dans l'île, plus nous sentions combien vous aviez eu raison en nous disant de ne pas juger sur l'abordage. On ne peut se faire une idée de la fertilité de cette terre, en apparence sablonneuse, et de la beauté des arbrisseaux que nous trouvions à chaque pas, et qui me sont tout-à-faits inconnus ; les uns sont couverts de fleurs odorantes, les autres de fruits, qui nous donnaient, par leur belle apparence, l'envie d'en manger; mais nous ne l'osions, n'ayant pas là Knips pour en faire l'essai.

ERNEST. Avez-vous vu des singes?

FRITZ. Pas un seul, au grand déplaisir de Jack; mais des perroquets, et toutes sortes d'oiseaux aux plus beaux plumages; j'aurais bien eu envie de t'en apporter pour ta collection; mais...

LE PÈRE. Mais je t'avais défendu le coup de fusil, c'est ce que tu veux dire, n'est-ce pas? » Fritz soupira et ne répondit rien. « Eh bien! ajoutai-je, tu m'as obéi, et je t'en remercie; continue, et viens, au nom du ciel, au malheur du pauvre Jack; c'est ce que je veux savoir, passe le reste. » Fritz soupira encore, puis il reprit avec peine :

« Tout en regardant ces merveilles d'une végétation abondante et vigoureuse, je ne négligeais pas de chercher quelque trace qui pût me conduire vers les objets de nos recherches; je ne trouvai aucune cabane, aucune habitation, rien qui pût me faire croire l'île habitée, et nulle part le moindre filet d'eau buvable. N'en ayant pas pris avec nous nous aurions été tourmentés de la soif, si nous n'avions pas trouvé quelques cocos où il y avait du lait, et un autre fruit acide et plein de jus, dont nous avons quelques-uns dans notre île, qu'Ernest appelle le carambolier, et qui nous désaltéra, ainsi que cette plante dont nous avons aussi, et qui recèle de l'eau dans sa tige. Nous ne laissions pas un coin sans l'examiner avec la plus scrupuleuse attention, et cela nous était facile; il n'y a pas, comme chez nous, des bois épais où l'œil même ne peut pénétrer, ni des rochers ni des cavernes; le pays est plat, ouvert, et ces beaux arbres qui le couvrent sont assez éloignés les uns des autres pour qu'il soit impossible de s'y cacher; mais si nous ne trouvions point de demeures, nous découvrions souvent des traces du passage des sauvages, des feux éteints, des débris de kangurous et de poissons, des écales de cocos et d'autres encore entiers, dont nous profitâmes; nous remarquâmes aussi plusieurs empreintes de pieds humains sur le sable. Nous désirions avec passion rencontrer quelque sauvage, et tâcher de lui faire comprendre par signes l'objet de nos recherches; il nous semblait que le sentiment filial devait avoir la même expression dans toutes les langues, et que je pourrais aisément leur faire entendre

que je cherchais ma mère : mais si j'allais les effrayer, si mes vêtements, la couleur de notre peau les faisaient fuir.

» Pendant que je faisais à part ces réflexions, Jack, toujours en
l'air, toujours téméraire, était grimpé de branches en branches au
sommet d'un arbre immense, qui dominait tous les autres. « Fritz,
me cria-t-il, prépare-toi à faire tes signes aux sauvages, en voilà
qui débarquent dans l'île. Oh ! comme ils sont noirs et laids ! tu devrais t'habiller comme eux pour te faire leur bon ami.

— J'y pensais, lui dis-je ; mais la couleur de ma peau est bien différente.

— Tu n'as qu'à la teindre. Tiens, me cria-t-il en me jetant des
espèces de grappes d'un fruit violet foncé, presque noir, gros comme
une prune et mamelonné comme une mûre ; voilà des prunes de cet
arbre-ci ; j'en ai voulu goûter, c'est bien mauvais ; mais j'ai les
doigts tout noirs ; essaie de te frotter partout avec le jus de ce fruit,
et tu seras un parfait sauvage. »

» Je m'y décidai à l'instant : je me déshabillai, et, couché sur
l'herbe, je me teignis de la tête aux pieds comme vous me voyez ;
mais n'ayez par peur, cela ne tient pas, un seul bain de mer, et je
redeviendrai votre Fritz européen. Le bon Jack, descendu de l'arbre
avec de nouvelles grappes, m'aida à cette opération pour les places
où je ne pouvais atteindre. Nous fabriquâmes ensuite une ceinture de
larges feuilles et de roseaux ; quand je l'eus mise, il éclata de rire,
et me salua en m'appelant *Omnibou*, dont il avait vu le portrait, et à
qui je ressemblais, disait-il, comme deux gouttes d'eau.

« A ton tour, Jack ; viens, que je te fasse un petit sauvage, lui
dis-je.

— Non, non, me dit-il, si nous retrouvons maman, je veux l'embrasser à l'étouffer presque, et François aussi, je les salirais et leur
ferais peur ; passe pour toi, tu es un grand garçon de vingt ans qu'on
n'embrasse plus. Si les sauvages veulent me manger, tu me prendras
sous ta haute protection. Les voilà qui viennent ; cours au-devant
d'eux, marche comme eux, prends ton fusil ; mais ne tire pas,
papa l'a défendu.

— Oh ! mon ami, m'écriai-je, tu m'as trop bien obéi ! Malheureuse
défense ! peut-être un coup de fusil les aurait fait fuir, et j'aurais
encore mon Jack ! »

Fritz ne me répondit pas, il soupira et continua sa narration.
« Nous nous approchâmes mutuellement, et nous fûmes bientôt en
présence. Jack suivait avec le paquet de mes habits sous le bras.
J'avais ajouté à ma toilette sauvage mon sac de peau de kangurou,
où je tiens mes munitions de poudre et celles de bouche ; je l'avais
suspendu à mon cou ; et je vis avec plaisir que mes nouvelles connaissances avaient aussi une peau de kangurou sur les épaules ; les
unes en sac, les autres seulement étalées en façon de petits
manteaux. La plupart n'avaient pas d'autre vêtement ; un seul avait
une ceinture, non pas de feuilles, mais de roseaux verts tressés artistement, et descendant jusqu'aux cuisses : je crois que c'est la
marque distinctive du chef, il avait l'air de commander aux autres.
Je cherchais à me rappeler, mon cher Ernest, quelques mots de la
langue des sauvages que je t'avais entendu dire ; ils se bornaient à
ceux-ci : *tayo ami; métoua aîné, mère; touaine, tata, frère,* et *pay canot :* ils étaient les plus essentiels. Je prononçai d'abord *tayo, tayo,*
je ne sais s'ils me comprirent. Me prenant vraiment pour un sauvage, ils ne firent pas grande attention à moi ; seulement l'un d'eux,
en me disant quelques mots inintelligibles, voulut prendre mon fusil ; je le tins ferme : celui qui portait la ceinture lui dit un mot, et
il se retira. Ils parlaient entre eux très vivement, et je voyais à leurs
regards qu'ils s'occupaient de nous ; ils les portaient continuellement sur Jack en répétant : *To maiti tata.* Jack imitait tous leurs
mouvements, et faisait mille singeries qui paraissaient les amuser.
En vain je cherchais à attirer leur attention ; la mienne se portait sur
un mouchoir de soie jaune et rouge qui entourait les cheveux cré-
pus de celui que je prenais pour le chef, et qui me rappelait le mouchoir que ma mère portait ordinairement ; il pouvait me conduire à
me faire comprendre. Je m'approchai de ce chef, je touchai doucement ce mouchoir en disant avec expression : *Métoua aîné mère, et
tata frère.* J'ajoutai, en montrant la mer : *Pay canot.* Mais, hélas ! ces
mots sans suite n'étaient point compris. Le chef crut que je voulais
lui voler son ornement de tête et me repoussa rudement. Je voulus
me retirer et je dis à Jack de me suivre ; mais quatre insulaires s'é-
taient emparés de lui ; ils ouvrirent sa veste et sa chemise, et criè-
rent tous ensemble : *Aléa téa tata.* Dans un instant il fut déshabillé,
et ses vêtements et les miens furent arrangés bizarrement autour

du corps des sauvages. Jack, en contrefaisant toutes leurs contorsions, leur reprit sa chemise que l'un d'eux s'était jetée sur l'épaule, et l'attacha en ceinture autour de son corps. Il se mit à danser, en m'invitant à en faire autant ; et tout en chantant et dansant, il me disait : « Sauve-toi, Fritz, pendant que je les amuse ; je m'échapperai aussi et je te rejoindrai bientôt. — Me sauver ! m'éloigner ! laisser Jack entre les mains de ces hommes ! je n'en eus pas même la pensée ; mais je me rappelai tout-à-coup que, lorsque je m'étais déshabillé près du grand arbre, j'avais posé le sac de quincailleries et ne l'avais pas repris ; aucun de nous deux n'y avait songé ; je le dis à Jack, en le conjurant de les amuser encore un moment et en l'assurant que je ne tarderais pas à revenir.

Je courus aussi vite qu'il me fut possible vers le grand arbre qui n'était pas très éloigné. Personne ne s'opposa à ma fuite, ils étaient tous trop occupés autour du petit farceur et poussaient de temps en temps des cris de joie en répétant leur *aléa téa tata.*

ERNEST. Ce qui signifie, je crois, homme blanc.

FRITZ. Je m'éloignai donc sans crainte, maudissant mon fatal oubli, impatient de le réparer, et d'étaler les trésors de mon sac. J'eus d'abord peine à reconnaître ma route, mais le grand arbre qui dépassait tous les autres me la fit retrouver ; le sac était où nous l'avions laissé, et bien gardé. Oh ! mon père, jugez de ma surprise, de ma joie, nos deux braves chiens, Turc et Bill, étaient couchés dessus.

Bill ! m'écriai-je, bon Dieu, serait-il possible ! Elle avait suivi ma femme et François quand ils ont été enlevés ; sans doute ils sont dans cette île ; oh ! mes enfants, c'est là que nous devons aller.

FRITZ. Non, mon père, soyez-en sûr, ils n'y sont pas ; mais je crois, en effet, que les ravisseurs de Jack, ceux de ma mère et de François sont les mêmes, et voilà pourquoi il faut à tout prix tâcher de les rejoindre. Jack, d'ailleurs, le pauvre Jack a peut-être un pressant besoin de nos soins. Mon père, vous ne savez pas tout, ni l'excès de ma douleur ; je tremble de ce que j'ai encore à vous dire ; oh ! répétez-moi que vous m'avez tout pardonné.

LE PÈRE. Oui, tout, mon fils, jusqu'à l'oubli du sac, quoique ce fût une grande étourderie.

FRITZ. Oui sans doute, et que j'ai payée cher. La joie de notre bonne chienne fut extrême en me voyant, et la mienne n'était pas moindre, j'y trouvais l'espoir que ma mère et François étaient, sinon dans cette île, au moins dans ces parages. Si c'eût été dans l'île même, Bill n'aurait pas quitté sa bonne maîtresse, ni François qui l'aime tant; mais je présumais que ce chef qui lui avait pris son mouchoir s'était aussi emparé de sa belle chienne, qu'il l'avait emmenée dans son excursion aujourd'hui, et qu'elle avait rencontré son ami Turc, qui nous avait quittés pour errer et chasser à son gré. »

Cette explication et cette rencontre de Bill ne me satisfaisaient pas du tout; loin d'y trouver un motif d'espoir, j'en tirai les plus fâcheuses conséquences; je secouai tristement la tête : « Ton chef, dis-je à mon fils, ne peut-il pas aussi avoir hérité, de sa pauvre captive, son mouchoir et son chien? Bill n'a pu t'apprendre si sa maîtresse existait encore, et toi, tu viens de me dire qu'elle ne l'aurait pas quittée... Oh ! mon fils, mon fils, nous sommes bien malheureux.

FRITZ. Plus ou moins peut-être que vous ne le pensez, mon père ; je veux espérer que ma mère et François existent encore, et nous seront rendus ; mais mon pauvre Jack, le retrouverai-je! Tu dis que tu l'as vu, Ernest, que tu l'as reconnu dans la pirogue; était-il debout, assis, couché, remuait-il? crois-tu qu'il t'ait vu?

ERNEST. Autant qu'il m'a paru, il était assis, il m'a semblé qu'un de de ces hommes noirs le tenait dans ses bras, et qu'il étendait ses mains du côté de l'île. »

Fritz garda un moment le silence, puis il leva au ciel des yeux pleins de larmes. Je savais bien qu'il avait pour ce frère une prédilection que j'avais toujours remarquée. Tous deux étaient vifs, entreprenants, téméraires; leurs caractères avaient plus de rapport que celui de mes deux aînés entr'eux; cependant j'étais surpris qu'il parût sentir plus vivement la perte de Jack que celle de sa mère et de François ; je l'attribuais à ce qu'il en avait été le témoin sans pouvoir l'empêcher, et qu'il se la reprochait. Je tâchai de le calmer, en lui parlant avec amitié, et lui promettant qu'il reverrait bientôt Jack, puisqu'il y avait tout au plus deux heures que nous l'avions vu passer. « A présent, lui dis-je, achève ton récit; je ne le prévois que trop, tu ne l'as pas retrouvé.

FRITZ. Plût au ciel, mon père ! permettez-moi de passer rapidement sur les détails de cet affreux moment. Après avoir caressé Bill, relevé son sac, je pris en courant le chemin de la place où j'avais laissé mon frère excitant la joie de ces barbares ; je croyais entendre leurs bruyants éclats de rire, et je les voyais en idée se jeter avec transport sur ce que j'allais étaler devant eux. J'entends en effet des cris, mais ce ne sont plus ceux du plaisir, ce sont des cris de détresse, c'est la voix de Jack qui m'appelle à son secours. Je ne marche pas, je vole, j'arrive, et je le vois lié d'une espèce de corde de boyau très forte, les mains attachées derrière le dos, les deux jambes serrées ensemble, et porté par ces hommes cruels pour le mettre ainsi dans leur pirogue. Ce cher enfant fondait en larmes et ne cessait de crier : « Fritz, mon frère, où es-tu ? » Au désespoir, ne sachant ce que je faisais, je me précipite sur les six barbares qui m'enlevaient mon frère, je suis repoussé ; je reviens avec plus de fureur ; dans cette lutte, mon fusil, que je tenais toujours, s'accroche à je ne sais quoi, part, et... et... Oh ! mon père ! c'est mon frère, mon bien-aimé Jack qui a reçu le coup. Oh ! comment ne suis-je pas mort quand je l'ai entendu crier : « Tu m'as tué ! » et que j'ai vu couler son sang ? Mes forces m'ont abandonné, je suis tombé sans connaissance, et, quand j'ai repris mes sens, j'étais seul, ils l'avaient emporté. Je me suis relevé, l'excès du chagrin m'a redonné des forces, j'ai pu courir au rivage, sur les traces de son sang ; ils venaient de s'embarquer. Dieu, dans sa bonté, a permis que je pusse encore le voir couché sur un des sauvages, et même entendre sa faible voix qui me disait : « Console-toi, Fritz, je ne suis pas mort ; j'ai seulement bien mal à l'épaule ; ce n'est pas ta faute, bon Fritz ; va bien vite vers papa, et vous... » La pirogue voguait très vite, et je n'ai pu l'entendre davantage ; mais j'ai achevé sa phrase, *et vous viendrez à mon secours.* Mais, ô Dieu ! en sera-t-il temps ? cette blessure sera-t-elle soignée ? ne peut-elle pas être dangereuse, mortelle peut-être ? et c'est moi, moi !... mon père, pourrez-vous me pardonner ? »

J'étais anéanti sous le poids du malheur ; je ne pus que tendre la main à mon pauvre fils, en lui disant : « C'est en voulant le défendre, tu n'as rien à te reprocher ; mais moi, devais-je vous laisser aller sans vous accompagner ? j'en suis sévèrement puni. »

Ernest, très affligé, mais avec son calme accoutumé, tâchait de consoler son frère : il assurait qu'une blessure à l'épaule n'est pas dangereuse ; il se rappelait que presque tous les sauvages savent guérir les blessures avec promptitude ; s'ils n'avaient pas voulu soigner celle de Jack, ils l'auraient achevé ou laissé là. Fritz pleurait encore, mais avec moins de désespoir. « Mon père, me dit-il, je ne puis me voir de la couleur des ravisseurs, permettez-moi de me jeter à l'eau et de nager quelques moments pour reprendre ma couleur naturelle, je me fais horreur à moi-même. » J'eus quelque peine à y consentir ; la fatalité qui me poursuivait depuis quelque temps me faisait craindre tout ce qui pouvait exposer mes enfants. Je fis d'ailleurs observer à mon fils aîné qu'allant rejoindre les sauvages, il valait mieux peut-être conserver leur teinte, qui serait pour nous tous un passe-port.

Fritz. Non, non, ils me reconnaîtraient bientôt pour celui qui portait le tonnerre ; ils se défieraient de moi.

Le Père. Qu'est devenu ton fusil ?

Fritz. Ils me l'ont enlevé pendant que j'étais sans connaissance, mais ils m'ont laissé mon sac de kangourou ; ils n'ont point de poudre, et le fusil leur est inutile.

Ernest. Ils peuvent s'en servir comme d'un casse-tête, sans compter qu'il pourrait nous être utile.

Le Père. Et que c'est le troisième que nous perdons ; ils ont aussi celui qui était dans le canot. Et les chiens, que sont-ils devenus ?

Fritz. Je l'ignore, mon père ; depuis le moment où j'eus blessé Jack, et où je l'eus perdu de vue, je n'ai plus pensé qu'à lui ; peut-être l'ont-ils suivi, peut-être sont-ils restés dans l'île.

— Encore une perte, m'écriai-je douloureusement ; le malheur s'appesantit sur nous ! Ma femme, mes deux fils, et j'ose ajouter deux amis, deux braves défenseurs ! Oh ! mon Dieu, soutenez-moi dans tant d'épreuves. » Je tombai sur le sein d'Ernest, qui était à côté de moi. Fritz profita de ce moment pour se jeter à l'eau ; le bruit me fit relever la tête ; il nageait vigoureusement à peu de distance ; je lui criai de rentrer bientôt dans la pinasse. La mer était si calme et la nuit si claire et si belle, que mes craintes pour lui se dissipèrent; j'en eus bientôt d'un autre genre, dont je parlerai dans le chapitre suivant.

XVIII. — Les baleines. — Les phoques. — Lueur d'espoir.

Mon fils aîné, que je ne perdais pas de vue, nageait avec tant de vigueur, et prenait sur nous une telle avance, que j'en vins à croire que le bain n'était qu'un prétexte, et que son but était d'arriver plus tôt à la pointe, derrière laquelle avait passé le canot des sauvages, pour s'assurer s'ils y étaient encore, et peut-être les surprendre endormis, et leur enlever son jeune frère. Je le connaissais assez intrépide pour réussir dans ce qu'il voulait fortement, et en cette occasion tout se réunissait pour exalter au dernier point cette disposition naturelle : il s'agissait d'un frère qu'il chérissait, il sentait combien sa perte redoublait son malheur, il se reprochait amèrement de l'avoir quitté et de l'avoir blessé, quoiqu'il n'eût agi que dans l'intention de le défendre ; sa propre vie n'était donc rien pour lui, si, en l'exposant, il pouvait s'assurer que son frère vivait. Bien qu'il fût un excellent nageur, la distance était telle, que je n'étais pas sans de vives inquiétudes, et sur le trajet, et sur l'arrivée nocturne au milieu des insulaires. Cette crainte mortelle s'augmentait encore par un bruit très extraordinaire que nous entendions depuis quelque temps, et qui s'approchait de nous graduellement ; c'était comme une espèce d'orage *sous-marin*. Le temps était superbe, il ne faisait aucun vent, la lune brillait de tout son éclat dans un ciel sans nuages, et les flots étaient soulevés comme par une tempête ; des vagues énormes arrivaient du large et paraissaient prêtes à nous engloutir ; on entendait en même temps un bruit semblable à celui d'une forte pluie. Vraiment effrayé de ce phénomène, j'appelai Fritz à grands cris ; à la distance où il était, je doute qu'il m'eût entendu, mais je le vis fendre les ondes en revenant de notre côté avec force et vitesse. Nous ramions, Ernest et moi, au-devant de lui de tout notre pouvoir, en sorte qu'il nous rejoignit bientôt. Il sauta dans la pinasse, disant d'une voix étouffée, en montrant les masses qui soulevaient la mer et s'avançaient : « Des monstres marins énormes ! je

crois que ce sont des baleines ; quelle immense troupe ! elles vont
nous engloutir.

— Non, non, dit Ernest tranquillement, n'ayez pas peur, la baleine est un animal doux et paisible, quand on ne l'attaque pas.
Je suis bien aise d'en voir de près ; nous naviguerons aussi tranquillement au milieu de ces colosses qu'au travers des zoophytes lumineux ; sans doute elles les cherchent, car c'est leur principale
nourriture. »

Elles étaient alors très près de nous, tantôt glissant sur la surface
de la mer, tantôt s'enfonçant dans les abîmes et lançant mille jets
d'eau par leurs évents ; il y en avait si près de la pinasse, que nous en
fûmes mouillés. Quelquefois elles se dressaient sur leur immense
queue, et ressemblaient alors à des colosses prêts à nous écraser ;
elles retombaient dans la mer, qui écumait sous leur poids. Ensuite
elles semblaient faire des évolutions militaires, s'avancer sur une
seule ligne, comme un corps de troupes régulières, ou bien à la file
les unes des autres, elles nageaient avec une sorte de calme et de
gravité, plus souvent encore deux à deux. Ce spectacle, vraiment
étonnant, lorsqu'on le voit pour la première fois, nous arracha for-
cément à nos tristes pensées. Cependant Fritz avait saisi la rame
sans même se donner le temps de s'habiller, et moi, assis au gouvernail, je tâchais de louvoyer, comme je le pouvais, entre ces monstres, qui ne le sont que par l'extérieur, car ce sont bien les meilleu-
res et les plus douces bêtes qui existent. Avec le pouvoir de faire
beaucoup de mal, elles semblent au contraire ménager la faiblesse
des autres êtres et leur petite stature ; d'un coup de leur queue ou
d'une de leur nageoires elles pouvaient renverser notre pinasse et
nous engloutir tous dans leur énorme gueule, où l'on assure qu'un
homme à cheval pourrait entrer ; elles passaient si près de nous, que
l'eau de leurs évents nous inondait, et que nous aurions pu les toucher sans courir le moindre danger ; elles ont l'air de se plaire dans la
société de leurs semblables, d'aimer à faire ensemble des jeux et des
évolutions. Ce fut aussi avec un vrai chagrin que nous vîmes arriver
au milieu de cette bande pacifique leur ennemi mortel, le terrible
espadon austral, armé de sa longue scie, remarquable par des espèces de franges de neuf à dix pouces de longueur, ce qui le distingue de l'espadon du nord. L'un et l'autre sont l'ennemi le plus re-

doutable des baleines après l'homme, qui leur livre une guerre bien cruelle ; mais celles de l'hémisphère sur lequel nous voguions tranquillement au milieu d'elles n'ont encore à combatre que le terrible espadon qui les poursuit sans relâche. Dès qu'elles le virent sortir des flots, elles se dispersèrent ou s'enfoncèrent ; une seule, très près de nous, ne put pas fuir assez vite, et nous fûmes témoins d'un combat dont nous ne pûmes voir l'issue.

Les deux monstres s'attaquaient et se défendaient avec un égal acharnement ; la baleine faisait jouer ses jets d'eau sans relâche, et paraissait très fatiguée. Nous nous éloignâmes mutuellement, les cétacées prenant une direction différente ; nous ne les vîmes plus ; mais leur passage autour de nous, leur nombre, leur marche, leurs jeux, leurs combats, ne s'effaceront jamais de ma mémoire. J'en reviens à la recherche de ma malheureuse famille, qui, je l'espère, n'intéresse pas moins mes jeunes lecteurs.

Nous tournâmes heureusement le promontoire derrière lequel le canot avait passé, et nous nous trouvâmes dans un golfe assez étendu et qui se prolongeait, en se rétrécissant, dans les terres, où il coulait comme une rivière : nous n'hésitâmes pas à la suivre. Après avoir fait le tour de la baie, où nous ne trouvâmes rien qui nous indiquât que les sauvages s'y fussent arrêtés, et pas une seule trace de l'espèce humaine, mais en revanche des troupes innombrables de l'animal amphibie et mammifère, connu sous les noms différents de lion marin, de chien marin, d'éléphant marin, ou phoque à trompe, c'est sous ce dernier titre que les voyageurs modernes le désignent. La proportion de ces animaux est de vingt à trente pieds de longueur sur quinze à dix-huit de circonférence ; ils sont aussi très doux et paisibles. Il a fallu toutes les cruautés que l'homme exerce contre cet animal, pour le porter à se défendre ; encore sa colère n'est-elle jamais bien dangereuse par sa difficulté à se mouvoir. Je dirai seulement que ces animaux sont en si grand nombre sur cette plage déserte, qu'ils nous empêchèrent d'aborder, comme nous en avions l'intention ; ils couvraient réellement les bords, couchés sur le sable, sur les rochers, sur les dunes, ouvrant leur large gueule ronde, armée de dents très aiguës, et plus effrayantes que dangereuses. L'espèce à trompe (qui est au fond la même que celle désignée sous le nom de chien ou de lion marin, à cet allongement près de ses narines) tient plus de l'éléphant que du lion ou du chien par cette trompe, et par sa figure lourde et massive, et ses jambes courtes et épaisses; ils poussent, surtout quand ils dorment ou qu'on les attaque, un mugissement comme celui du bœuf. Comme il était encore nuit quand nous entrâmes dans la grande baie, ils étaient presque tous endormis, et faisaient un vacarme à nous assourdir; nous les laissâmes paisiblement à leur bruyant sommeil; il n'en était plus question pour nous depuis nos malheurs. On prétend que le chagrin endort, cela est possible; lorsqu'on a été livré à une très grande affliction, l'âme a besoin de repos, et l'abattement, suite de la perte de toute espérance, provoque au sommeil; mais, dans une affliction telle que la nôtre, mêlée d'incertitudes, de craintes, et même de quelque espoir, on éprouve une inquiétude continuelle, une agitation qui l'éloigne absolument, et nous en sommes bien la preuve; depuis trois jours nous n'avions pas dormi une heure. A présent qu'un affreux et nouveau malheur s'était joint au premier, que notre aimable Jack, qui parvenait quelquefois à nous faire sourire, n'était plus là, et que nous pouvions trembler pour sa vie, nous avions tous les trois une sorte de fièvre qui soutenait nos forces. Celles de Fritz étaient incroyables; il jurait qu'il ne se permettrait aucun repos qu'il n'eût retrouvé son frère, et souvent je fus obligé de lui rappeler qu'Ernest et moi existions encore, que nous retrouverions peut-être ceux que nous avions perdus, et que, pour eux et pour nous, il devait conserver sa vie. Son bain de mer avait un peu effacé la teinte brune de sa peau; cependant il en restait encore assez pour pouvoir passer pour un insulaire lorsqu'il serait vêtu ou non vêtu comme eux. Il s'était légèrement rhabillé depuis qu'il était dans la pinasse; mais il se déshabilla de nouveau pour aller reconnaître une place où il croyait que nous pourrions aborder. Les deux côtés de l'espèce de détroit ou prolongation de la baie dans laquelle nous naviguions étaient très escarpés, et nous n'avions encore trouvé nul endroit d'abordage; cependant mes fils s'obstinaient à croire que le canot des ravisseurs de Jack ne pouvait avoir pris une autre route, puisque c'était au-delà de ce promontoire que nous les avions perdus de vue. Ce canal étant étroit et l'eau peu profonde, je consentis que Fritz s'y jetât pour aller reconnaître une place qui nous paraissait une séparation des rochers ou collines de sable qui nous barraient le passage ; il nagea de ce côté, et bientôt nous eûmes le plaisir de le voir debout sur le rivage, nous faisant signe d'avancer. C'est tout ce que nous pûmes faire ; le canal se rétrécissait tellement, et l'eau baissait de manière qu'il nous eût été impossible d'aller plus loin avec la pinasse ; elle ne put même aborder tout-à-fait à la place indiquée. Nous fûmes obligés, Ernest et moi, de descendre dans l'eau jusqu'à la ceinture ; mais nous eûmes la précaution d'attacher à la proue une longue et forte corde pour attirer notre bâtiment ; nous le fîmes déjà avancer, et quand nous eûmes rejoint le vigoureux Fritz, nous eûmes bientôt la pinasse assez près de nous pour la fixer au moyen de l'ancre.

Il n'y avait sur cette plage déserte ni arbres ni rochers auxquels on pût l'attacher ; mais ce qui nous causa une joie sans égale et nous rendit tout notre courage, ce fut de trouver sur le rivage, à une centaine de pas plus loin, un canot d'écorce, que mes fils assurent être celui sur lequel les sauvages avaient emmené Jack. Nous montâmes dedans, et nous n'y trouvâmes d'abord que des rames, mais enfin Ernest découvrit dans l'eau qui remplissait à demi le canot un mouchoir de toile grossière, déchiré, et qui, taché de sang, fut reconnu pour être un morceau de celui de Jack. Cette trouvaille, qui ne nous laissait aucun doute, fit verser des larmes à Fritz, et le rendit presque fou de joie ; nous étions sûrs d'être sur la trace des ravisseurs, et rien n'indiquait qu'ils eussent poussé plus loin leur barbarie. Nous trouvâmes aussi sur le sable et dans la nacelle quelques écales de cocos, et quelques arêtes de poissons qui nous rassurèrent sur la nature de leurs repas. Nous résolûmes de poursuivre nos recherches dans l'intérieur des terres ; nous étions aidés par quelques empreintes de pieds de sauvages pour savoir de quel côté nous diriger, mais nous n'en vîmes pas une seule de ceux de Jack, ce qui nous aurait alarmés, si Fritz n'avait pas eu l'idée qu'ils avaient continué à le porter à cause de sa blessure. Nous allions nous mettre en route, mais la grande affaire de la garde de la pinasse revint nous troubler ; il nous était plus que jamais essentiel de la conserver comme le seul moyen de retour, et comme renfermant nos provisions d'échange, de munitions et même de nourriture, à laquelle nous n'avions pas encore touché ; quelques fruits d'arbre à pain que Fritz avait cueillis, des moules et une espèce de petites huîtres excellentes nous avaient suffi, avec quelques gouttes de rhum et de l'eau, dont j'avais heureusement rempli en partant plusieurs calebasses, car nous n'en avions point trouvé. Nous agitâmes donc ce qu'il y avait à faire au sujet de cette précieuse pinasse, et nous ne trouvâmes aucun autre moyen que de laisser un de nous pour la garder, ce qui était peut-être bien insuffisant et bien dangereux, si les insulaires venaient en grand nombre. Je tremblais à l'idée d'y laisser un de mes fils, et la cruelle expérience que je venais de faire me donnait plus de crainte encore de les quitter. Je puis assurer que ce fut un des moments les plus pénibles de cette terrible époque de ma vie, et je ne puis y penser encore sans qu'une sueur glacée ne parcoure mon corps, et cependant aucun autre moyen ne se présentait pour la mettre en sûreté ; pas une anse, pas un arbre, rien qui pût la cacher ; et le rapprochement de la pirogue nous donnait la certitude que les sauvages reviendraient là pour s'embarquer. Je ne savais à quoi me déterminer, et quel parti prendre ; je regardais tour à tour la pinasse et mes enfants avec une telle anxiété que, sans que je prononçasse un seul mot, ils comprirent ce qui la causait. Ils se jetèrent un coup d'œil ; Ernest s'avança, et, d'un ton ferme et positif qu'il n'avait pas ordinairement, il me dit : « La pinasse ne peut rester seule ici, mon père, exposée à être enlevée, ou pour le moins pillée par les insulaires, qui bien certainement reviendront reprendre leur canot. Il y a deux partis à prendre, choisissez ; ou nous resterons tous les trois ici à les attendre, ou vous me laisserez seul ici pour défendre la pinasse. Je vois, Fritz, que l'attente t'est trop pénible. » En effet, Fritz frappait des pieds, d'impatience. « Je l'avoue, dit-il, non, je ne puis attendre ; Jack meurt peut-être en ce moment de sa blessure ; chaque minute est un supplice. Je le chercherai, je le trouverai, je le sauverai, j'en ai le pressentiment ; et si, comme je le pense, je le trouve entre les mains des sauvages, je saurai bien les empêcher de venir enlever notre pinasse et leur reprendre mon frère. Je vis que ce bouillant jeune homme, exaspéré au point où il était, s'exposerait à tout, et, seul contre une horde barbare, deviendrait aussi leur victime. Je pouvais ou le retenir ou partager ses dangers, et l'aider dans sa téméraire entreprise. Je me décidai donc en gémissant à laisser Ernest seul à la garde de la nacelle. Son calme, son sang-froid rendaient pour lui la rencontre des insulaires moins dangereuse ; il savait une quantité de mots de leur idiome, et il avait lu et relu dans tous ses livres de voyages la manière de les aborder, de s'en faire aimer : il me promit une extrême prudence, et il en était plus capable que son frère aîné. Nous reprîmes le sac de quincailleries que Fritz avait rapporté, et nous lui laissâmes toutes celles de la caisse pour s'en servir au besoin. Il est facile de concevoir combien il m'en coûtait d'abandonner encore un de mes fils, mais ce n'était plus un enfant, et son caractère me rassurait. Fritz l'embrassa tendrement en lui promettant de ramener Jack.

XIX. — Cérémonie et victoire.

Après avoir parcouru quelque temps une plage déserte, sablonneuse, sans rencontrer aucun être vivant, nous parvînmes dans un bois assez touffu formé de différentes espèces d'arbres ; là nous perdîmes les traces des pas humains que nous observions avec soin. Nous étions obligés de marcher au hasard sans tenir de route assurée, et souvent forcés par l'épaisseur des lianes à faire de grands détours. Les bois étaient peuplés d'oiseaux charmants par leur beau plumage. Des perroquets aux couleurs brillantes et extrêmement variées, le bel aras rouge, d'autres d'un blanc éclatant, la charmante mésange au collier bleu, animaient ces profondes retraites ; mais nous étions trop occupés de notre but pour y faire attention, et la rencontre d'un sauvage nous eût bien autrement intéressés. Après avoir erré longtemps et paisiblement sous ces voûtes épaisses de verdure, nous en sortîmes, et nous vîmes devant nous une plage sablonneuse au bord de la mer ; là nous retrouvâmes les traces humaines que nous avions perdues, assez nombreuses et se croisant en tous sens. Pendant que nous les observions, nous vîmes passer rapidement un grand canot rempli d'insulaires, et, cette fois, je crus, malgré la distance, reconnaître celui qu'ils nous avaient enlevé, et que nous avions fabriqué. Fritz voulait le suivre à la nage, et commençait à se déshabiller ; je ne pus l'arrêter qu'en lui jurant que je m'y jetterais aussi, et que j'étais décidé à ne pas le quitter, à ne point me séparer de lui. Je souffrais déjà assez d'avoir laissé

10

Ernest seul ; je proposai même à mon fils aîné de retourner plutôt sur nos pas pour le rejoindre. J'avais l'idée que les sauvages s'arrêteraient à la place où nous avions débarqué, pour y reprendre la pirogue qu'ils y avaient laissée; que nous pourrions alors, à l'aide de l'idiome qu'Ernest avait appris, nous faire comprendre, et savoir ce qu'ils avaient fait de ma femme et de mes deux enfants. Fritz approuva cette idée, tout en m'assurant qu'il serait plus facile et surtout plus prompt de les rejoindre à la nage.

Nous allions tâcher de retrouver notre chemin, lorsque, à notre grande surprise, nous vîmes à cent pas de distance un homme vêtu d'un long habit noir, qui s'avançait vers nous, et que nous reconnûmes d'abord pour un Européen. « Oh! mon fils, m'écriai-je, ou je suis bien trompé, ou c'est un missionnaire, un digne et vertueux serviteur de Dieu, venu dans ces contrées pour le faire connaître aux malheureux idolâtres; c'est le ciel qui nous l'envoie, allons au-devant de lui. » Nous le joignîmes bientôt. Je ne m'étais pas trompé; c'était un de ces chrétiens zélés et courageux qui consacrent leur vie et leurs forces à l'instruction et au salut éternel d'hommes nés sous un autre hémisphère, d'une autre couleur, non civilisés, mais qui n'en sont pas moins nos frères. Je retrouvais avec transport un de mes frères en J.-C. ; et sans pouvoir parler, tant j'étais ému, je me jetai dans ses bras. L'homme de Dieu me serra contre sa poitrine, puis il me parla en anglais. Heureusement j'avais appris cette langue dans ma jeunesse, et je me la rappelais assez pour la comprendre et la parler, m'en étant servi dans mes entretiens avec mes fils, à qui je l'avais enseignée. Mais qui pourrait exprimer le sentiment de bonheur qui pénétra mon âme entière lorsque j'entendis ces paroles sortir de sa bouche! il me semblait entendre la voix de l'ange annonçant à Abraham que son fils lui était rendu.

« C'est vous que je cherchais, me dit-il avec une expression de bienveillance et de sensibilité, mais avec calme, et je bénis le ciel de vous avoir rencontré. Ce jeune homme est votre fils aîné, je pense ; il se nomme Fritz; et votre second fils, Ernest, où l'avez-vous laissé ?

— Dieu! mon père! s'écria Fritz en lui saisissant les deux mains, vous avez vu mon frère Jack! ma mère peut-être! vous savez où ils sont... Oh! vivent-ils encore?

— Oui, mon fils, dit le missionnaire, ils vivent, et ils sont en bon lieu ; venez, je vous y conduirai. »

Il fallut en effet me conduire ; j'avais été tellement saisi par l'excès de la joie, que je fus sur le point de perdre connaissance ; le bon missionnaire avait sur lui un flacon de sel de vinaigre, dont il me fit respirer ; puis, passant mon bras sous le sien, il m'aida à marcher ; je m'appuyais aussi sur mon fils. Mes premières paroles, dès que j'eus repris l'usage de mes sens, furent un élan de pieuse reconnaissance pour l'Etre suprême qui me rendait à la fois tous ces objets chéris et tant regrettés. « Quoi ! dis-je à celui qui venait de m'en donner l'espoir, serait-il possible ! ma femme, mes fils, je les retrouverai ?

LE MISSIONNAIRE. Bientôt, bientôt, mon frère ; encore une heure de marche, et votre femme et vos enfants seront dans vos bras !

— Non, non, m'écriai-je, non pas aussitôt : pourrais-je me présenter devant mon Elisabeth sans lui ramener ses deux fils? Pourrais-je mériter le bonheur de retrouver ceux que j'ai perdus, si je laissais mon Ernest exposé seul à la fureur des sauvages? Fritz, pourrais-tu jouir de quelque bonheur, si tu ne le partageais pas avec ton frère ? Différons le nôtre de quelques heures pour le rendre plus complet; allons chercher Ernest. » Le bon père sourit d'un air d'approbation : Je m'attendais à ce retard, me dit-il, votre Ernest ne devait pas être oublié, et il ne l'est pas de sa bonne mère. Où l'avez-vous laissé? »

Je lui racontai notre arrivée dans cette île, et la raison qui nous avait fait laisser Ernest à la garde de la pinasse qui était notre seul moyen de retour, et le passage du canot qui nous avait été enlevé, et notre résolution prise au moment où nous l'avions aperçu, de retourner auprès d'Ernest pour le secourir s'il en était besoin, et tâcher d'obtenir quelques lumières des sauvages que nous y trouverions sans doute.

« C'est fort bien, me dit-il; mais comment vous seriez-vous entendus? savez-vous leur langue?

LE PÈRE. Mon fils Ernest a étudié le vocabulaire des îles de la mer du Sud.

LE MISSIONNAIRE. Celui d'Otaïti, sans doute, ou de l'île des Amis? l'idiôme de cette contrée en diffère beaucoup; mais, depuis plus d'un an que je l'habite, je me suis étudié à l'apprendre, et je pourrai vous être utile ; partons. De quel côté êtes-vous arrivés ?

Le Père. Au milieu de cette épaisse forêt, où nous avons long-temps erré, et je crains de ne pas reconnaître notre route.

Le Missionnaire. Vous auriez dû prendre la précaution de faire des entailles aux arbres devant lesquels vous passiez ; sans cela je me serais souvent égaré et même perdu ; mais nous retrouverons les miennes, elles nous mèneront au bord du ruisseau, et en le suivant nous n'avons plus de risques à courir.

Fritz. Nous n'avons point vu de ruisseau.

Le Missionnaire. Il en existe un d'une eau excellente, qui tra-verse cette forêt et se jette dans la mer, vous l'avez manqué ; en le côtoyant toujours vous seriez arrivés à la cabane où logent vos bien-aimés, il coule au-devant. » Fritz se frappa le front de dépit. « Dieu fait toujours tout pour le mieux, dis-je au bon père, nous ne vous aurions pas rencontré, nous aurions été sans Ernest, vous auriez pu nous chercher tout le jour inutilement. Oh mon père ! c'est sous vos saints auspices que notre heureuse famille doit se trouver réunie, et notre bonheur en sera doublé. A présent daignez me dire...

— Avant tout, interrompit Fritz, dites-moi comment se porte Jack ? il était blessé, et...

Le Missionnaire. Soyez tranquille, jeune homme ; cette blessure, qu'il doit, dit-il, à son étourderie, n'aura pas de suites fâcheuses ; les sauvages y avaient appliqué des herbes très salutaires pour les blessures ordinaires, mais il y avait une petite balle qu'il a fallu extraire ; je m'entends un peu en chirurgie, et j'y ai réussi hier au soir. Depuis il souffre moins ; il est si bien soigné, qu'il guérira bien-tôt quand il n'aura plus d'inquiétude sur vous. »

Fritz embrassa d'abord le bon missionnaire, et moi ensuite : « Vous m'aviez pardonné, me dit-il ; à présent seulement je me pardonne à moi-même. Mon jeune frère vous a donc parlé de nous, Monsieur ? dit-il au missionnaire.

Le Missionnaire. Oui sans doute ; mais je vous connaissais déjà tous, votre mère pouvait-elle parler d'autre chose que de son mari et de ses enfants ? Quelles furent en même temps sa joie et sa dou-leur quand ses amis les sauvages lui amenèrent hier au soir son cher

Jack blessé ! Heureusement j'étais dans la cabane, je pus la soutenir et soulager son fils bien-aimé.

— Et mon cher petit François, m'écriai-je, comme il a dû être content quand il a retrouvé son frère !

LE MISSIONNAIRE. François, dit-il en souriant, sera votre protecteur à tous; c'est à présent l'idole des sauvages, et celle-là ne nuira pas à leur salut. »

Tout ceci se disait en marchant dans le bois sur les traces du missionnaire, et nous atteignîmes le ruisseau. J'aurais eu mille et mille questions à faire, et je brûlais d'impatience de savoir comment ma femme et François avaient été amenés dans cette île, comment ils avaient rencontré le missionnaire. Le temps m'avait paru si long depuis ces derniers événements, que je ne pouvais me persuader qu'il n'y avait que cinq ou six jours que nous étions séparés; j'en parlais comme si cinq ou six mois s'étaient déjà écoulés. La célérité de notre marche m'empêchait de parler et d'entendre. Le ministre anglais était fort silencieux, et me répondait ordinairement : « Votre femme vous dira cela; » il en disait un peu plus lorsqu'il était question de lui et de sa belle mission, dont il était rempli. Quand votre François fut pris il avait son flageolet de roseau dans sa poche, il en joua, et cet instrument, joint à la jolie figure de cet enfant et à ses grâces, a gagné leur cœur; je crains qu'ils n'aient quelque peine à vous le rendre; le roi voulait l'adopter. Ne vous effrayez pas, mon frère, j'espère arranger tout pour votre bonheur avec le secours divin; j'ai pris sur eux quelque ascendant, et j'en profiterai. Il y a un an je n'aurais pas osé vous répondre de la vie de leurs prisonniers; à présent je la crois en sûreté. Mais combien de vertus dont ils n'ont pas même l'idée, qu'il faut encore leur inculquer! Ces simples enfants de la nature n'écoutent que sa voix, et cèdent à toutes ses impressions; ils ne sont pas dépourvus de sensibilité; leur premier mouvement est bon, mais leur légèreté les fait passer presque subitement de l'amitié à la haine; ils sont enclins au vol, et leur colère est terrible lorsqu'on veut s'y opposer ou leur faire rendre ce qu'ils se sont approprié; mais ils sont aussi prodigues de ce qu'ils possèdent, et susceptibles d'un véritable attachement. Vous en verrez la preuve dans la demeure où une femme bien plus malheureuse que la vôtre, puisqu'elle avait perdu son soutien, a trouvé un asile.

Le Père. Est-ce auprès d'elle que je trouverai ma femme et mes enfants?

Le Missionnaire. Oui, mon frère, et vous y verrez aussi l'exemple du courage et de la résignation. »

Il se tut, et je n'osais répéter mes questions. Déjà nous apercevions la mer ou plutôt le bras de mer qui s'avançait dans les terres et que nous avions remonté avec notre pinasse, mon cœur volait au-devant de mon Ernest; tranquille à présent sur les autres, il m'occupait presque exclusivement. Quelquefois les collines nous dérobaient entièrement la vue de l'eau; Fritz grimpait au-dessus, et n'avait point encore aperçu son frère : enfin tout-à-coup nous l'entendons appeler : « Ernest! Ernest! » et des cris, ou plutôt des espèces de hurlements au milieu desquels on ne pouvait distinguer la voix de mon fils, lui répondirent. L'effroi s'empara de moi : « Ce sont les insulaires, dis-je au missionnaire, et ces cris affreux...

— Sont des cris de joie, me répondit-il; ils vont redoubler à notre vue. Ce sentier battu, entre les rochers, va nous conduire au rivage. Appelez Fritz; mais je ne le vois plus, sans doute il aura descendu la colline, et déjà il est près d'eux : ne craignez rien, et recommandez à vos fils la prudence; l'ami noir parlera à ses amis noirs, et ils l'écouteront. »

Appuyé sur le bras du missionnaire, nous descendîmes le sentier, qui nous conduisit au rivage : déjà de loin j'entrevis mes deux fils sur le tillac de la pinasse, qui était remplie d'insulaires, à qui ils distribuaient tous les trésors de la caisse, du moins ceux que nous avions mis à part dans le sac; ils n'avaient heureusement pas eu l'imprudence d'ouvrir devant eux la caisse même, qui aurait bientôt été vidée; elle reposait en paix sous le tillac avec le baril de poudre. A chaque nouveau présent les sauvages poussaient des cris de joie en répétant : *Mona, mona*, ce qui veut dire *beau*; les miroirs furent d'abord ce qui les enchanta le plus, mais leur plaisir se changea en effroi; ils crurent sans doute qu'il y avait du sortilége, et presque tous les miroirs furent jetés à la mer. Les grains de verre coloré eurent ensuite la préférence et faillirent occasionner des disputes. Ceux qui n'en avaient point voulaient les arracher des mains de ceux qui en avaient, et les cris et les disputes allaient en augmentant, lorsque la voix du missionnaire se fit entendre, et les calma comme par enchantement. Tous descendirent de la pinasse et l'entourèrent ; il les harangua dans leur langage et me désignait en répétant *metoua-tane* (père), qu'ils répétaient à leur tour. Plusieurs s'approchèrent très près de moi, et posèrent le bout de leur nez contre le mien, ce qui est, me dit le pasteur, une marque de respect. Pendant ce temps, Fritz apprenait à Ernest que sa mère et ses frères étaient retrouvés, et ce que c'était que l'Européen qui nous accompagnait. La joie de mon second fils fut extrême, mais toujours exprimée avec calme ; ses yeux pleins de larmes disaient seuls combien son cœur était ému ; il sauta à bas de la pinasse et vint remercier le missionnaire.

Il fut question d'aller les joindre, nous décidâmes d'un commun accord que nous irions par eau. La pinasse fut donc détachée, sa voile étendue, et nous nous y plaçâmes avec une vive émotion. Redoutant celle de ma femme lorsqu'elle nous verrait entrer subitement, je priai notre nouvel ami de nous précéder, et de la préparer à ce moment : il y consentit ; mais lorsqu'il allait monter dans la pinasse, les insulaires l'arrêtèrent vivement ; l'un d'eux eut l'air de lui faire à son tour une harangue. Le missionnaire l'écouta avec calme et dignité, puis se tournant de mon côté : « C'est à vous, mon frère, me dit-il, de répondre à la demande de Parabéri ; il me supplie, au nom de tous, d'attendre encore ici quelques moments leur chef, auquel ils donnent le titre de roi. Bara-ourou, c'est son nom, leur a commandé de se rendre ici pour une cérémonie à laquelle tous les guerriers doivent assister. J'avais désiré d'en être témoin, dans la crainte que ce ne fût un sacrifice à leurs idoles, sacrifice auquel je m'oppose avec force ; je voulais saisir cette occasion de leur prêcher le seul et vrai Dieu, celui qu'ils doivent adorer. Bara-ourou n'est pas méchant ; il me protége, et j'espère parvenir à toucher son cœur, à éclairer son esprit, et à l'amener à la foi chrétienne : son exemple entraînerait, j'en suis sûr, la plupart de ses sujets, qui lui sont très attachés : votre présence, celle de vos fils, le nom de Dieu et du Sauveur, prononcé par vous trois, avec le sentiment profond qui vous anime sans doute, vos genoux ployés, vos mains et vos yeux élevés au ciel, aideraient puissamment à cette œuvre sublime qui m'a été confiée et que je désire vivement accomplir. Aidez un faible serviteur de Dieu à lui conquérir des âmes, et la bénédiction du ciel reposera sur vous : vous aurez de plus le mérite de retarder votre propre satisfaction pour amener au salut éternel ceux que vous regardiez ce matin encore comme vos plus cruels ennemis, ceux à qui vous devez pardonner, comme notre Père qui est aux cieux nous pardonne. Vous sentez-vous le courage de retarder de quelques heures peut-être votre réunion de famille? votre femme, votre fils ne vous attendent pas, et du moins vous ne souffrez pas pour eux de ce retard. Retenu hier auprès de votre fils blessé, j'ai ignoré jusqu'à ce moment que la cérémonie ordonnée par Bara-ourou avait lieu aujourd'hui. Si vous ne pouvez pas modérer votre impatience, partons, je vous conduirai auprès de votre femme et de vos fils, et je reviendrai, j'espère, encore assez à temps pour remplir le but de ma mission; j'attends votre décision pour répondre à Parabéri; il est déjà assez avancé dans les saintes vérités et désire que son roi et ses frères les connaissent. »

Telles furent les paroles de ce vrai serviteur de Dieu. M. Willis, c'était son nom, paraissait avoir quarante-cinq à cinquante ans; il était grand et assez maigre ; les travaux et les fatigues inséparables du sublime état auquel il s'était voué, avaient, plus que les années, laissé quelques traces sur sa belle et noble figure; sa taille était un peu-courbée, quelques rides sillonnaient un front ouvert et élevé; ses cheveux, peu nombreux, étaient blanchis avant le temps ; ses yeux, d'un bleu assez clair, annonçaient à la fois l'esprit et la sensibilité, on pouvait y lire sa pensée, et ils semblaient aller chercher la vôtre au fond de votre cœur. Il avait raison de dire que c'était un sacrifice ; mais je le fis sans balancer. Décidé à rester avec lui, je jetai un regard sur mes fils avant de m'y résoudre ; tous deux gardaient le silence, et leurs yeux étaient baissés ; mais Fritz fronçait le sourcil : je me hâtai d'annoncer ma volonté.

« Je reste avec vous, mon père, dis-je au missionnaire, remplissez vos sublimes devoirs.

— Et vous, jeunes gens, êtes-vous de l'avis de votre père? »

Fritz s'avança, et lui dit avec sentiment et candeur : « J'avais eu le malheur de blesser mon jeune frère Jack, quoiqu'il ait eu la générosité de le cacher; vous l'avez soigné, vous avez retiré la balle que j'avais mise dans son épaule; je vous dois sa vie peut-être, disposez de la mienne ; je n'ai rien à vous refuser, et, malgré mon impatience, je reste avec vous.

— Je dis de même, ajouta Ernest ; vous avez protégé ma mère et mes frères ; quelle ne doit pas être notre reconnaissance pour celui dont Dieu s'est servi pour nous les rendre ? Nous resterons tous trois avec vous, vous fixerez le moment de notre réunion ; puisse-t-il n'être plus éloigné ! »

Je fis à mes fils un signe d'approbation ; le missionnaire leur serra la main avec amitié. « J'ose vous promettre, leur dit-il, que vous reverrez votre famille avec un double plaisir ; celui qui fait une action, un sacrifice, que sa conscience approuve, en reçoit toujours la récompense. »

Nous en eûmes bientôt la preuve. M. Willis apprit de Parabéri que l'on était allé chercher leur roi dans notre beau canot, suivant les ordres qu'il avait donnés ; c'est alors que nous l'avions vu passer. L'habitation royale étant située de l'autre côté du promontoire, il ne pouvait encore être arrivé ; mais bientôt un cri général annonça qu'on les voyait venir. Pendant que les sauvages se préparaient à recevoir leur chef, je rentrai dans la pinasse, et, me glissant sous le tillac, je pris dans la caisse ce que je jugeai le plus propre à être offert à sa majesté ; je choisis une hache, une scie, un joli petit sabre damasquiné, qui ne pouvait faire grand mal ; un paquet de clous et un de rassades ou grains de verre. J'avais à peine mis à part ces objets, que mes deux fils accoururent à moi avec une émotion extraordinaire. « Oh ! mon père, me disaient-ils à la fois, voyez, regardez, réunissez toutes vos forces, voyez, c'est François ! c'est lui-même dans le canot ; oh ! qu'il est drôlement arrangé ! » Je regarde ; à quelque distance de nous, notre canot remontait le détroit ; il était orné d'une quantité de branches que les sauvages de la garde du roi tenaient à la main ; d'autres ramaient avec vigueur ; le chef, paré du mouchoir jaune et rouge de ma femme, en façon de diadème, était assis sur la poupe, et un charmant petit garçon, blanc et rose, à chevelure blonde, était placé sur son épaule droite. Je le reconnus à l'instant avec un battement de cœur dont tout bon père pourra se former une idée. Il était nu depuis la ceinture jusqu'en haut, et portait un petit pagne ou jupon de feuilles tressées, qui lui allait jusqu'aux genoux ; un collier de petites coquilles enfilées pendait sur

sa poitrine ; il en avait aussi autour des bras, et des plumes de toutes couleurs étaient passées dans les boucles de ses cheveux ; plusieurs lui retombaient sur les yeux et l'empêchaient sans doute de
nous voir. Le roi était fort occupé de lui, et ajoutait à chaque instant à sa parure quelque chose qu'il ôtait de la sienne. J'en fus effrayé. « C'est mon fils, dis-je à M. Willis, c'est mon cher petit cadet.
Dieu ! ils l'ont ôté à sa mère ! quelle a dû être sa douleur ! c'est son
Benjamin, son enfant chéri. Pourquoi l'ont-ils séparé d'elle ? pourquoi le parer ? pourquoi l'amener ici ? Dieu ! qu'en veulent-ils
faire ?

— N'ayez aucune crainte, me répondit le missionnaire ; tant que
j'existerai il ne lui sera fait aucun mal. Je vous promets qu'il vous
sera rendu ; vous le ramènerez à sa mère. Placez-vous tous trois à
mes côtés, avec ces branches dans vos mains. » Il les prit de celles
de Parabéri, qui en tenait un faisceau, et nous en donna une à chacun : chaque sauvage en prit aussi : c'est un arbre au feuillage mince,
élégant, une espèce de *mimosa*, portant de belles fleurs incarnat ; les
Indiens le nomment *l'arbre de la paix*. Ils en portent une branche
lorsqu'ils n'ont pas d'intentions hostiles : dans toutes leurs assem-
blées, quand ils ont décrété la guerre, ils en font un feu ; si toutes
les branches se consument, c'est l'annonce, le présage d'une victoire
glorieuse.

Pendant que M. Willis nous expliquait cela, le canot aborda. Deux
sauvages vinrent prendre François, le placèrent sur leurs épaules ;
deux autres portèrent de même le roi, et ils s'avancèrent gravement
vers nous. Oh ! combien il m'en coûtait de ne pas courir au-devant
de mon enfant, de ne pas l'enlever à ceux qui le portaient, et de ne
pouvoir le serrer dans mes bras ! Mes fils souffraient aussi ; Fritz fit
même un mouvement pour s'élancer ; mais le missionnaire le retint.
François, placé très haut sur les épaules de ses porteurs, et je crois
passablement ému, baissait les yeux et ne nous voyait point encore.
Quand le roi fut à vingt pas de nous il fit arrêter ; tous les sauvages
s'accroupirent devant lui ; nous restâmes seuls debout. Alors François
nous vit et jeta un cri perçant en répétant : « Papa ! mes frères ! » Il
se débattait pour se jeter à bas ; mais il était tenu fortement. Il nous
fut impossible de nous contraindre plus longtemps ; nous éclatâmes
aussi en cris, en larmes, en sanglots.

« Cher François, lui dis-je en lui tendant les bras, nous sommes venus te chercher, ainsi que ta mère ; après mille dangers, nous serons bientôt réunis pour ne nous plus séparer. Mais calme-toi, cher enfant, ne risque pas de détruire ou de troubler par ton impatience le plus heureux moment de notre vie; confie-toi en Dieu, et dans cet excellent ami qu'il nous a donné, et qui m'a rendu ceux sans qui je ne pouvais plus vivre. » Je terminai ma harangue en lui jetant, ainsi que ses frères, mille et mille baisers. Il resta tranquille et ne cherchait plus à s'échapper ; mais ses larmes coulaient encore et il ne pouvait prononcer que nos noms : « Papa, Fritz, Ernest... Et maman ? ajouta-t-il.

— Elle ignore encore, lui dis-je, que nous sommes aussi près d'elle ; comment l'as-tu laissée ?

FRANÇOIS. Bien tourmentée de ce qu'ils m'emmenaient ; mais ils ne m'ont point fait de mal, ils sont si bons ! et bientôt nous irons tous vers elle. Oh ! quelle sera sa joie et celle de nos amies.

— Un mot de Jack, s'écria Fritz ; comment va sa blessure ?

FRANÇOIS. Assez bien ; il ne souffre point, et Sophie le soigne et l'amuse. La pauvre petite Matilde pleurait quand les sauvages m'ont emmené ; papa, si tu savais comme elle est bonne et gentille. »

Je n'eus pas le temps de demander qui étaient Sophie et Matilde. On m'avait laissé parler à mon fils, parce que je l'avais tranquillisé ; mais le roi ordonna le silence, et, toujours placé sur les épaules de ses gens, il harangua l'assemblée. C'était un homme de moyen âge, ses traits étaient prononcés, ses lèvres très épaisses, ses cheveux teints en ocre rouge, et son visage brun foncé, tatoué de blanc, ainsi que son corps, lui donnait une mine assez effrayante ; cependant l'ensemble de ses traits n'était pas désagréable et n'annonçait aucune férocité. En général, la bouche de ces sauvages est énorme, et leurs dents, très longues, très larges et très blanches, sont frappantes. Tous avaient un pagne de joncs ou de feuilles, qui les couvrait de la ceinture aux genoux. Le mouchoir de ma femme, que je reconnus d'abord, entourait la tête de Bara-ourou, comme un bandeau, d'une manière assez gracieuse ; le reste de ses cheveux était attaché en touffes, serrées par des roseaux, et remontait assez haut. Le tout était orné de plumes ; mais il les avait presque toutes ôtées pour en parer mon fils. Il le fit placer à ses côtés et commença un long dis-cours en le montrant souvent de la main. J'étais sur les épines. Quand il eut fini, tous les sauvages répondirent par un cri en frappant des mains; tous entourèrent mon enfant, lui présentèrent, en dansant, des fruits, des coquillages, des fleurs, et continuèrent à crier : *Ouraki, Ouraki.* Le roi était descendu et criait aussi : *Ouraki.*

« Qu'est-ce que veut dire ce mot qu'ils répètent sans cesse ? dis-je au missionnaire. — C'est le nouveau nom de votre fils, ou plutôt du fils de Bara-ourou, qui vient de l'adopter.

— Jamais ! jamais ! m'écriai-je en voulant m'élancer vers lui; mes enfants, arrachons votre frère à ces barbares. Nous courûmes tous les trois vers François, qui nous tendait les bras et fondait en larmes. Les hommes qui l'entouraient voulaient nous repousser, lorsque la voix du missionnaire s'éleva avec force. Il fit signe aux sauvages de se relever et leur parla longtemps : que n'aurais-je pas donné pour l'entendre ! Mais je pus juger au moins de l'effet de son discours. Il nous montrait souvent en prononçant le mot *éroué,* et s'adressant particulièrement au roi, qui l'écoutait sans faire un seul mouvement. A la fin de son discours, Bara-ourou s'approcha vivement de nous et voulut se saisir de François, qui se jeta dans mes bras, où je le retins avec force.

« Bien, me dit M. Willis ; mais à présent laissez-le aller, et ne crai-gnez rien. »

Je lâchai l'enfant ; le roi le souleva jusqu'à son visage, toucha du bout de son nez le bout du sien, puis il le remit à terre, ôta, l'une après l'autre, les plumes qui le décoraient ainsi que son collier de coquilles, et remit François dans mes bras en me touchant aussi le bout du nez, et prononçant beaucoup de paroles. Mon premier mou-vement, en recevant de lui mon cher enfant, fut de me jeter à ge-noux : mes deux fils aînés en firent autant.

« Bien, s'écria le missionnaire en élevant encore la main et la voix, c'est ainsi que vous devez remercier le ciel. Le roi, convaincu que le Dieu invisible l'ordonne, vous rend votre fils et veut être votre ami; il mérite ce titre, mon frère, puisqu'il adore et craint votre Dieu. Puisse Bara-ourou connaître et croire toutes les vérités de l'Évangile ! Prions ensemble pour que le jour arrive où, sur cette plage, où l'amour paternel a triomphé, je verrai s'élever un temple au père de tous les hommes, au Dieu de paix et d'amour. » Il tomba aussi à genoux, le roi et tous ses gens l'imitèrent. Sans comprendre les mots de sa prière, je pus en saisir le sens, et je m'y joignis de cœur et d'âme.

Je fis ensuite mes présents au roi, et je les augmentai beaucoup; j'aurais voulu lui donner tous mes trésors en échange de celui qu'il m'avait rendu; mes trois fils en donnèrent aussi à chacun des sauvages, qui ne cessaient de crier *Tayo, Tayo*. Je priai M. Willis de dire au roi que je lui donnais mon canot, et que j'espérais qu'il en ferait usage pour nous visiter dans notre île, où nous allions retourner. Il parut content, mais voulut monter avec nous sur notre pinasse, qu'il regardait avec admiration; quelques gens de sa suite y montèrent aussi pour ramer; le reste se mit dans le canot et dans la pirogue. Nous regagnâmes la pleine mer, et, tournant la seconde pointe, nous trouvâmes un bras de mer plus large où elle put naviguer, et qui nous conduisit où tous les vœux de notre cœur nous appelaient.

XX. — La réunion.

Je ne pouvais me lasser de regarder mon cher François, de l'embrasser, et ses frères de même. Nous aurions voulu lui faire mille questions; mais cela nous fut impossible, sa majesté basanée ne nous laissa pas un instant, et jouait avec lui comme un enfant. François lui montrait tous les joujoux de notre caisse, les petits miroirs et les poupées l'amusaient extrêmement. Un petit chariot peint et conduit par un cocher, qui levait son fouet lorsque la route tournait, lui parut miraculeux; il poussait des cris de joie, et le montrait à sa suite. Le tic-tac de ma montre l'enchanta aussi; et, comme j'en avais plusieurs en réserve, je lui donnai la mienne, en lui montrant à la monter. Dès la première fois qu'il l'essaya, il cassa le ressort, et lorsqu'elle cessa de faire du bruit il ne s'en soucia plus et la jeta de côté. Cependant, comme l'or était brillant, il la reprit et passa l'anneau dans le mouchoir qui entourait sa tête; elle pendait sur son nez et faisait un plaisant ornement. François le lui fit voir dans un miroir, ce qui l'amusa *royalement* et le fit rire aux éclats. Il demanda au missionnaire si c'était le Dieu invisible et tout-puissant qui avait fait ces merveilles. Willis répondit que c'était lui qui donnait aux hommes le pouvoir de les faire. Je ne sais si Bara-ourou le comprit ou chercha à le comprendre, mais il demeura pensif pendant quelques moments. J'en profitai pour prier le missionnaire de me dire quelles étaient les paroles qui les avaient terrifiés quand ils voulaient garder mon fils, et les avaient, pour ainsi dire, forcés à me le rendre.

« Je leur ai déclaré, me répondit-il, que le Dieu invisible et tout-puissant dont je leur parle tous les jours leur ordonnait par ma voix de rendre un fils à son père ; je les ai menacés de son courroux s'ils résistaient, de sa miséricorde s'ils obéissaient, et ils ont obéi. Le premier pas est fait ; ils adorent déjà ce Dieu tout bon, tout-puissant, qui a tout créé et veille sur tout, et ils lui obéissent. Toutes les autres vérités vont découler de celles-là, et je ne doute pas que mes sauvages ne deviennent un jour de bons et vrais chrétiens. Ma méthode d'instruction est très simple, et telle qu'elle convient à des êtres dont les idées sont peu étendues. Je tâche de leur apprendre à penser, à réfléchir. Je leur ai prouvé que les idoles de bois, qu'ils fabriquent eux-mêmes, ne peuvent ni avoir créé tout ce qu'ils voient, ni les entendre, ni rien faire pour eux ; je leur ai montré Dieu dans ses œuvres ; je leur ai dit qu'étant aussi bon qu'il est puissant, il haïssait le mal, la cruauté, le meurtre, et leur abominable usage de brûler ou manger leurs prisonniers ; ils m'ont cru, et ils y ont renoncé. Dans une guerre qu'ils ont eue dernièrement avec les habitants d'une autre île, ils ont renvoyé chez eux les prisonniers qui n'avaient pas été adoptés, et traitent bien ces derniers. S'ils ont enlevé votre femme et votre fils, c'était sans mauvaise intention, ils croyaient au contraire faire une bonne action, et vous l'apprendrez bientôt. »

Comme Bara-ourou continuait à jouer avec François, je renonçai à le questionner ; je me rabattis sur Ernest, à qui je demandai quand les sauvages l'avaient joint, et ce qui s'était passé.

ERNEST. Très peu de choses, mon père, et rien qui ait pu m'alarmer. Je m'étais un peu éloigné de ma pinasse, lorsqu'un bruit confus de voix me fit juger que les sauvages arrivaient : en effet, ils sortirent au nombre de dix ou douze du bois où vous étiez entrés, et je ne comprends pas que vous ne les ayez pas rencontrés. Je pensais qu'ils venaient reprendre leur pirogue; je me hâtai de prendre les devants et de rentrer dans ma chaloupe; je saisis un fusil chargé, bien décidé à n'en faire usage que pour sauver ma vie ou ma pinasse. Je remontai courageusement sur le tillac, prenant une attitude aussi fière, aussi imposante qu'il me fut possible ; mais je ne réussis pas à les intimider. Ils sautèrent l'un après l'autre dans la pinasse et m'entourèrent en poussant des cris; je ne savais si c'était de joie ou de fureur, mais je ne témoignai aucune crainte, et je leur dis avec le ton de l'amitié quelques mots du vocabulaire de Cook, qu'ils n'eurent pas l'air de comprendre, tout comme je ne comprenais point ce qu'ils se disaient entre eux, à l'exception cependant du mot *éroué* (père) qu'ils répétaient souvent, ainsi que celui de femme, *tara-tano*. L'un d'eux tenait à la main le fusil de Fritz, ce qui me fit conclure que c'étaient les ravisseurs de Jack; je pris ce fusil, et tâchai de lui faire comprendre, en lui montrant le mien, qu'il m'appartenait. Il crut que je lui proposais un échange et voulut s'en saisir en me faisant signe de garder le sien. Ce n'était pas mon compte; le fusil de Fritz était déchargé, et quelque faux mouvement pouvait faire partir le mien. Pour prévenir un malheur, pressé comme je l'étais par ces hommes, je me décidai tout-à-coup à les effrayer, et, voyant passer un oiseau au-dessus leur tête, je tirai si juste que l'oiseau, qui était je crois un pigeon bleu, tomba raide mort. Ils furent un instant stupéfaits par la terreur, puis sautèrent tous à bas de la pinasse, à l'exception d'un seul. c'était Parabéri, l'ami de M. Willis. Celui-là semblait prendre plaisir à me voir, et me montrait souvent le ciel avec la main, en répétant le mot *méti*, qui, je crois, veut dire bon ou *bien*. Ses camarades avaient relevé l'oiseau tué et se le montraient les uns aux autres. Quelques-uns se tâtaient l'épaule comme pour voir s'ils n'étaient point blessés comme l'oiseau ou comme Jack, ce qui me prouva qu'ils étaient ses ravisseurs. Je tâchai de le faire entendre à celui qui restait près de moi, et je crois que j'y parvins ; il me fit un signe affirmatif en me montrant l'intérieur de l'île et se touchant l'épaule d'un air de pitié. Je pris dans la caisse plusieurs objets que je lui donnai en lui faisant signe d'en porter aux autres et de les ramener. Il me comprit fort bien ; il y alla, leur montra ses richesses, et, bientôt rassurés, ils furent tous autour de moi pour m'en demander. J'étais occupé à leur distribuer des grains, des miroirs, de petits couteaux, quand vous êtes venus ; et nous sommes, comme vous le voyez, très bons amis. Deux ou trois rentrèrent dans le bois et ne tardèrent pas à m'apporter des cocos et des bananes ; mais il fallut commencer par cacher les fusils, dont ils ont une sainte terreur. J'ai tout dit, mon père. »

Nous arrivâmes à un abordage où le canot et la pirogue qui nous précédaient avaient déjà débarqué. Nous en fîmes autant, à l'exception du roi, qui ne voulut point quitter la pinasse, et parla longtemps au missionnaire. J'étais aussi resté à côté de ce dernier, non sans quelque crainte que Bara-ourou, qui paraissait s'attacher toujours davantage à François, qu'il tenait entre ses genoux, ne voulût encore le garder ; mais, à ma grande joie, il le remit lui-même dans mes bras. M. Willis me dit : « Il vous tient sa parole, vous allez le ramener à sa mère ; mais Bara-ourou vous demande en échange de le laisser aller dans votre pinasse à son habitation de l'autre côté du détroit ; il voudrait la montrer à ses femmes ; et il vous promet de la ramener ; peut-être y aurait-il quelque danger à la lui refuser.

Le Père. J'en vois aussi à l'accorder, et je vous avoue que je suis assez embarrassé. S'il voulait la garder, quel moyen de retourner chez nous ? elle est d'ailleurs remplie de toutes nos provisions, du seul baril de poudre qui me reste, de différents outils ou de quincailleries dont je voulais trafiquer avec eux ; n'est-il pas possible que tout soit pillé, saccagé ?

Le Missionnaire. Je n'oserais pas en répondre ; je n'ai pu parvenir encore à les corriger du vol, qui semble inhérent à leur nature. J'imagine un seul moyen de vous tirer d'embarras, me dit-il ; mais c'est encore un retard, et je vois, je sens tout ce que vous devez souffrir : ce serait d'accompagner le roi à son habitation, qui n'est pas très éloignée, et de ramener vous-même votre pinasse ; Parabéri la gardera jusqu'à votre départ, et je vous réponds de lui. Qu'en dites-vous ?

— Encore un retard ! et si près de mon but et de ma chère Elisabeth ! » Le jour s'avançait, et je ne pouvais peut-être pas être revenu avant la nuit. D'un autre côté, si ma femme ignorait que nous fussions si près d'elle, elle savait que l'on avait emmené François et devait être dans les plus vives inquiétudes. Bara-ourou paraissait impatient de notre entretien ; il fallait prendre un parti ; je m'y décidai tout-à-coup, et, remettant François au missionnaire, je le conjurai de le ramener à sa mère, et de la préparer en même temps à nous revoir bientôt tous, en lui racontant ce qui nous retenait. » Fritz, dis-je à mon fils aîné, j'exige encore de toi ce sacrifice ; même pour retrouver ta mère, tu ne voudrais pas, j'en suis sûr, te séparer de moi ; il te faut pour être heureux nous voir tous réunis ; encore une heure ou deux et nous le serons tous.

— Partons, » dit Fritz avec un peu d'humeur, et Ernest avec calme. M. Willis dit au roi que, pour l'honorer et lui témoigner notre reconnaissance, nous voulions, moi et mes fils aînés, l'accompagner chez lui. Il en parut très flatté et fit asseoir mes deux fils à ses côtés, les appela ses *tayo*, se fit répéter leurs noms, qu'il eut beaucoup de peine à prononcer, et finit par appeler Fritz Bara, et Ernest Ourou, et par se nommer lui-même Fritz-Ernest. M. Willis et François descendirent. Notre cœur se serra en les voyant partir pour aller où nous désirions si passionnément d'être ; mais le dé en était jeté. Le roi donna l'ordre du départ, le canot et la pirogue prirent les devants, et nous les suivîmes. Après une heure de navigation nous découvrîmes le palais royal : c'était un hangar de bambous, assez vaste, recouvert artistement de feuilles de palmier. Au-devant plusieurs femmes étaient assises et travaillaient à faire des pagnes de roseaux ; elles en portaient toutes. Leur chevelure était arrangée avec assez de soin en touffes tressées sur leur tête : nous n'en vîmes aucune qui fût jolie, excepté deux filles du roi, âgées de dix à douze ans, très noires, mais assez gracieuses, et qu'il destinait sans doute pour épouses à mon François. Nous descendîmes de la pinasse à cent pas de l'habitation. Les femmes vinrent au-devant de nous avec une branche de mimosa dans chaque main ; elles formèrent une espèce de danse singulière en entrelaçant leurs bras et remuant les pieds vivement, mais sans bouger de place, et chantant alternativement quelque chose qui ressemblait plus à des cris qu'à du chant. Le roi paraissait y prendre grand plaisir ; il appela ses femmes et ses filles et leur montra ses *tayo*, *Bara* et *Ourou*, s'appelant lui-même Fritz-Ernest. Il se joignit à la danse et y entraîna mes fils, qui s'en tirèrent assez bien. Quant à moi, il me traitait avec respect, m'appelant

toujours *éroué* (père), et me fit asseoir sur un gros tronc d'arbre au-
devant de son habitation, qui sans doute était son trône, car il m'y
plaça en grande cérémonie, après avoir frotté son nez royal contre
le mien. Quand la danse fut finie, les femmes rentrèrent dans le hangar, et revinrent nous offrir une collation dans des écales de cocos.
C'était une espèce de bouillie ou de pâte faite, je crois, de différents
fruits mêlés de lait de coco et d'une espèce de farine. Ce mélange
me parut détestable ; je m'en dédommageai avec quelques amandes
de cocos et le fruit de l'arbre à pain. Voyant que je les aimais,
Bara-ourou donna l'ordre d'en cueillir et de les mettre dans la pinasse.

La grande cabane était adossée contre un bois de palmiers et d'autres arbres, en sorte que notre provision fut bientôt faite. Cependant
cela donna le temps à mes fils de courir à la pinasse, gardée par
Parabéri, et de sortir de la caisse des grains, des perles, des miroirs, des ciseaux, des aiguilles et des épingles pour les distribuer
aux femmes. Quand on eut apporté les fruits qui nous étaient destinés, je fis signe à Bara-ourou de les mener voir la pinasse ; il les
appela. Elles arrivèrent timidement, se tenant derrière le roi et ayant
l'air de ne pouvoir marcher que par son ordre. Elles portaient les
fruits deux à deux dans des espèces de corbeilles de roseaux,
artistement tressées, et qui nous parurent avoir une forme européenne. Dans l'habitation même, il n'y avait pas d'autres meubles
que des nattes, qui, sans doute, leur servaient de lits, et quelques
troncs d'arbres servant de chaises et de tables. Beaucoup de paniers
de différentes formes étaient suspendus aux bambous serrés qui formaient la cloison : il y avait aussi des lances, des sagayes, des
frondes, des casse-têtes, qui nous firent juger que c'était une na-
tion belliqueuse. Nous regardâmes ces différents objets très superfi-
ciellement ; notre cœur nous appelait ailleurs et notre impatience
devenait toujours plus vive. Je me hâtai de joindre mes fils, qui
m'attendaient sur la pinasse avec les présents destinés aux femmes ;
ils les leur distribuèrent. Elles n'osèrent pas exprimer leur joie ;
mais on la lisait sur leur visage.

Enfin, le signal du départ est donné ; j'ai frotté mon nez contre
celui du roi ; j'ai ajouté à mes présents un paquet de clous et un de
boutons dorés, qu'il avait l'air d'envier ; je suis monté dans la pi-

nasse, et, sous la conduite du bon Parabéri, nous avons repris le chemin du côté de l'île qui renfermait ceux que je brûlais de voir. Quelques sauvages nous accompagnèrent dans leur pirogue ; nous aurions préféré n'avoir que notre ami Parabéri ; mais nous n'étions pas les maîtres.

Poussés par un vent favorable, nous arrivâmes assez vite sur la plage que nous avions quittée, et nous eûmes le plaisir d'y trouver notre excellent missionnaire qui nous attendait.

Fritz passa son bras sous le mien, moins pour m'aider à marcher que pour se forcer lui-même à ne pas prendre les devants. Ernest fit de même avec M. Willis. Le calme de mon second fils plaisait au bon missionnaire ; il aimait aussi son goût pour l'étude et cherchait à l'encourager.

« Mon frère en J.-C., me dit-il doucement, après une bonne demi-heure de marche, nous voilà très près de la demeure hospitalière où vous allez retrouver des objets déjà chéris, et d'autres qui méritent de l'être. Je regardai autour de moi et je n'aperçus rien qui ressemblât à une habitation ; je ne voyais que des arbres et des rochers, enfin j'aperçus un peu de fumée qui s'échappait à travers les arbres, et, presque au même instant, je vis François qui guettait notre arrivée et qui vint en courant au-devant de nous. « Maman vous attend, » nous dit-il. Il nous fit entrer sous un fourré d'arbrisseaux assez épais pour cacher entièrement l'ouverture d'une espèce de grotte, où l'on ne pouvait entrer qu'en se baissant, et qui ressemblait beaucoup à la tanière de l'ours du revers de notre île. Une natte de jonc en fermait l'entrée sans empêcher cependant le jour d'y pénétrer. François écarta la natte en entrant : « Maman, nous voilà. » Au moment même une femme, qui paraissait avoir tout au plus de vingt-cinq à trente ans, d'une figure agréable et douce, vint me recevoir. Elle était vêtue en entier d'un habillement tout composé de feuilles de palmier cousues ensemble, qui tenait depuis le col et jusqu'au bas de la jambe ; ses bras seuls étaient nus ; ses cheveux blonds étaient tressés et noués sur sa tête. « Soyez le bien-venu, me dit-elle en me prenant la main, vous serez tous les trois les meilleurs médecins de ma pauvre amie. » Nous entrons : mon Elisabeth, assise sur un lit de mousse et de feuilles, me tendait les bras et versait d'abondantes larmes ; notre pauvre petit blessé était couché à côté d'elle ;

une petite nymphe de onze à douze ans tâchait de le soulever, un de ses jolis bras était passé autour de lui, de l'autre elle tenait ses mains. « Vois ton papa et tes frères, Jack, lui disait-elle, tu es bien heureux de les retrouver ; je n'aurai pas ce bonheur, mais ton papa sera le mien, et toi mon frère. »

Jack la remercia par un baiser. Fritz et Ernest, à genoux près de la couche, embrassaient leur mère ; Fritz lui demandait pardon d'avoir blessé son frère, embrassait Jack, s'informait de sa blessure ; et moi, qui peindra ce que j'éprouvais ? nulle langue ne peut le rendre ! « Chère, chère Elisabeth ! » était tout ce que je pouvais prononcer. Pauvre Elisabeth, elle ne put supporter tant d'émotions et retomba sur son coussin de mousse, à peu près sans connaissance. La jeune femme, que j'entendis nommer madame Hirtel, s'approcha d'elle, lui donna ses soins. Elle reprit ses sens, me présenta son amie et les deux filles de madame Hirtel. L'aînée, qui se nommait Sophie, âgée de douze ans, était encore auprès de Jack ; la petite Mathilde, qui en avait dix ou onze, jouait avec François ; le bon missionnaire, à genoux, remerciait l'Etre suprême de nous avoir réunis. « Et pour la vie ! s'écria ma femme. Cher ami, j'étais bien sûre que tu irais me chercher ; mais savais-je si tu pourrais jamais me retrouver ? à présent ne nous séparons plus ni les uns ni les autres, ne quittons pas cette parfaite amie, qui consent à nous suivre dans l'île *Heureuse*, c'est le nom que je lui donnerai si j'ai le bonheur de m'y retrouver avec tout ce que j'aime au monde. Oh ! que Dieu est bon ! comme il sait tirer le bien du mal ! ma cruelle épreuve m'a valu le premier des biens après celui d'être épouse et mère, une amie et deux filles charmantes, car nos deux familles n'en feront plus qu'une. » Ce mot valut un baiser de Jack, à sa mère d'abord, et ensuite à Sophie. Madame Hirtel me demanda aussi mon amitié pour elle et pour ses enfants ; on juge si elle lui fut accordée. « Et pour compléter notre bonheur, dis-je au digne M. Willis qui s'était rapproché de nous, il faut que vous me promettiez de visiter souvent l'île Heureuse, et de vous y fixer lorsque votre mission sera finie. — A condition, me répondit-il, que de votre côté vous viendrez m'aider à l'accomplir, et que, pour y réussir, vous apprendrez, ainsi que vos fils, l'idiome de vos voisins, car cette île est plus rapprochée de la vôtre que vous ne le pensez. Vous avez fait un grand détour pour y arriver ; et Parabéri, qui était de l'excursion, m'a assuré qu'avec un bon vent on pouvait y aller dans une journée, en partant de cette pointe. Au surplus, vos fils ont tellement gagné le cœur de cet honnête insulaire, qu'il ne veut plus vous quitter, et m'a demandé la permission de vous suivre dans votre île et d'y rester; il vous rendra mille petits services, vous apprendra à tous sa langue, et sera un moyen de communication plus intime entre nous. » J'en fus enchanté, et lui promis le bonheur de Parabéri, qui serait notre ami. Mais il n'était pas question de partir encore, M. Willis demanda quelques jours pour achever la guérison de son blessé. « Vous viendrez, me dit-il, loger avec vos fils aînés dans ma hutte, qui n'est pas très éloignée. » J'avais tant de choses à demander et à apprendre que je ne savais par où commencer; l'histoire de l'enlèvement de ma femme, celle de Jack et celle de madame Hirtel, qui devait être bien intéressante. Elisabeth, trop faible encore pour parler longtemps, demanda que celle-ci passât la première. La nuit arriva, le missionnaire alluma une lampe de calebasse qui éclaira suffisamment le petit espace où nous étions. Après une légère collation de fruits d'arbre à pain, madame Hirtel commença sa narration.

XXI. — Madame Hirtel.

« Ma vie, nous dit-elle, n'offre aucun événement jusqu'à celui qui m'amena dans cette île. Mariée très jeune à M. Hirtel, négociant à Hambourg, homme excellent, et que j'ai vivement regretté, je fus aussi heureuse qu'on peut l'être dans une union arrangée par mes parents, et sanctionnée par la raison. Trois enfants, un fils et deux filles vinrent encore resserrer nos liens, dans les trois premières années de mon mariage. M. Hirtel voyant sa famille s'augmenter aussi promptement, eut l'ambition d'augmenter aussi sa fortune; on lui offrit un établissement avantageux aux îles Canaries, il l'accepta, et obtint facilement, de moi, de nous y établir en famille pendant quelques années. Mes parents étaient morts, aucun premier lien ne me retenait en Europe; je partais avec mon mari et mes enfants, j'allais voir des pays nouveaux, et ces belles îles fortunées dont j'entendais parler avec enthousiasme; je partis donc avec joie, bien loin de prévoir quelle série de malheurs j'allais chercher.

» Notre navigation fut d'abord fort heureuse ; mes enfants se portaient à ravir et s'amusaient, ainsi que moi, de tout ce qu'ils voyaient. J'avais alors vingt-trois ans ; Sophie, ma fille aînée, était dans sa septième année, Mathilde dans sa sixième, et mon petit Alfred n'avait pas encore cinq ans : il était le favori de tout l'équipage ; les matelots se disputaient à qui l'aurait dans ses bras et jouerait avec lui. Pauvre enfant ! c'est ce qui a causé sa perte... » Elle garda un moment le silence, ses yeux se remplissaient de larmes, et son cœur était oppressé ; ma femme lui serra la main avec affection. Elle reprit d'une voix un peu altérée : « Il était blond comme votre François, mon cher Alfred, et lui aurait ressemblé ! » Ma femme aurait volontiers répondu : « Ah ! il sera aussi votre fils !... »

« Un correspondant de mon mari, avec qui il avait des affaires d'intérêt assez considérables, demeurait à l'Île-de-France ; il résolut d'y aller et d'y réaliser des fonds dont il avait besoin pour commencer son établissement à Santa-Cruz ; nous nous y rendîmes donc. M. Hirtel reçut une somme qui composait à peu près toute sa fortune actuelle, et qu'il devait placer plus avantageusement.

» Nous nous rembarquâmes pour notre destination sous les plus heureux auspices ; le temps était superbe et le vent favorable ; mais il ne tarda pas à changer, et nous fûmes assaillis par une tempête et un ouragan terribles ; les matelots assuraient n'en avoir pas vu de semblables. Pendant plus de huit jours, notre vaisseau, ballotté par des vents contraires, fut jeté dans des mers inconnues, perdit tous ses agrès, et finit par ne conserver aucun espoir de salut, faisant eau de tous les côtés.

» Dans cette extrémité, mon mari voulut essayer d'un dernier moyen pour nous sauver. Il nous attacha fortement, mes filles et moi, sur une planche ; je demandai en grâce que mon fils y fût aussi, mais son père, craignant qu'un poids de plus, quelque léger qu'il fût, n'ajoutât au danger, se défiant peut-être de mes forces, voulut se charger seul de ce précieux enfant. Son intention était de s'attacher aussi lui-même sur une seconde planche, de la lier à celle qui nous portait, de prendre son fils dans ses bras, et d'avoir ainsi la chance d'arriver tous sur une terre qui ne paraissait pas éloignée. Pendant qu'il était occupé à nous placer, il avait remis son Alfred à un matelot qui aimait particulièrement cet enfant. J'entendis qu'il disait à mon

mari : « Laissez-le-moi, je vous promets de le sauver; » le père in-
sista pour l'avoir, je criais aussi pour qu'on me le donnât. Pendant
ce débat, le vaisseau, qui, déjà penché, sur le côté, achevait de se
remplir d'eau, s'enfonça davantage, et fut enfin complètement submergé; il disparut avec tout l'équipage. La planche sur laquelle j'é-
tais avec mes filles surnagea seule, et je ne vis plus autour de moi
que la mort et la désolation. » Madame Hirtel s'arrêta, presque suffo-
quée par le souvenir de cet affreux moment. « Pauvre, pauvre femme!
disait la mienne en sanglotant. Il y a plus de cinq ans que ce malheur est arrivé. Ce fut aussi l'époque de notre naufrage, qui sans
doute fut causé par la même tempête. Mais combien je fus plus heureuse! je n'ai perdu aucun des miens, le vaisseau même nous est
resté, et ce fut une grande ressource. Mais vous, malheureuse amie,
quel miracle a pu vous préserver? » Madame Hirtel leva au ciel ses
yeux pleins de larmes.

« Après avoir été ballottée et bercée par les vagues en fureur, je me
vis jetée sur ce que je crus d'abord être un banc de sable, avec deux
enfants de sept et de six ans. Oh! combien alors j'enviais le sort de
mon mari et de mon fils! Avec quelle ardeur j'aurais demandé à Dieu
de les suivre, si je n'avais été mère! Mes deux filles étaient inani-
mées à mes côtés, mais je vis qu'elles respiraient encore, et je ne pensai plus qu'à les sauver. Au moment où M. Hirtel lança la planche à
l'eau, il jeta dessus une boîte carrée de fer blanc, dont je m'emparai
machinalement, et que je tenais encore serrée lorsque la planche s'arrêta; elle ne fermait pas à clef, mais assez fort cependant pour me donner beaucoup de peine à l'ouvrir, n'ayant pas mes mouvements libres;
j'en vins à bout cependant. Elle contenait quelques pièces d'or et des
billets de banque que je regardai à peine. A quoi me servaient alors
ces inutiles richesses? Mais ce qui en fut une véritable, c'est que, dans
le portefeuille de maroquin rouge qui renfermait les billets, il y avait
tous les petits meubles d'usage, tels que couteau, ciseaux, crayons,
outils à percer, etc., et même un flacon plein d'une eau spiritueuse,
qui me fut bien utile pour mes enfants. Je commençai par couper les
petites cordes qui nous attachaient; je fis ensuite respirer et même
avaler quelques gouttes d'eau de Cologne à mes filles, je les en frot-
tai, et leurs fis rendre l'eau salée. Le vent soufflait avec violence,
mais les nuages se dissipèrent, le soleil parut, et nous sécha, nous

réchauffa. Mes pauvres petites ouvrirent les yeux, m'embrassèrent, et sur cette plage déserte, j'éprouvai encore un vif sentiment de bonheur. Mais combien celui qui lui succéda fut cruel, quand les premiers mots de Sophie et de Mathilde furent pour demander leur papa et leur frère ! Je ne leur dis pas qu'ils n'existaient plus, je cherchai à me tromper moi-même, à conserver une espérance, hélas! bien faible et bien illusoire, mais qui servait au moins à soutenir mes forces. M. Hirtel nageait bien, le matelot mieux encore ; je croyais entendre les derniers mots que j'eusse entendus, lorsqu'il disait à mon mari : *Soyez tranquille, je vous promets de sauver ce cher enfant.* Tout ce que je voyais flotter au loin faisait battre mon cœur, je m'avançai sur la rive, et je n'aperçus que des débris que je ne pouvais pas même atteindre. Quelques-uns cependant furent poussés sur le rivage, et je pus m'en servir pour en faire une espèce d'abri, en les appuyant, ainsi que notre planche, contre un quartier du roc : mes pauvres petites pouvaient être garanties, en se blottissant derrière, de la pluie, ou de l'ardeur du soleil. J'avais eu le bonheur de conserver un chapeau de castor, très enfoncé sur ma tête et qui me rendait le même office ; mais je n'en étais pas encore à sentir mes jouissances, et lorsque mes filles me dirent qu'elles avaient faim, j'éprouvai vivement que tout me manquait. J'avais vu sur le rivage des coquillages ressemblant à des huîtres ou à des moules, j'allai les ramasser, et je parvins à les ouvrir avec mon couteau ; je les leur fis avaler, j'en mangeai moi-même, et ce repas fut suffisant pour le premier jour. La nuit vint ; mes filles firent leur prière du soir, et j'en joignis une bien ardente pour que Dieu vînt à notre secours. Je les arrangeai aussi bien que je pus sur notre planche, et je m'y couchai moi-même.

» Dès que le jour parut, je me levai pour aller chercher au bord de la mer quelques coquillages pour notre déjeuner. En marchant sur le sable je fus sur le point d'enfoncer mon pied dans un trou, et je crus sentir quelque chose qui se cassait : je me baissai, et mettant la main dans le trou, je m'aperçus qu'il était plein d'œufs; j'en avais cassé deux ou trois, que je goûtai et qui me parurent excellents. A la couleur, à la forme et au goût, je reconnus que c'étaient des œufs de tortue ; il y en avait au moins soixante, ainsi je ne fus plus en peine de notre nourriture. J'en pris dans mon tablier autant qu'il me fut la chaleur du soleil; je tâchai de les conserver frais en les enfonçant dans le sable et les recouvrant d'un bout de planche; j'y réussis assez bien; j'en retrouvais d'ailleurs au bord de la mer autant que j'en voulais; j'en ai trouvé à la fois jusqu'à quatre-vingt-dix. Ils sont recouverts d'une couche de sable si mince, qu'ils ne donnent nulle peine. Ce fut notre seule nourriture, avec des huîtres, tant que nous fûmes sur cette plage; mes enfants s'en trouvaient bien et les aimaient beaucoup. J'ai oublié de vous dire que j'eus le bonheur de trouver assez près de nous un ruisseau d'eau douce, qui se jetait dans la mer; c'est le même qui coule au-devant de mon habitation et qui m'y a conduite; ce fut pour moi un grand bonheur. Le premier jour, avant cette découverte, je souffrais beaucoup de la soif ainsi que mes enfants, et ce ruisseau fut notre sauveur. J'abuserais de votre patience si je vous racontais jour par jour notre triste vie. Hélas! ils se ressemblaient tous, et chacun d'eux emportait mes espérances. Tant que je m'étais flattée de voir arriver quelques consolations ou quelques secours, je n'avais pu me résoudre à m'éloigner du bord de la mer; mais enfin elle me devint insupportable, sa vue seule m'inspirait de l'horreur et du désespoir. Mes yeux fatigués ne pouvaient plus supporter cet horizon sans bornes, et ce cristal mouvant, où l'espoir de ma vie s'était englouti; je soupirais après la verdure et l'ombrage des forêts. Quoique j'eusse fabriqué à mes filles des espèces de petits chapeaux de joncs marins, elles n'en souffraient pas moins de l'extrême chaleur, et des rayons ardents du soleil des tropiques. Je me décidai enfin à abandonner cette plage sablonneuse, à pénétrer à tout hasard dans l'intérieur des terres pour y chercher de l'ombre et de la fraîcheur, et à fuir cette mer qui me rappelait si vivement mon malheur. Je résolus de ne pas m'éloigner du ruisseau qui m'était si nécessaire; n'ayant aucun vase pour contenir l'eau, je ne pouvais en emporter avec moi. Sophie, qui est naturellement adroite, composa, avec une grande feuille, une espèce de gobelet, qui nous servait pour boire: je ne négligeai pas non plus de mettre dans nos poches autant d'œufs de tortues qu'elles purent en contenir.

» Ainsi munie de provisions pour les premiers jours, je me mis en marche avec mes deux enfants, après avoir prié le Dieu de miséricorde de veiller sur nous, et je pris congé du vaste tombeau qui recélait mon mari et mon fils. Je ne m'éloignais pas assez du ruisseau

pour le perdre de vue; souvent quelque obstacle m'empêchait de le
côtoyer, et me forçait à m'écarter, mais je le retrouvais bientôt. Ma
fille aînée, très forte et robuste, me suivait très bien; j'avais l'attention de ne pas marcher trop longtemps sans me reposer; mais je fus
obligée de porter souvent sur mes épaules ma petite Mathilde. Toutes les deux se trouvaient si heureuses à l'ombre des bois, et s'a-
musaient tellement des beaux oiseaux dont ils étaient remplis et
d'un charmant singe vert, fort petit et fort alerte, qu'elles avaient
repris toute leur gaîté. Elles chantaient, me disaient mille folies,
mais me demandaient trop souvent si Alfred et papa ne reviendraient
pas bientôt voir ces jolies bêtes, et si nous allions les chercher. Ces
propos déchiraient mon cœur. Nous cheminions toujours, mais
très lentement, et nous reposant souvent.

» Notre nuit fut tranquille; le chant des oiseaux nous réveilla de
bonne heure. Je jouis de ne plus voir les vagues se briser sur le
rivage, et de sentir la fraîcheur des bois et le parfum de mille
fleurs charmantes, dont mes filles firent des guirlandes qu'elles arrangèrent autour de leur tête et de la mienne. Cette parure dans ce
moment de deuil et de dénûment me fit un effet singulier et pénible; j'eus la faiblesse de ne pas leur permettre cet innocent plaisir;
j'arrachai ma guirlande et la jetai dans le ruisseau. « Cueillez des
fleurs, mes enfants, dis-je à mes filles, mais ne vous en parez pas;
ces ornements ne sont plus faits pour nous; votre père et votre cher
Alfred ne les verront pas. » Elles restèrent tristes et pensives sans
rien dire, mais elles ôtèrent leurs guirlandes, qu'elles jetèrent aussi
dans le ruisseau.

» Nous suivîmes son cours un peu plus loin, et nous passâmes
encore cette nuit et la suivante sous des arbres. Nous eûmes le bonheur de trouver encore quelques figues, mais elles ne suffirent pas
pour nous rassasier, et je n'avais plus d'œufs de tortues. Dans ma
détresse, j'étais presque décidée, malgré l'horreur que j'avais pour
la mer, à retourner sur ses bords, où je trouvais au moins cette
nourriture. Assise au bord du ruisseau, je réfléchissais bien tristement à notre situation et au parti que je devais prendre, lorsque
Sophie et sa sœur, qui s'amusaient à jeter des pierres dans l'eau,
me dirent : « Regardez, maman, les jolis poissons. » Je vis en effet
une quantité de petites truites saumonnées qui descendaient et re-

montaient le ruisseau ; mais comment les prendre ? J'essayai de me baisser et d'en saisir, elles m'échappaient toujours. Enfin il me vint une idée qui me réussit ; tant il est vrai que la nécessité est la mère de l'industrie ! je coupai avec mon couteau une quantité de branches d'arbustes, et je les entrelaçai ensemble de manière à en faire une espèce de claie très claire de la largeur du ruisseau, assez étroit à cette place ; j'en arrangeai deux : mes filles m'aidèrent et furent bientôt aussi habiles que moi. Quand elles furent faites, je me déshabillai ; mes filles en firent autant ; nous entrâmes dans le ruisseau et prîmes un bain délicieux, qui nous redonna des forces. Je plaçai une des claies debout dans la largeur du ruisseau, et j'allai mettre la seconde de même un peu plus bas. Les poissons qui se trouvèrent entre ces deux obstacles voulurent passer au travers de nos claies, que j'avais faites assez serrées pour les retenir. Nous les attendions au passage de l'autre côté de la claie ; beaucoup nous échappèrent, mais nous en prîmes assez pour être rassasiées à notre dîner ; nous les jetions à mesure sur l'herbe. Quand j'en eus assez pris, je retirai mes claies, nous nous rhabillâmes, et je pensai à faire cuire ma pêche ; mais pour cuire il faut du feu, et je n'en avais jamais allumé moi-même. Cependant j'avais souvent vu M. Hirtel, qui était fumeur, allumer sa pipe avec un briquet ; il y en avait un dans la précieuse caisse, avec de l'amadou et des allumettes. J'essayai, et après quelques essais, l'amadou s'alluma. J'avais encore là quelques branches de mes claies ; mes enfants m'apportèrent des feuilles sèches, et j'eus bientôt un feu vif et brillant qui, malgré la chaleur du climat, me fit plaisir à voir. J'ôtai avec mon couteau les écailles de mes truites, je les lavai bien dans le ruisseau et les mis ensuite rôtir sur la braise. C'était mon apprentissage en fait de cuisine. Je pensai combien il était utile dans l'éducation des jeunes demoiselles de leur en donner quelque idée ; qui peut prévoir dans quelle situation elles se trouveront ? Ce dîner européen nous fit plaisir, ainsi que le bain et la pêche qui l'avaient précédé. Décidée alors à m'établir auprès du ruisseau, et sous l'ombrage des figuiers, je ne devais être retenue que par la crainte de manquer le passage de quelque vaisseau qui pouvait nous ramener en Europe. Mais pourrez-vous me comprendre, quand je vous avouerai qu'abattue par la douleur et n'ayant plus aucun soutien, ayant perdu mon mari, mon fils et no-

tre fortune, forcée pour vivre et pour élever mes filles d'avoir recours à la bienfaisance de quelques amis ; obligée pour les retrouver d'exposer mes enfants aux dangers d'une navigation qui me faisait frémir, je préférais rester où le sort et la Providence m'avaient
jetée, y vivre heureuse sans avoir obligation à personne de mon existence. J'aurais sans doute beaucoup de peine à la soutenir cette existence qui ne m'intéressait que pour mes enfants, mais cette peine
même était une occupation, une distraction. Mes filles apprendront
de bonne heure à supporter les privations, à se contenter d'une vie
simple et frugale, à travailler pour se la procurer. N'ayant aucun
objet de comparaison, elles ne seront ni humiliées ni envieuses, et
ce seul bien n'en vaut-il pas beaucoup d'autres ? Je leur apprendrai
le peu que je sais, au moins ce qui pourra leur être utile, et l'étude
de notre sainte religion sera la première que je graverai dans leur
jeune cœur. N'ayant aucunes distractions du monde, ne voyant, n'entendant que leur mère, qui les ramènera sans cesse à cette pensée,
je puis espérer qu'elle se gravera dans leur âme, et qu'elles y puise-
ront les vertus qui leur sont si nécessaires, la résignation, la soumission, le contentement d'esprit : quant à leur avenir, je ne m'en
inquiétais pas encore. Je restai sous mon figuier pendant la nuit, et
le jour au bord de mon ruisseau.

— Oh ! s'écria ma femme, c'est aussi sous un figuier que j'ai passé
quatre heureuses années de ma vie, avec mes chers enfants, bénissant tous les jours le ciel de nous avoir placés dans une agréable
retraite, loin des vices et du bruit du monde. — Chère amie, sans
nous connaître, notre sort et nos cœurs étaient déjà à l'unisson. —
Désormais ils ne seront plus séparés. »

Elles s'embrassèrent tendrement ; la soirée était déjà avancée.
Madame Hirtel ou Emilie, et par abréviation Mimi, c'est le nom que
ses enfants lui donnaient souvent, nous fit observer qu'après tant
d'émotions, ma femme devait avoir besoin de repos : et nous remîmes au lendemain la fin de l'histoire de l'aimable solitaire.

Mes fils aînés et moi nous suivîmes le bon missionnaire dans ce
qu'il appelait sa hutte. C'était une case dans le genre du palais du
roi ; mais plus petite, formée de bambous serrés les uns contre les
autres, avec de la mousse et de la terre grasse entre deux, qui formait une cloison assez solide et recouverte de même. Une natte

étendue dans un coin formait son lit, sans couverture ; mais il nous montra une peau d'ours qui lui en servait l'hiver, et qu'il étendit par terre pour nous ; j'en avais remarqué une semblable dans la grotte de madame Hirtel ; il nous dit que le lendemain nous apprendrions l'histoire de ces peaux, liée à celle d'Emilie. En attendant, nous nous couchâmes dessus ; et, pour la première nuit depuis l'enlèvement de ma femme, je jouis entre mes deux fils d'un sommeil doux et paisible.

XXII. — Suite de l'histoire d'Emilie.

Nous revînmes de bon matin à la grotte, et nous eûmes le plaisir d'apprendre que nos chers malades éprouvaient un mieux sensible. Ma femme avait bien dormi. M. Willis pansa la blessure de Jack, et la trouva en bon état. Madame *Mimi* dit à ses filles de préparer le déjeuner ; elles sortirent et rentrèrent bientôt avec une femme sauvage et un petit garçon de quatre ou cinq ans, qui portaient dans des paniers de jonc très artistement tressés toutes sortes de fruits, des figues, des goyaves, des fraises, des cocos, etc., et de ceux de l'arbre à pain. « Il faut, dit Emilie, que je vous présente le reste de ma famille, qui aussi doit faire partie de la vôtre ; voilà *Canda*, la femme de votre ami *Parabéri ;* et voici leur fils *Minou-Minou,* qui est aussi le mien ; votre chère Elisabeth les aime déjà, et je vous demande pour eux votre amitié ; ils nous suivront dans l'île Heureuse.

— Et si vous saviez, dit François, comme Minou est gentil, comme il sait déjà grimper aux arbres, courir, sauter ; bien qu'il soit plus petit que moi, il sera également mon bon ami.

— Notre ami à tous, s'écria Jack. — Et la bonne Canda, dit Elisabeth, sera notre aide et notre amie. » Elle lui serra la main, je fis de même et j'embrassai le petit Minou-Minou, qui me le rendit de tout son cœur, et à ma grande surprise me parla très bon allemand ; la mère savait aussi plusieurs mots de cette langue. Ils s'occupèrent ensuite de notre déjeuner, ouvrirent les cocos, et versèrent le lait dans l'écale, après avoir séparé l'amande ; rangèrent les fruits sur un tronc d'arbre, qui servait de table et firent grand honneur au talent de leur institutrice.

« J'aurais voulu vous offrir du café, dit madame Hirtel, car il en croît dans cette île, et peu loin de ma demeure ; mais, n'ayant aucun ustensile pour le griller, le moudre et le faire cuire, il m'a été bien inutile, et je n'ai pas même essayé d'en récolter.

— Crois-tu, mon cher ami, qu'il en viendrait dans notre île ? me dit ma femme avec vivacité.

— Sans aucun doute, lui répondis-je, et nous en emporterons des plants quand nous partirons. » Seulement alors je me rappelai que le café était en Europe ce que ma femme aimait le mieux, et son déjeuner ordinaire. Il y en avait sûrement, dans notre vaisseau, des sacs que j'aurais pu prendre ; je n'y avais pas pensé, et mon excellente compagne, n'en voyant point arriver, avait eu la discrétion de ne pas m'en parler ; une seule fois elle regretta de n'en point avoir pour semer dans son jardin.

Quand elle eut la possibilité d'en avoir, elle nous avoua que c'était, avec le pain, presque la seule gourmandise qu'elle eût regrettée. Je lui promis de faire tout mon possible pour l'acclimater dans notre île ; mais en la prévenant que, selon toute apparence, il ne serait pas de la première qualité, et qu'elle ne devait pas s'attendre à boire du moka ; mais la longue privation de cette boisson délicieuse l'avait rendue moins difficile ; elle m'assura que ce serait toujours un vrai régal.

Après notre déjeuner nous priâmes madame Hirtel de reprendre son intéressante narration. Elle y consentit.

« Après la réflexion dont je vous ai fait part hier au soir, nous dit-elle, et que vous avez bien voulu comprendre, je me déterminai à ne retourner au bord de la mer que lorsque j'y serais forcée par le manque de nourriture ; mais j'appris à m'en procurer de plusieurs manières. Encouragée par le succès de ma pêche, je fis des espèces de filets avec des filaments d'écorce d'arbre, et d'une espèce de plante ressemblant au chanvre, au moyen desquels je pris plusieurs oiseaux, un entre autres ressemblant à nos grives, très gras et d'un goût exquis. J'eus plus de peine à surmonter ma répugnance à leur ôter la vie ; il ne fallait pas moins que le désir et l'obligation de conserver notre existence ; mais je les faisais souffrir le moins qu'il m'était possible ; mes filles les plumaient, je les enfilais ensuite dans une branche mince, et je les faisais rôtir ainsi devant le feu.

Je trouvai aussi des nids remplis d'œufs, que je jugeai être des œufs de canes sauvages que je voyais souvent voler au-dessus de notre ruisseau. Je me familiarisai avec les fruits dont les singes et les perroquets mangeaient, et qui n'étaient pas placés assez haut pour qu'il nous fût impossible de les atteindre. Je trouvai une espèce de glands semblables à des noisettes et qui en ont le goût. Mes petites découvrirent de grosses fraises, ce qui fut un vrai régal; et je trouvai dans le creux d'un arbre de beaux rayons de miel que je pus prendre avec un tison fumant, au moyen duquel j'endormis les abeilles.

» J'avais soin de marquer tous les jours sur les feuillets blancs de mon portefeuille; je parvins au trentième depuis que j'avais commencé ma vie errante sur les bords du ruisseau, dont je ne m'éloignai jamais assez pour ne plus l'entendre murmurer. Cependant j'avançais toujours davantage dans l'intérieur de l'île; je n'y avais fait encore aucune rencontre qui pût m'alarmer, et nous avions eu le temps le plus favorable; mais nous ne jouîmes pas longtemps de ce bonheur. La saison des pluies arriva, et je ne puis vous peindre mon désespoir, lorsque je l'entendis une nuit tomber par torrents. Je n'étais plus sous notre épais figuier, qui nous aurait garantis plus longtemps; l'arbre sous lequel je m'étais établie m'avait tentée par des espèces de réduits entre les racines, remplis de mousse, et qui formaient de très bons lits naturels; mais le feuillage était léger, et bientôt nous fûmes inondées. Je me couchai un peu plus près de mes pauvres petites, pour les préserver; mais je ne voulais pas non plus les étouffer, et bientôt elles furent aussi mouillées que moi; notre réduit se remplit d'eau, et il nous fut impossible d'y rester; mais nous ne fûmes guère mieux levées; nos vêtements, complètement mouillés, étaient devenus pesants. La nuit très obscure ne nous permettait pas d'apercevoir un seul chemin : nous courions le risque de tomber ou de nous heurter contre quelque arbre. Mes filles fondaient en larmes, et moi de même; je tremblais pour leur santé, et pour la mienne qui leur était si nécessaire : je compte cette nuit comme un des plus affreux moments de mon pèlerinage. Je tombai à genoux, mes enfants m'imitèrent; je leur dis de prier le bon Dieu de nous secourir; il me semblait que leur innocence aurait plus d'efficace. J'offris la soumission la plus entière à la volonté de notre Père céleste, lui demandant avec ardeur la force de soutenir cette épreuve, s'il lui plaisait de la prolonger. Oh! qu'on ne nie pas le bien qu'on reçoit de la prière faite avec confiance et résignation ; je l'éprouvai à l'instant même, je me relevai plus forte, plus courageuse, et, quoique la pluie tombât toujours par torrents, j'éprouvai un bien-être supérieur, une confiance entière en la bonté de notre Père céleste, qui prévint tout murmure, et me fit supporter notre situation actuelle avec patience et avec l'espoir qu'elle changerait bientôt. Je le dis à mes filles, qui déjà étaient consolées. Sophie m'annonça qu'elle avait demandé à son papa, qui était près du bon Dieu, de le prier de faire cesser la pluie et de nous renvoyer le soleil.

» Est-ce qu'il pleut aussi dans le ciel, me demanda Mathilde ? je crois bien que oui, puisque c'est du ciel que l'eau tombe ; mais sans doute Alfred et papa sont dans la maison du bon Dieu, et ont des habits secs pour se changer quand ils sont mouillés.

— Je ne sais pas ce qu'ils ont, chère petite, lui répondis-je ; mais je sais que quand on est avec Dieu, et qu'on l'aime de tout son cœur, on est toujours bien et il ne vous manque rien. Il viendra aussi à votre secours, soyez-en sûres.

— Je suis déjà toute accoutumée à la pluie, dit Sophie ; si seulement tu voulais nous permettre d'ôter nos robes, il nous semblerait que nous sommes dans le ruisseau où l'on est si bien. » J'y consentis, pensant que cela leur ferait moins de mal que leurs vêtements mouillés, qui se collaient sur leur corps et les empêchaient de marcher.

» Le jour commençait à paraître, et j'étais décidée à marcher sans nous arrêter pour nous réchauffer par le mouvement, et à tâcher de trouver une grotte, un arbre creux ou un feuillage épais pour nous mettre à l'abri pendant la nuit suivante.

» Je déshabillai mes petites ; je fis un paquet de leurs vêtements, que je voulus porter ; mais ne le trouvant pas trop pesant pour leurs forces, je crus qu'il valait mieux les accoutumer à la peine, aux fatigues, aux travaux qui seraient leur partage, et à n'attendre de services que d'elles-mêmes ; je divisai donc mon paquet en deux portions inégales : l'aînée était d'une force remarquable, je lui donnai le plus gros, et à Mathilde seulement leurs deux chemises ; je nouai ces deux paquets, j'y passai une branche légère, et leur montrai à la soutenir sur leurs épaules.

» Quand je les voyais marcher ainsi devant moi dans le costume des sauvages, leur petit corps si blanc exposé à tous les éléments, je ne pouvais retenir mes larmes. « Voilà donc, pensais-je, la vie à laquelle leur mère les condamne. » J'avais alors le désir de retourner vivre au bord de la mer, dans l'espoir incertain d'y voir arriver quelque vaisseau ; mais j'en étais trop éloignée pour y songer dans ce moment. Je continuai donc à marcher avec plus de peine que mes filles, qui n'avaient gardé que leurs souliers et leur chapeau de joncs. Je portais la précieuse boîte de fer-blanc, dans laquelle j'avais pu mettre quelques restes de notre souper de la veille, qui nous furent très utiles. Il n'y avait pas moyen de pêcher ou de chasser.

» Cependant le jour s'avançait, la pluie diminuait, et même le soleil parut sur l'horizon. « Voyez, mes enfants, leur dis-je ; Dieu vous a entendues, il nous envoie son bon soleil pour nous sécher et nous réjouir ; il faut le remercier.

— Et aussi papa qui le lui a demandé, dit Mathilde : oh ! s'il voulait aussi nous envoyer Alfred. » La pauvre enfant aimait beaucoup son frère, et le regrettait sans cesse. A présent encore, on ne peut lui en parler sans faire couler ses larmes. Quand les sauvages nous amenèrent François, elle crut d'abord que c'était lui. « Oh ! comme tu as grandi au ciel ! lui dit-elle ; » et depuis qu'elle a su que ce n'était pas son frère, elle lui dit souvent: « Je voudrais que tu t'appelasses Alfred, » et lui donne quelquefois ce nom chéri. Pardon si j'entre dans de trop longs détails peut-être de ce temps de douleurs, qui avait ses jouissances : chaque développement de mes enfants, chaque mot, chaque pensée en était une réelle pour moi. Je formai en idée des plans pour leur éducation lorsque nous aurions trouvé un asile plus sûr. Sans doute tout ce qui tenait aux arts et aux sciences devait leur être bien utile, et je n'aurais pu le leur enseigner : mais, ignorant le sort qui leur était réservé, je ne voulais pas non plus les élever comme des petits sauvages ; je voulais au moins qu'elles sussent lire, écrire et compter, et leur donner quelques idées plus justes de ce monde, et de celui qui nous attend, que celles que se formait leur esprit enfantin.

» Dès que le soleil, qui devint très fort, eut bien séché leurs vêtements, je les leur fis remettre.

» En suivant toujours le cours du ruisseau, nous arrivâmes au bosquet qui est au-devant de ce rocher; j'y pénétrai en écartant les branches, et je vis au-delà l'ouverture de cette grotte très basse, assez étroite, mais qui ne m'en fit pas moins jeter un cri de joie : c'était ce que je désirais trouver, et la seule demeure qui pût nous mettre tout-à-fait à l'abri. J'allais y entrer inconsidérément, et sans penser qu'elle pouvait renfermer quelques animaux dangereux, lorsque j'en entendis sortir un cri plaintif ressemblant plus au cri d'un enfant qu'à celui d'une bête sauvage; je m'arrêtai alors, j'écartai mes filles qui voulaient aussi y entrer, et, m'avançant avec plus de précaution, je tâchai de découvrir quelle espèce d'être habitait cette grotte. Oh ! mes amis ! c'était un être humain, un petit enfant dont je ne pus distinguer l'âge, mais qui ne pouvait encore marcher, étant d'ailleurs emmaillotté dans des feuilles et de la mousse, et fortement attaché à un morceau d'écorce; cette écorce était déchirée en plusieurs endroits. Le pauvre enfant poussait des cris lamentables; je ne balançai plus à entrer et à relever cette innocente créature : l'enfant s'apaisa dès qu'il sentit la chaleur de ma joue; mais je m'aperçus qu'il cherchait à manger, et je n'avais, hélas ! rien à lui donner que quelques figues dont j'exprimai le jus dans sa bouche; il parut l'avaler avec plaisir; je le berçai doucement entre mes bras, et il ne tarda pas à s'endormir; je pus alors l'examiner à mon aise, ainsi que le réduit où je l'avais trouvé. A la grosseur de sa tête, à sa longueur et à ses traits formés, je le jugeai plus âgé que la manière dont il était emmaillotté ne pouvait le faire croire; mais il me semblait avoir lu que les femmes sauvages portent ainsi leurs enfants jusqu'à ce qu'ils sachent marcher. Le teint de cet enfant était olivâtre, et sans couleurs; j'ai su depuis que c'était la teinte naturelle de ces indigènes, avant qu'ils aient senti l'influence du soleil, qui leur donne une couleur cuivrée; les traits n'avaient rien de difforme; les lèvres seules étaient plus épaisses et sa bouche était plus grande que celles des Européens. Mes deux petites le trouvaient charmant, et lui faisaient mille caresses; je leur laissai le soin de le bercer doucement dans son écorce, et je fis le tour de la caverne qui allait devenir mon palais, car, dès ce moment, je résolus de l'habiter, et en effet je ne la quittai plus. Vous le voyez, sa forme n'a pas changé ; mais depuis que le ciel m'a envoyé un ami, dit-elle en regardant le missionnaire, elle s'est embellie de quelques meubles et ustensiles, que je n'avais pas d'abord, et qui m'ont rendue bien heureuse. J'en reviens au premier moment.

» La grotte était assez grande et de forme irrégulière. Dans cet enfoncement je trouvai, avec surprise, un grand hamac de feuilles sèches, de mousse, de petites branches qui paraissaient arrangées avec soin ; cela m'inspira une espèce d'effroi. Cette grotte était-elle habitée par des hommes ou par un animal? Que ce fût l'un ou l'autre, n'était-il pas dangereux d'y rester? La présence de l'enfant me rassurait ; c'était sans doute la mère qui habitait cette caverne. « Elle me retrouvera soignant son enfant, pensai-je, et ne refusera pas de partager son asile avec moi et les miens. Nous ne comprendrons pas nos langages, mais les cœurs de deux bonnes mères s'entendent toujours. » Je ne savais cependant comment expliquer qu'elle fût sortie, laissant son enfant par terre au milieu d'une grotte ouverte.

» J'étais à réfléchir là-dessus, incertaine si je devais rester ou sortir, quand des hurlements que je ne pus définir se firent entendre au loin; il s'y mêla des cris d'effroi de mes enfants, qui vinrent se jeter dans mes bras et m'apportèrent le petit sauvage, qui, fort heureusement, ne se réveilla qu'à demi, et se rendormit bientôt en suçant une figue. Je le posai doucement sur le tas de feuilles. Je dis à mes filles de rester auprès de lui dans un coin obscur; puis, me glissant avec précaution, je m'approchai assez de l'ouverture pour pouvoir examiner, sans être vue, ce qui se passait au dehors. Non-seulement les cris redoublaient, mais ils s'approchaient au point de me causer les plus vives alarmes : j'entrevoyais déjà, au travers des arbres, une foule d'hommes armés d'une espèce de lance longue et pointue, de massues et de pierres ; ils paraissaient furieux, et vous jugez si la pensée qu'ils entreraient peut-être dans la caverne, me glaçait de terreur. J'eus l'idée d'aller prendre l'enfant sauvage et de le tenir dans mes bras, pensant que ce serait ma meilleure défense; mais cette fois j'en fus quitte pour la peur. La troupe entière passa au-delà du petit bois, en courant, sans même regarder du côté de la grotte ; ils avaient l'air d'observer des traces sur le terrain et de les suivre; j'entendis longtemps encore leurs hurlements ; enfin ils cessèrent et je fus plus tranquille ; mais la crainte

de les rencontrer l'emporta encore sur celle de les voir entrer dans
la grotte, et même sur la faim. Je n'avais plus rien dans ma boîte
de fer-blanc que quelques figues que je réservais pour le petit sauvage, puisqu'il s'en contentait, et je déclarai à mes filles qu'elles se
coucheraient ce soir-là sans souper. Le petit dormeur les amusait
tellement, qu'elles consentirent de bon cœur à lui faire le sacrifice
des figues. Il se réveilla, mais sans pleurer, et nous sourit même
avec la plus plaisante petite mine. Mes filles lui donnaient des figues
à sucer, et moi je voulus l'ôter de son écorce pour le mettre à l'aise ;
ce fut alors que j'aperçus sur ce morceau d'écorce des marques visibles des dents d'un animal ; elle était même déchirée à quelques
places et la peau de l'enfant légèrement effleurée. Je n'avais point
d'eau pour le laver, mais le ruisseau coulait si près, que je crus
pouvoir, sans danger, le porter jusque-là. J'y allai en ordonnant à
mes filles de rester dans la grotte. Je plongeai deux ou trois fois
dans l'eau cette petite créature, qui était un garçon ; il paraissait
s'y plaire, et je me hâtai de revenir dans la caverne, éloignée au
plus, comme vous le voyez, de vingt pas ; j'y trouvai Sophie et
Mathilde, enchantées d'une découverte qu'elles venaient de faire
dans un coin de la grotte, sous des feuilles sèches et de la mousse.
Elles y avaient trouvé des fruits de diverses espèces, quelques-uns
entamés, d'autres entiers, des racines de je ne sais quelle plante,
et enfin des morceaux de beau miel, en assez grande quantité, dont
les petites friandes s'étaient déjà régalées. Elles se hâtèrent d'en
donner à sucer avec leurs doigts à leur poupée, c'est ainsi qu'elles
appelaient le petit sauvage. Cette trouvaille me laissa beaucoup à
penser. Serait-il possible que nous fussions dans l'antre d'un ours !
Je me rappelai avoir lu qu'ils enlèvent quelquefois des enfants et
qu'ils aiment passionnément le miel et les fruits, dont ils font des
provisions dans leur tanière. Je remarquai sur le sol de celle-là, et
surtout à l'entrée où le terrain était humecté par la pluie, des empreintes de grosses pattes, qui ne me laissèrent aucun doute. Si ma
conjecture était fondée, l'animal reviendrait sûrement à son gîte ; et
nous courions le plus grand danger en y restant ; mais où aller ? le
ciel couvert de nuages annonçait le retour du déluge de la veille ; la
troupe de sauvages errait peut-être encore dans l'île. Je n'avais pas
le courage de tenter de sortir à l'entrée de la nuit avec mes enfants,

car je n'aurais certainement pas laissé mon petit protégé qui s'était endormi paisiblement après avoir sucé son miel et ses figues. Mes deux petites, qui étaient couchées à ses côtés sur le lit de feuillages, l'imitèrent bientôt ; mais moi, je ne pus jouir d'aucun repos, le bruit du vent agitant le branchage des arbres, celui de la pluie tombant sur les feuilles, le murmure du ruisseau, les pas légers des kangurous regagnant leur asile, tout faisait battre mon cœur de crainte et d'effroi ; tout me paraissait être l'ours revenant nous dévorer. J'avais coupé et cassé quelques branches pour les mettre au-devant de l'entrée, mais cette faible barrière ne pouvait nous préserver longtemps d'un animal en fureur, affamé peut-être; et lors même qu'il ne ferait aucun mal à mes enfants, il les tuerait par l'effroi que leur donnerait sa présence.

» J'allais et venais sans cesse dans l'obscurité, de l'entrée au lit de feuilles où dormaient paisiblement les trois enfants. Oh ! combien j'enviais l'insouciance et la sécurité de cet âge ! j'entendais à leur respiration égale et douce combien leur sommeil était tranquille. Notre petit noiraud, réchauffé entre mes deux filles, ne se réveilla pas, et le jour parut sans qu'il nous fût rien arrivé de fâcheux ; alors tout mon petit monde se réveilla et cria famine. Nous mangeâmes du miel et des fruits apportés par l'ami inconnu, et nous en fîmes manger à notre nouvel hôte. Mes filles lui donnèrent amicalement le nom de Minou, et vous voyez qu'il lui est resté.

» Je m'occupai de sa toilette ; il pleuvait tellement que je n'eus pas besoin d'aller au ruisseau pour le baigner ; je l'enveloppai ensuite dans le tablier de Mathilde. Elle et sa sœur inventaient mille moyens d'amuser leur petit nourrisson, et dès que la pluie cessa elles s'échappèrent pour aller cueillir des fleurs dont elles voulaient le parer.

» Elles étaient à peine dehors que j'entendis le bruit des sauvages ; cette fois c'était plutôt des cris de joie ou de triomphe ; ils chantaient, ils répétaient l'un après l'autre une espèce de refrain ; ils étaient encore assez loin pour que je pusse rappeler mes filles et les faire rentrer, comme j'avais fait la veille. Je pris Minou avec moi pour me servir de défenseur, et je me plaçai de manière à voir sans être vue, étant cachée par un angle de rocher. Ils passèrent encore devant le petit bois, armés comme la veille ; mais deux d'entre eux portaient au bout de leur lance quelque chose de très gros, noir ou brun ; je ne pus distinguer ce que c'était ; peut-être la dépouille de quelque bête sauvage ; et d'après mon idée c'était celle de l'ours. J'aimais à me flatter qu'ils avaient pris celui que je craignais si fort de voir arriver.

» A la suite des guerriers sauvages était une femme nue, échevelée, remplissant l'air de ses cris, et se meurtrissant, se déchirant le visage et le sein. Personne ne l'empêchait de se maltraiter ainsi, seulement un de ceux qui portaient l'étendard noir venait, de temps en temps, le lui montrer, et l'étendre devant elle ; alors elle entrait dans une espèce de fureur, se roulait dessus, cherchait à le déchirer avec ses ongles et ses dents ; elle me fit à la fois horreur et pitié.

» Cette femme, mes amis, était Canda que vous venez de voir, Canda ordinairement si douce, si bonne, rendue frénétique par la perte de son enfant, son premier né qu'elle croyait dévoré par l'ours. Son mari, Parabéri, s'efforçait en vain de la consoler ; lui-même était bien malheureux. Ces ours, ainsi que je l'appris depuis, car ils étaient deux, étaient descendus des montagnes aux pieds desquelles Parabéri possédait sa case. Marié depuis un an et demi avec Canda, ils avaient ce fils qu'ils chérissaient ; suivant la coutume des sauvages, elle l'avait attaché sur une écorce et le portait toujours sur son dos. Un matin, après l'avoir baigné dans le ruisseau dont la source n'est pas loin de leur cabane, elle le posa un instant sur l'herbe, forcée de se livrer à quelques soins de ménage ; bientôt elle entend ses cris accompagnés d'une espèce de mugissement ; elle accourt et voit une affreuse bête, tenant dans sa gueule son enfant qu'elle emportait avec rapidité. Il est déjà à plus de vingt pas d'elle ; ses cris perçants attirent son mari, elle lui montre de la main l'horrible ravisseur, et s'élance après lui, résolue de périr ou de lui arracher son fils. Son mari ne se donne que le temps de saisir sa sagaie, vole sur leurs traces et ne peut rejoindre sa femme que lorsque l'excès de la fatigue et de la chaleur l'a fait tomber par terre, presque inanimée. Mais, pendant qu'il s'occupait d'elle un instant et lui redonnait du courage et de l'espoir, l'ours et sa proie avaient disparu ; ils ne savent plus de quel côté les suivre. Toute la nuit, cette affreuse nuit pluvieuse, où je me croyais la plus malheureuse des femmes, où j'allais me plaindre et murmurer, Canda, exposée sans vêtements à cet affreux déluge, cherchait son fils unique sans espoir de le retrouver, et ne s'apercevait pas même de la pluie. Parabéri, non moins affligé, mais plus ferme, alla raconter son malheur à ses voisins. A l'instant ils se rassemblèrent, s'armèrent, et, Parabéri à leur tête, ils jurèrent la mort du ravisseur. Dirigés par ses traces sur la terre détrempée, ils le trouvèrent enfin le matin suivant avec un autre ours, qu'ils jugèrent être le mâle, et si occupés à manger un essaim d'abeilles et le miel qu'elles avaient fait, que les sauvages purent les approcher. Parabéri, animé par la vengeance, en traversa un de sa sagaie, et l'acheva d'un coup de son casse-tête ; un de ses camarades expédia l'autre, et Parabéri goûta la plus grande jouissance pour un sauvage, celle de la vengeance. Mais la pauvre mère n'en fut pas consolée ; après avoir erré toute la nuit dans ce côté de l'île, elle arriva le matin à la place où les vainqueurs des ours étaient encore occupés à les écorcher et à se partager la chair ; Parabéri ne demanda que les peaux et les obtint en dédommagement de son fils. Ils retournèrent chez eux en triomphe, et Canda les suivait en poussant des cris de rage, et se défigurait en se déchirant le visage avec une dent de requin. En combinant les circonstances, j'eus bien l'idée que cette malheureuse femme était la mère de mon petit protégé, tant mon cœur maternel s'élançait vers elle. Je fis même quelques pas en avant pour aller le lui rendre, mais la horde sauvage qui l'accompagnait me remplit de terreur, au point que, par un mouvement involontaire, je retournai au fond de la grotte, où mes filles se tenaient cachées, très épouvantées du bruit qu'elles entendaient.

» Pourquoi ces gens crient-ils ainsi, maman, me dit Sophie ; ils me font bien peur, tâche qu'ils ne viennent pas ici, ils nous prendraient peut-être notre cher Minou.

— Sans doute, leur dis-je, et je n'aurais nul droit de les en empêcher ; je crois que ce sont ses parents, qui se désolent de l'avoir perdu ; je voudrais pouvoir le leur rendre.

— Oh ! non, maman, je t'en prie, me dit Mathilde, ne le rends pas, il nous fait tant de plaisir, et nous serons ses petites mamans ; nous le rendrons bien plus heureux que ces vilains sauvages qui l'avaient serré comme un paquet dans l'écorce avec de la mousse qui le piquait ; vois comme il est plus heureux dans mon tablier, comme il remue ses jambes comme s'il voulait marcher ; nous le lui apprendrons, Sophie et moi ; ne le rends pas, Mimi, je t'en conjure. »

» Quand je l'aurais voulu je ne le pouvais plus ; la troupe des sauvages s'était éloignée.

« Ma chère Mathilde, dis-je à ma fille, combien de fois t'ai-je dit de ne faire aux autres que ce que tu voudrais qu'on te fît à toi-même, ainsi que notre bon Sauveur nous l'a ordonné ! Si tu étais vraiment la maman de Minou, voudrais-tu qu'on te le prît pour le donner à une étrangère, et ne plus le revoir ? et si on m'ôtait aussi ma petite Mathilde, si les sauvages la prenaient en échange de Minou, ce qui serait juste, je serais aussi malheureuse que cette pauvre femme à qui tu veux que j'enlève son enfant. »

» Elle resta un moment pensive avec les larmes aux yeux, et embrassa tendrement moi et puis Minou, que j'avais encore dans les bras.

« Tu as raison, maman Mimi ; mais si elle aime tant son enfant, qu'elle vienne le chercher, me dit la petite mutine. — Pauvre mère, lui dis-je, elle se désole, parce qu'elle croit qu'il est mort. — Comme mon frère Alfred, elle croit qu'il est près du bon Dieu, n'est-ce pas ? Dis-moi où elle habite, j'irai lui dire qu'il est avec nous, que nous l'aimons bien, et peut-être elle nous le laissera. » Pendant ce naïf entretien, Sophie était allée cueillir des fleurs au bord du ruisseau, la pluie les avait rafraîchies, elles étaient très brillantes. Elle en avait rempli son tablier, et vint en parer Minou ; elle en fit deux guirlandes, attacha l'une autour de la tête de l'enfant et l'autre autour de son cou. Sa mine mauricaude était trop plaisante au milieu de ces fleurs.

« Oh ! si sa maman le voyait ? disait Mathilde, elle serait bien contente et nous le laisserait. » Il fallut expliquer à Sophie ce que c'était que cette maman. Mathilde s'en chargea , et ma sensible Sophie versa des larmes en pensant au désespoir de cette pauvre mère.

« Mais comment savez-vous, me dit-elle, que c'est celle de Minou ? » Cette question me prouva que son jugement se formait ; je pris de là occasion de lui expliquer ce qu'on entend par des conjectures, des probabilités, des conséquences, etc. Elle me comprit très bien, et quand je lui contai sur quoi je fondais l'idée que c'était la mère de Minou, elle frémit en pensant que c'était un ours qui l'avait apporté au milieu de la grotte. « Eh! croyez-vous, maman, qu'il l'aurait mangé? me demanda-t-elle.

— Je n'en voudrais pas répondre, lui dis-je, si la faim l'avait pressé : on assure que les ours, très dangereux quand on les attaque, ne font pas de mal à l'homme, et surtout aux enfants, qu'ils paraissent aimer. Mais je ne voudrais pourtant pas m'y fier, et je ne puis comprendre ce que cet ours en aurait fait; il serait au moins mort de faim, car il ne paraît pas que l'ourse eût pu l'allaiter, puisqu'elle n'avait pas de petits, et par conséquent point de lait. — Pauvre petit, ce n'est pas nous qui te laisserons mourir de faim; si nous n'avons pas de lait nous avons des figues, et il ne t'en manquera pas. Allons en chercher, maman ; celles du tas ne sont pas bonnes. »

» La pluie avait cessé, j'avais un peu d'espoir de retrouver la pauvre mère. Mes filles donnèrent à l'enfant du miel délayé dans de l'eau, qu'il prenait très bien avec un bout de roseau. Il ne pleurait plus et s'accoutumait à nous. Je jugeai qu'il avait sept ou huit mois; je le pris dans mes bras et nous dépassâmes le petit bois, où il n'y avait pas de figuiers, pour en chercher plus loin ; j'en trouvai bientôt plusieurs couverts de leurs petits fruits violets. Pendant que je les cueillais, Sophie et Mathilde s'occupaient de leur petit favori; elles arrangèrent au pied de l'arbre un joli lit de mousse, décoré de fleurs, sur lequel elles le placèrent, et lui firent sucer des figues, qu'il aimait beaucoup. Ces petites filles, aux cheveux blonds, au teint rose et blanc, et ce petit négrillon au milieu d'elles, ayant tous trois les grâces de l'enfance, formaient un tableau délicieux que je ne pouvais regarder sans attendrissement. »

XXIII. — Suite.

« Il y avait au plus une heure que nous étions au pied du figuier, lorsque de nouveaux cris se firent entendre. Ils ne m'effrayèrent pas; j'eus bientôt distingué que c'étaient les cris de douleur de sa pauvre mère, et j'étais si sûre de la consoler. Son désespoir la ramenait où elle croyait que son enfant avait été dévoré; elle voulait, d'après ce qu'elle nous a dit, quand nous avons pu nous entendre, en chercher quelques restes, des cheveux, des os, ne fût-ce qu'un morceau de l'écorce qui l'entourait ; et c'est lui, c'est lui plein de vie et de force qu'elle va retrouver. Elle s'avançait en sanglotant, et cherchant à terre les restes de son fils. Elle était si absorbée dans cette triste recherche, qu'elle ne nous voyait pas, quoique nous ne fussions plus qu'à vingt pas d'elle. Tout-à-coup Sophie s'élance comme un trait, court à elle, et saisit sa main en lui disant : « Viens, viens, il est là, Minou. » Canda ne sait ce qu'elle voit, ce qu'elle entend : elle prend ma fille pour une apparition surnaturelle, et ne lui résiste pas. Frappée d'étonnement, elle se laisse conduire en silence auprès du figuier, et là encore elle ne reconnaît pas d'abord le petit être développé de ses liens, à demi habillé, couvert de fleurs, et entouré de trois divinités, car elle nous prenait pour telles, et voulait se prosterner devant nous. Elle le crut bien plus encore lorsque je pris son enfant dans mes bras, et le posai dans les siens ; alors elle le reconnut, et Minou aussi lui tendit les bras et se jeta sur son sein. Non, je n'ai point de mots pour vous exprimer la joie, le saisissement et les transports de cette bonne mère ; elle poussait des cris, serrait son fils à l'étouffer, disait avec volubilité des mots que nous ne comprenions pas, pleurait, riait, dansait, était enfin dans un touchant délire qui effraya Minou. Il commença à pleurer et se jeta contre Sophie, qui pleurait aussi à chaudes larmes, ainsi que Mathilde. Canda les regardait avec surprise, elle apaisa son enfant en lui présentant son sein, qu'il hésita longtemps à prendre. Enfin il le saisit, et sa mère fut alors complètement heureuse. Je choisis ce moment pour tâcher de lui faire entendre que la grosse bête l'avait apporté, et que nous l'avions trouvé et soigné ; je lui pris la main et lui fis signe de me suivre, ce qu'elle fit d'abord sans balancer ; mais à peine lui eus-je montré la grotte, que, sans vouloir y entrer, elle prit la fuite, emportant son enfant avec une telle vitesse, qu'il nous fut impossible de l'arrêter. Elle fut bientôt hors de notre vue.

» J'eus bien de la peine à consoler mes filles, qui croyaient avoir perdu pour toujours leur cher Minou, et trouvaient sa mère très ingrate de le leur avoir enlevé sans avoir pu seulement lui dire adieu. Elles pleuraient et se fâchaient encore quand nous vîmes arriver de loin les objets de leurs regrets et de leur colère ; mais Canda n'était pas seule, et ne portait plus son fils ; un homme la suivait en le serrant dans ses bras. Ils furent bientôt dans notre grotte, et prosternés devant nous.

» Vous connaissez Parabéri ; sa physionomie nous plut et nous rassura. Comme parent du roi, il portait la distinction d'une ceinture de feuillage ; son corps était tatoué, et peint de diverses couleurs, mais non pas son visage, qui exprimait la bonté et la reconnaissance, jointes à beaucoup d'intelligence. Il comprit la plupart de mes signes, et m'en fit à son tour, que je n'interprétai pas aussi facilement, mais où je vis beaucoup de bienveillance. Pendant notre entretien muet, mes filles en avaient un plus intelligible avec Canda et Minou. Elles mangèrent le dernier de caresses, elles lui firent sucer des figues et du miel, et l'amusèrent si bien, qu'il ne voulut plus les quitter. Leur mère, loin d'en être jalouse, en était enchantée et caressait aussi beaucoup mes filles, admirait leurs cheveux argentés, leur peau blanche, les faisait admirer à son mari, et répétait Minou après elles, mais y ajoutant toujours *Minou*, et paraissait trouver ce nom charmant. Sur quelques mots que lui dit Parabéri, elle posa Minou-Minou sur les bras de Sophie, et tous deux s'en allèrent en faisant signe qu'ils reviendraient ; ce ne fut que vers le soir. Sophie et Mathilde furent en pleine jouissance de leur petit élève ; elles voulaient lui apprendre à marcher, à parler, et m'assuraient qu'il faisait de grands progrès. Elles commençaient à espérer qu'on le leur avait laissé tout-à-fait, lorsque Parabéri et Canda reparurent ; l'un succombait sous le poids de deux peaux d'ours, et d'une belle natte de joncs, pour fermer ma grotte ; Canda portait sur sa tête un panier rempli de fruits excellents, des cocos, des fruits de l'arbre à pain, qu'ils appelaient *rima*, des ananas, des figues, des ignames, et enfin un morceau de l'ours rôti sur des charbons, que je trouvai bien mauvais ; mais je me régalai des fruits et du lait des cocos, que je trouvai très bon, et dont Minou-Minou eut sa bonne part. Les peaux d'ours furent étendues au milieu de la caverne ; Parabéri, Canda, et leur fils entre eux deux, s'établirent sans façon sur l'une d'elles, et nous firent signe de nous coucher sur l'autre. Mais ces peaux n'ayant point été préparées, puisque les ours n'étaient tués que de la veille, exhalaient une odeur insupportable, je le leur fis comprendre. Parabéri se hâta de les emporter et de les mettre dans le ruisseau, assujéties avec des pierres, et apporta en échange un tas de feuilles et de mousse sur lequel nous dormîmes très bien. Dès ce moment nous ne fîmes plus qu'une famille ; Canda resta avec nous et rendait à mes filles et les soins et les caresses dont son Minou-Minou était accablé : jamais enfant ne fut plus heureux ni plus gâté, il le méritait par son intelligence et sa gentillesse. Au bout de quelques mois, il balbutiait déjà des mots d'allemand, ainsi que sa mère, dont j'étais l'institutrice, et qui fit des progrès rapides. Parabéri était peu avec nous, mais il devint notre pourvoyeur et nous fournissait abondamment tout ce qu'il fallait pour notre nourriture. Il nous arrangea des troncs d'arbres pour nous servir de table et de chaises ; Canda apprit à mes filles à faire des paniers charmants, et des espèces de plateaux de même, qui nous servirent d'assiettes et de plats ; Parabéri nous fit des couteaux de pierres éguisées ; de leur côté, mes filles lui apprirent à coudre. Au moment du naufrage nous avions chacune dans nos poches de ces ménagères de maroquin pourvues de fils et d'aiguilles, au moyen de quoi nous avions entretenu notre linge, et nous fîmes ensuite des vêtements de feuilles de palmier. Les peaux d'ours, nettoyées dans le ruisseau et séchées à un soleil ardent, n'eurent plus d'odeur, et nous ont été très utiles dans la saison froide et pluvieuse. Pendant les beaux jours nous faisions, depuis que nous avions des guides, des excursions dans l'île. Minou-Minou apprit à marcher, et, fort comme un petit insulaire, il put nous accompagner dans nos promenades. Nous en fîmes une un jour jusqu'au bord de la mer ; je la revis avec effroi et douleur, et Canda, à qui je dis qu'elle avait englouti mon mari et mon fils, pleura beaucoup avec moi. Elle commençait à parler assez l'allemand et nous sa langue pour pouvoir nous entendre. Elle me raconta qu'un *ami noir* (c'est ainsi qu'elle désignait Monsieur, dit-elle en montrant le missionnaire) était venu dans une île voisine leur annoncer un être tout bon et tout-puissant, qui demeure au ciel et qui entend tout ce qu'on lui dit. Ses idées étaient très confuses, mais j'essayai de les rendre plus claires et plus positives. « Je vois bien, me dit-elle, que vous le connaissez aussi ; c'est sans doute lui à qui vous parlez le matin et le soir, prosternée comme nous le faisons devant le roi Bara-ourou ? — Oui, Canda, lui dis-je, c'est devant celui qui est le Roi des rois, à qui

nous devons la vie; qui nous conserve, qui nous comble de bienfaits et nous en destine encore plus après cette vie. — Est-ce lui
qui vous a commandé d'avoir soin de Minou-Minou, et de me le
rendre? me demanda-t-elle. — Oui, Canda, il ordonne tout ce qui
est beau et bon; c'est lui qui vous a mis dans le cœur tout le bien
que vous nous avez fait. »

» Je tâchai ainsi de préparer cette âme neuve et simple aux cé-
lestes vérités que M. Willis devait graver dans son cœur. « Vous
m'avez laissé bien peu de chose à faire, dit M. Willis; j'ai trouvé
Canda et Parabéri disposés à croire avec une foi sincère la sainte
religion que je venais leur enseigner, et le Dieu des amies blanches
était déjà le seul qu'ils adoraient. Je connaissais Parabéri; il était
venu pour la pêche des phoques dans l'île où j'avais fait mon établissement; j'eus occasion de le voir, et son air honnête et bon m'inté-
ressa. « C'est l'amie blanche, me dit-il, qui m'a appris cela, et
qui l'apprend à Canda et à Minou-Minou, qu'elle a sauvé et qu'elle
rend bon comme elle. » J'eus un vif désir, continua M. Willis, de
connaître celle chez qui je trouvais un si puissant auxiliaire pour la
tâche que j'avais entreprise. Je le dis à Parabéri, qui m'offrit son
canot pour m'amener ici; j'y vins et je trouvai dans une misérable
grotte, ou plutôt dans une tanière d'ours, toutes les vertus de l'âge
mûr réunies aux grâces de la jeunesse; une mère résignée et pieuse,
élevant ses deux filles, comme le devraient être toutes les femmes,
dans la simplicité, la résignation, l'amour du travail.

» Trouvant cette peuplade en si bon état, et désirant profiter moi-
même de la société de l'intéressante famille européenne, jetée comme moi sur une plage lointaine, je me décidai à fixer mon domicile
dans cette île.

» Parabéri m'eut bientôt bâti une hutte dans le voisinage de la
grotte. Madame Hirtel exigea de moi de prendre une des peaux
d'ours. J'ai formé mon établissement peu à peu, et partagé avec
ma digne voisine quelques ustensiles que j'avais apportés d'Europe,
et nous avons vécu heureux et tranquilles. Nous voici au moment
qui nous a rapprochés. Quelques insulaires de cette île, en navi-
guant pour la pêche, furent jetés par le vent sur la vôtre. A l'entrée
d'une grande baie ils trouvèrent une nacelle d'écorce, amarrée avec
soin à un arbre; soit leur penchant inné pour le vol, soit l'idée

qu'elle n'avait point de maître, puisqu'ils ne voyaient personne, ils s'en emparèrent et l'emmenèrent chez eux. J'en eus l'avis, et fus curieux de la voir. Je reconnus d'abord que cette embarcation était de fabrique européenne ; elle était faite avec soin, d'une forme élégante ; les rames, le gouvernail, les balanciers, le mât et la voile triangulaire, tout annonçait qu'elle n'avait pas été construite par des sauvages. Les bancs des rameurs étaient faits de planches et peints à l'huile, et ce qui me le prouvait plus encore, était un beau et bon fusil chargé qui se trouva dedans, et dans un réduit pratiqué sous l'un des bancs, une boîte de corne pleine de poudre. Je fis alors mille questions sur le lieu où cette nacelle avait été trouvée. Toutes les réponses me confirmèrent dans l'idée que cette île était habitée par un Européen à qui on avait ôté peut-être le seul moyen de la quitter.

» Tourmenté par cette idée, je tâchai d'engager ceux qui l'avaient prise à la ramener et à chercher avec soin dans toute l'île si elle n'était pas habitée. Je ne pus obtenir la restitution de la nacelle ; mais, me voyant très agité sur cet objet, ils résolurent, sans me le dire et croyant me faire un grand plaisir, de retourner dans cette île, et s'ils trouvaient quelqu'un, de me l'amener de force ou de gré. Parabéri, toujours à la tête de toutes les entreprises périlleuses, et qui m'était attaché, voulut être de celle dont le but était de me faire plaisir. Ils partirent, et vous ne savez que trop le résultat de leur course. Je laisse à votre femme le soin de vous raconter son enlèvement, et je passe au moment de son arrivée. Mes sauvages me l'amenèrent en triomphe, en m'exprimant leur chagrin de n'avoir trouvé qu'une femme et un enfant que je pourrais donner à l'amie blanche. C'est à quoi je ne manquai pas. Votre femme était désolée et malade ; je me hâtai de la conduire à la grotte avec votre François. Elle y trouva une compatriote allemande, qui la reçut avec une bien grande joie ; François remplaça son Alfred tant regretté, et les deux bonnes et tendres mères s'entendirent bientôt. Malgré le zèle d'une sincère amitié, nous ne pouvions consoler votre Elisabeth d'être séparée de vous et de ses enfants, et de la crainte des dangers où vous vous exposeriez pour la retrouver ; nous avons même craint qu'elle ne perdît la raison, quand le roi Bara-ourou est venu prendre François. Il l'avait vu au moment de son arrivée et en était enchanté. Il revint le voir encore, et résolut de l'adopter pour son fils. Vous savez ce qui s'est passé à ce sujet, et vous voilà réuni à tout ce que vous aimez au monde.

» Bénissez Dieu, mon frère, qui sait tirer le bien de ce qui nous paraît un mal, et reconnaissez la sagesse de ses voies. Vous retournerez tous ensemble dans votre île. Je m'intéresse trop au bonheur d'Emilie pour ne pas désirer qu'elle vous suive ; j'irai à mon tour vous y joindre si Dieu le permet. »

Je supprime toutes nos réflexions sur l'intéressante histoire que nous venions d'entendre, et notre reconnaissance pour ce qui l'avait terminée ; et je passe au récit de l'enlèvement de ma femme, récit que je lui demandai avec instance, et qu'elle fit en ces termes.

XXIV. — Elisabeth.

« Mon histoire ne sera pas longue, je pourrais la faire en deux mots : *Tu m'avais perdue et tu m'as retrouvée.* Bien des maris n'en seraient pas aussi contents que toi ; mais, puisque tu l'es, je dois bénir le ciel d'un événement qui m'a prouvé combien je te suis chère, et qui me vaut l'inestimable bonheur d'avoir une amie et ses deux charmantes filles, qui seront aussi les miennes. Peut-on trop payer des biens aussi précieux, et puis-je me plaindre de ceux qui me les ont procurés, fût-ce même avec violence ? mais je dois leur rendre justice, cette violence fut aussi douce qu'elle pouvait l'être. Il suffit de dire que Parabéri en était pour que tu sois certain que je n'ai pas été maltraitée, et que c'est le chagrin seul d'être séparée de toi qui a altéré ma santé. Elle sera bientôt rétablie, et dès que Jack pourra marcher, je serai prête à rembarquer pour notre île Heureuse. Puisque tu désires savoir comment j'en suis sortie, je vais tâcher de me le rappeler.

» Quand tu partis avec tes trois fils aînés pour faire le tour de l'île, tu me laissas assez tranquille : tu m'avais avertie que tu reviendrais tard, peut-être même le lendemain ; je ne fus pas inquiète de ce que la soirée se prolongeait sans vous revoir. Mon cher François me tint fidèle compagnie ; nous allâmes ensemble arroser le jardin et nous reposer dans la grotte Ernestine, puis je revins à la maison, et je m'établis avec mon rouet sur ma chère galerie, d'où je pouvais vous voir arriver plus tôt. Quand François me vit si bien établie il me demanda la permission d'aller à votre rencontre jusqu'au pont, j'y consentis de bon cœur. Il partit et je restai seule, et je pensais au plaisir que j'aurais de vous revoir et de vous faire raconter votre voyage, lorsque je vis accourir François, qui me dit avec une extrême émotion : « Maman, maman, il y a un canot sur la mer, je crois que c'est le nôtre qui était resté là-bas ; il est tout plein d'hommes, ce sont peut-être des sauvages.

— Petit imbécile, lui dis-je, c'est ton père et tes frères, puisqu'ils sont dans le canot ; je n'en ai aucun doute. Ton père m'a dit en partant qu'il irait le prendre au retour pour le ramener ici, et qu'ils reviendraient par eau ; je l'avais oublié quand je t'ai laissé partir. A présent c'est au rivage qu'il faut aller à leur rencontre, et j'ai bien la force de te suivre ; viens, donne-moi le bras ; et nous marchâmes ainsi bien joyeux au-devant de nos ravisseurs. Hélas ! j'eus bientôt reconnu mon erreur ! c'était en effet notre canot ; mais, au lieu de vous, chers amis, il y avait six sauvages, avec des mines terribles, qui débarquèrent et nous entourèrent. Mon sang se glaça de terreur ; quand j'aurais voulu fuir je ne l'aurais pas pu. Je tombai à peu près sans connaissance sur la plage ; j'entendais encore les cris de désespoir de François qui s'attachait à moi et me serrait de toutes ses forces ; les miennes m'abandonnèrent complètement ; je n'entendis plus même mon enfant, et je ne repris mes sens que sur le canot, au fond duquel j'étais couchée. Mon fils, à côté de moi, fondait en larmes et cherchait à me ranimer ; il était aidé par un des sauvages, dont la mine était moins repoussante que celle de ses camarades, et qui semblait avoir sur eux quelque autorité, c'était le bon Parabéri. Il me fit avaler quelques gouttes d'une liqueur fermentée que je trouvai détestable, mais qui me ranima. Je repris, avec mes facultés, celle de sentir toute l'étendue de mon malheur et du vôtre, chers amis, lorsque vous ne me retrouveriez pas dans notre île. Ce qui m'empêcha de succomber à ma douleur fut d'abord mon François, qui du moins me restait encore, et me conjurait, les mains jointes, de vivre pour lui, et puis une idée vague que, puisqu'ils étaient dans notre canot, les sauvages vous avaient peut-être déjà emmenés, et que nous allions vous revoir. Dieu ! pour quelle vie, ou plutôt pour quelle mort ! mais n'importe, pourvu que je vous revisse encore, il m'était plus doux de mourir avec vous que de vivre sans vous, et j'étais bien sûre que vous pensiez de même.

» Je fus confirmée dans cet espoir, quand je vis que les sauvages, au lieu de prendre le large, côtoyaient notre île, et qu'ils entrèrent dans notre grande baie ; c'était là sans doute où j'allais vous retrouver. Vain espoir qui fut bientôt détruit ! Deux ou trois de ces hommes affreux nous attendaient sur le rivage ; ils parlèrent à ceux du canot, et je compris à leurs gestes qu'ils disaient n'avoir trouvé personne. J'ai su depuis, par Canda, qu'en débarquant à la grande baie, ils avaient laissé quelques-uns des leurs avec l'ordre de parcourir l'île pour découvrir de ce côté ceux qui l'habitaient, tandis que les autres iraient avec le canot visiter l'autre côté ; et ceux-là n'avaient que trop réussi. La nuit s'avançait, et c'est sans doute ce qui les empêcha de piller notre maison, tant ils étaient pressés de retourner chez eux. Je crois d'ailleurs qu'aucun d'eux ne serait parvenu jusqu'à Zeltheim, défendu par notre forte palissade, et caché par les rochers dans lesquels notre maison est bâtie ; et ceux qui venaient par mer nous ayant trouvés sur le rivage, n'étaient pas allés plus loin.

» Lorsque tous furent sur le canot, il cingla en pleine mer, à la clarté des étoiles ; j'aurais, je crois, succombé à mon effroi et à mon malheur, sans mon cher François, et j'ose le dire, sans ma chère chienne Bill, qui ne m'avait pas quittée. François me dit qu'elle avait voulu me défendre, et s'était jetée sur ceux qui m'enlevaient ; mais un des sauvages arracha mon tablier, le déchira, en enveloppa le museau de la chienne comme d'une muselière, en l'attachant fortement avec le cordon, lui lia les pattes de devant, et la jeta dans le canot, où la pauvre bête se coucha à mes pieds en faisant entendre les plus tristes gémissements. Elle arriva avec nous dans cette île, les sauvages l'emmenèrent, et je ne la revis plus ; je l'ai souvent demandée à Parabéri, il n'a pu me dire ce qu'elle est devenue.

— Mais je le sais, s'écria Fritz, et l'ai revue. Nous avions pris Turc avec nous, les sauvages amenèrent Bill avec eux dans la partie déserte de l'île où Jack nous fut enlevé ; nos deux chiens s'y rencontrèrent. Lorsque j'eus le malheur de blesser mon frère, je ne pensai plus à eux, ils s'étaient égarés en chassant les kangurous ; nous les y avons laissés et sans doute ils y sont encore. Si mon père y consent, j'irai les chercher dans le canot de Parabéri; il ne faut pas abandonner ces pauvres bêtes. Puisque nous étions obligés de rester encore quelques jours pour guérir Jack, je consentis à cette course, pourvu que Parabéri les accompagnât; elle fut fixée au lendemain. Ernest demanda à en être pour voir les beaux arbres et les belles fleurs dont Fritz lui avait parlé. Moi je priai que l'on poursuivît la narration, que l'épisode des chiens avait interrompue. Ce fut François qui s'en chargea et qui reprit au moment où sa mère nous avait laissé :

« Notre traversée fut heureuse, la mer était calme et le canot s'y balançait si doucement, que maman s'endormit et moi de même. Il faut, papa, que vous ayez pris pour venir ici un chemin beaucoup plus long, puisque votre voyage a duré trois jours, et que nous arrivâmes le lendemain. Maman était éveillée depuis longtemps et ne cessait de pleurer, en se voyant aussi loin de notre île, et séparée pour jamais, elle le croyait alors, de vous et de mes frères. Son désespoir touchait beaucoup Parabéri; il s'efforçait de la consoler, et il y parvint enfin en lui adressant deux ou trois mots d'allemand, en lui montrant le ciel : ces mots assez intelligibles étaient *Dieu puissant, bon*; et puis *ami noir et amie blanche*, et il y joignit les mots de *Canda, d'ours,* et de *Minou-Minou*. Nous ne savions ce qu'il voulait dire; mais il avait l'air si gai en les prononçant, qu'il nous faisait plaisir : il suffisait qu'il prononçât le nom de Dieu en allemand pour nous donner toute confiance, sans pouvoir comprendre où et comment il avait appris ces mots. « Sans doute, me disait maman, il a vu ton père et tes frères. » Je le pensais aussi; cependant il me paraissait bien difficile qu'en aussi peu de temps il eût pu apprendre et retenir ces mots. Quoi qu'il en soit, maman était si contente de les entendre, qu'elle aurait toujours voulu l'avoir à côté d'elle, et qu'elle lui apprit aussi à prononcer les mots de *père*, de *mère* et de *fils*, qui ne lui paraissaient pas étranges et qu'il sut bientôt. Comme elle me montrait toujours, en les prononçant, et puis elle-même, il les comprit très bien, et nous dit, en riant aux éclats, et faisant voir ses longues et larges dents blanches comme de l'ivoire : *Canda mère, Minou-Minou fils, Parabéri père, amie blanche mère*. Maman croyait qu'il voulait parler d'elle, c'était de madame Emilie. Il cherchait à prononcer ce nom et deux autres, mais n'en pouvait venir à bout. Enfin il dit *petites, petites,* et nous fûmes toujours plus convaincus qu'il avait vu des Allemands, ce qui nous redonna du courage.

» Quand je vis que maman était un peu consolée, je sortis mon flageolet pour l'amuser, et je lui jouai l'air des couplets d'Ernest. Le souvenir de cet air lui fit verser des pleurs abondants ; elle me dit de me taire ; les sauvages au contraire voulaient que je continuasse, et je ne savais à qui obéir. Je cessai cet air touchant, et je jouai le plus gai de tous ceux que j'avais appris. Transportés jusqu'au délire, ils me prirent dans leurs bras tour à tour, en répétant : *Bara-ourou, Bara-ourou;* je le dis avec eux, et leurs caresses redoublèrent. Maman témoignait tant d'inquiétude en me voyant entre leurs bras, que je leur échappai pour retourner auprès d'elle.

» Enfin nous arrivâmes, et l'on nous fit débarquer ; il fallut porter maman, qui était trop faible pour marcher. A cent pas environ du rivage nous vîmes un grand bâtiment de bois et de roseaux au devant duquel était une foule de sauvages. L'un, très grand et moins laid que tous les autres, s'avança pour nous recevoir : il était aussi vêtu à demi d'une espèce de pagne assez orné ; il portait un collier de coquillages enfilés qui pendaient sur sa poitrine ; il était un peu défiguré par un os blanc qui traversait sa narine. Mais vous l'avez vu, mon père, lorsqu'il voulait m'adopter ; c'était le roi de l'île, c'était *Bara-ourou.* Je lui fus présenté et je trouvai grâce devant lui ; il me prit dans ses bras, toucha le bout de mon nez avec le sien, et admira beaucoup mes cheveux. Mes conducteurs m'ordonnèrent de jouer de mon flageolet ; j'obéis, et quelques airs d'allemandes les mirent si bien en train de danser et de sauter, que le roi tomba par terre de fatigue et me fit signe de cesser. Il parla ensuite longtemps aux sauvages rangés en cercle autour de lui. Il vit alors maman assise dans un coin auprès de son protecteur Parabéri. Le roi appela ce dernier, qui força ma mère à se lever, et la présenta à sa majesté. Bara-ourou ne fit attention qu'au mouchoir des Indes rouge et jaune qui était autour de sa tête ; il le prit sans façon et le mit autour de la sienne, en répétant *miti,* qui veut dire *beau.* Il nous fit ensuite retourner au canot, dans lequel nous remontâmes ; il s'y plaça lui-même, et ne s'occupa que de moi et de mon flageolet, dont il essaya de jouer en soufïant dedans avec le nez ; ce qui ne lui réussit point.

» Après avoir dépassé une pointe, qui semblait partager l'île en deux, nous débarquâmes sur un rivage sablonneux. Parabéri et un autre sauvage portaient ma mère et marchaient en avant. Nous arrivâmes devant une grande hutte semblable à celle du roi, mais moins vaste ; là, nous fûmes reçus par, M. Willis, que nous comprîmes être *l'ami noir*, et, dès ce moment, nous n'eûmes plus aucune crainte. Il nous prit sous sa protection, parla d'abord à Parabéri, puis au roi dans leur langue, et enfin à maman en allemand mêlé de quelques mots d'anglais, que nous comprîmes très-bien. Il n'avait aucune connaissance de vous ni de mes frères ; mais, sur ce que lui dit maman, il promit de faire des recherches et de renvoyer le plus tôt possible dans notre île. En attendant il lui offrit de la mener près de là, chez une amie qui aurait soin d'elle et la guérirait, car pauvre maman avait l'air de bien souffrir. Il fallut encore la porter jusqu'à la grotte ; mais là toute inquiétude cessa, et tout fut plaisir, car l'*ami noir* nous promettait de vous retrouver, et l'*amie blanche* nous reçut comme si déjà nous étions ses amis ; et Sophie et Mathilde me prirent d'abord pour leur frère, et m'aiment comme si je l'étais. Oh ! cher papa, quel bonheur eût été le nôtre si vous eussiez tous été là ! mais nous espérions que vous y viendriez, et c'était déjà beaucoup. Madame Mimi fit coucher maman sur la peau d'ours, lui donna des boissons, du lait de coco ; Sophie et Mathilde me menèrent cueillir des fraises, des figues et des fleurs ; nous prîmes aussi des poissons dans le ruisseau entre deux claies d'osier. Minou-Minou, qu'elles aiment tant et qui est si gentil, était aussi de la partie avec nous ; et, pendant que madame Emilie et Canda soignaient maman, nous nous sommes bien amusés.

» Le roi Bara-ourou revint le lendemain pour voir son petit favori. Il me caressa beaucoup et voulait m'emmener avec lui dans une autre partie de l'île, où il allait souvent chasser ; mais je ne voulus pas quitter maman et mes petites amies ; j'eus bien tort ; c'est là, papa, où vous étiez avec mes frères ; c'est là où Jack fut blessé et enlevé ; j'aurais empêché tout cela, et vous seriez, depuis lors, avec nous. Oh ! combien je suis puni de ma résistance ! c'est moi, bien plus que Fritz, qui suis cause de cette blessure.

» Quand Bara-ourou vit que je ne voulais pas le suivre, il me laissa ; mais il revint le soir même à la grotte, et jugez, papa, de notre surprise, de notre joie et de notre chagrin, quand il nous fit apporter mon pauvre Jack blessé et souffrant horriblement, mais pourtant si heureux de nous retrouver ! Le roi dit à M. Willis qu'il était sûr que c'était mon frère, et qu'il m'en faisait présent, ainsi qu'à notre maman, en échange de son mouchoir. Maman le remercia mille fois, et coucha Jack à côté d'elle. Elle apprit de lui tout ce que vous aviez fait pour nous retrouver. Le bon M. Willis, à qui je dis où je vous avais laissés, lui promit de vous chercher et de vous amener près d'elle ; il examina ensuite la blessure de Jack. M. Willis travailla tout de suite à retirer la balle ; il eut bien de la peine, et Jack souffrit beaucoup : mais enfin elle sortit, et tout va à présent le mieux du monde. Quand nous serons tous dans notre île, Mathilde, Sophie, Minou-Minou, Canda, Parabéri, vous, papa, nos deux mamans et M. Willis, nous serons un beau monde, n'est-ce pas ? M. Willis pansa son blessé, et nous fit espérer qu'il serait en état de partir dans cinq ou six jours. « A présent, mon cher Jack, lui dis-je, c'est à toi de nous conter ton histoire. Ton frère t'avait laissé en train d'amuser les sauvages par tes bouffonneries, et jamais elles ne furent mieux employées. Comment leur vint tout-à-coup l'idée de t'emmener ?

JACK. Parabéri dit que c'est ma ressemblance avec François qui les frappa au moment où je pris mon flageolet.

» Dès que j'en eus joué un instant, celui qui avait le mouchoir de maman sur la tête, et que j'ai su depuis être le roi, m'interrompit en jetant un cri perçant, et en frappant des mains. Il parla vivement aux autres, en leur faisant remarquer mes traits et mon instrument, qu'il me prit ; il regarda aussi ma veste de toile bleue, comme celle de François, que l'un d'eux avait attachée sur ses épaules, ainsi qu'un manteau, puis il donna, sans doute, l'ordre de me saisir et de me porter au canal. Ils se jetèrent tous sur moi ; je criais comme un démon, je leur donnais des coups de pied, je les égratignais ; mais que pouvais-je contre sept ou huit grands sauvages ? Ils me lièrent les jambes ensemble avec les cordes de leurs kangurous, et puis les mains derrière le dos, et m'emportèrent comme un paquet. Il ne me restait plus que le pouvoir de crier et d'appeler Fritz ; il n'arriva que trop vite. Je ne sais comment, en voulant me défendre, le coup partit, et la balle vint se nicher dans mon épaule.

» J'en reviens à mon enlèvement. Quand mon pauvre Fritz vit que j'étais blessé, il tomba par terre de tout son long et resta sans mouvements, comme si le même coup l'avait tué. Les sauvages le crurent mort, prirent son fusil et me portèrent dans leur canot. J'étais au désespoir, bien plus de la mort de mon frère que de ma blessure et de ma captivité ; je n'y pensais même plus, et j'aurais voulu qu'on me jetât au fond de la mer. Aussi je fus consolé de tout quand je vis Fritz accourir de toutes ses jambes au rivage ; nous partions, je pus encore lui crier quelques mots pour le consoler aussi. Les sauvages étaient bons pour moi ; ils me délièrent, et l'un d'eux me soutint assis sur le balancier ; ils lavèrent ma blessure avec l'eau salée de la mer ; ils la sucèrent, déchirèrent mon mouchoir de poche pour en faire une compresse ; et, quand nous eûmes débarqué, ils y mirent le jus d'une plante qui arrêta le sang. Nous allions très vite, et nous passâmes devant la place où nous avions débarqué le matin. Je la reconnus ; je distinguai Ernest debout sur une colline de sable, et nous regardant ; je lui tendis les bras. Il me sembla aussi vous voir, mon père ; vous criâtes, les sauvages poussèrent des hurlements, je criai de même de toutes mes forces ; mais ils allèrent comme le vent, je vous perdis de vue, et j'étais bien malheureux ! Je ne me doutais guère que l'on me conduisait vers maman. Dès que nous eûmes débarqué, on me porta dans cette grotte, où je crus mourir de surprise et de joie quand je fus reçu par maman, par François, et puis par Sophie, Mathilde, maman Emilie, et M. Willis, qui est pour moi un second père. Voilà mon histoire finie. C'est une jolie fin que d'être tous ensemble, et qu'est-ce qu'un peu de mal avec tant de bonheur ? C'est à toi que je le dois, mon cher Fritz ; si tu m'avais laissé couler au fond de la mer, au lieu de me tirer par les cheveux, je ne serais pas ici, heureux comme je le suis ; je remercie aussi ton fusil ; grâce à lui j'ai été le premier près de maman et des bonnes amies. » Le lendemain Fritz et Ernest firent leur course projetée dans le canot de Parabéri, pour retrouver nos chers chiens. Ce bon insulaire apporta son canot sur ses épaules, au rivage ; je les accompagnai jusque-là, et les vis partir non sans crainte sur une embarcation aussi légère, où l'eau entrait de tous côtés et ressortait de même. Mais mes deux fils savaient nager, et le bon, le sage, le courageux Parabéri était avec eux et m'en répondit; j'allai rejoindre les amis de la grotte, et tranquilliser ma femme. Jack se désolait de ne pas être de la partie, et Sophie se fâchait de ce qu'il aurait voulu la quitter et s'exposer sur cette mer qui avait englouti Alfred. Alors *M. de la Vague* se décidait à rester sur terre.

Le soir nous eûmes le plaisir de voir entrer dans la grotte nos deux vaillants chiens, qui s'y précipitèrent et firent d'abord une grande peur aux deux petites, qui les prirent pour des ours; mais elles furent bientôt rassurées en les voyant sauter autour de nous, aller de l'un à l'autre, nous lécher, nous faire mille caresses à leur manière, que nous leur rendîmes bien. Mes fils les suivirent et nous dirent qu'ils n'avaient eu nulle peine à les trouver; ils étaient accourus au premier appel, et avaient témoigné leur joie de retrouver leurs maîtres.

Des restes de kangurous tués rassurèrent ceux-ci sur leur faim; mais n'ayant pas trouvé d'eau douce, à ce qu'il paraît, ils mouraient de soif, et se précipitèrent dans le ruisseau dès qu'ils l'eurent trouvé, et y retournèrent encore, puis nous suivirent dans la cabane du bon missionnaire, qui, ce jour-là, avait parcouru les habitations des insulaires et prêché le saint Evangile.

Je l'avais accompagné dans cette pieuse excursion; mais, ne sachant point la langue des sauvages, je n'avais pu l'aider. Je fus cependant édifié du ton simple et pénétré dont il leur parlait et du recueillement avec lequel on l'écoutait. Il finit par une prière à genoux, et tous l'imitèrent en levant leurs yeux et leurs mains au ciel. Il me dit qu'il tâchait de leur faire célébrer le dimanche en les réunissant dans sa cabane, dont il voulait ensuite faire un temple d'adorateurs du vrai Dieu. Son intention était de la consacrer uniquement à cet usage, et d'habiter la grotte d'Emilie dès que nous aurions quitté l'île.

Ce jour arriva enfin. L'épaule de Jack était à peu près guérie, et ma femme, heureuse et contente, avait repris toutes ses forces. La pinasse avait été si bien gardée, soit par Parabéri, soit par ses amis, qu'il n'y manquait rien. Je distribuai aux insulaires les objets qui pouvaient leur plaire, et les fis inviter par Parabéri à venir nous revoir dans notre île et à vivre en bons voisins. M. Willis désirait la connaître ; et, pour que rien ne manquât à notre bonheur, au moment du départ, il consentit à venir passer quelques jours avec nous.

Parabéri lui promit de le ramener quand il le voudrait. Nous nous embarquâmes tous, après avoir pris congé du roi Bara-ourou, qui nous combla à son tour de présents, de fruits de toute espèce, et d'un cochon tout entier, grillé sur des charbons, qui se trouva excellent.

Nous partîmes au nombre de quatorze individus, et de seize, en comptant nos deux chiens. Le missionnaire avait cédé à nos instances ; Parabéri avait pris un autre jeune insulaire pour le servir ; il était trop âgé et trop occupé de sa mission pour se passer de secours. Ce jeune homme, appelé Ouria, annonçait aussi de bonnes dispositions et lui était fort attaché ; il l'emmena avec lui pour l'aider à ramer au retour.

Emilie éprouva un moment d'attendrissement, en quittant cette grotte où elle avait passé quatre années, sinon heureuse, du moins tranquille, et remplissant ses devoirs de bonne mère. Un souvenir pénible et douloureux vint pénétrer son âme lorsqu'elle se vit sur cette mer qui renfermait dans son sein deux objets encore si chers à son cœur, et même elle ne put se défendre d'un mouvement d'effroi en songeant qu'elle ramenait sur ce perfide élément ceux qui lui restaient. Elle serrait ses filles dans ses bras, et, ses yeux levés vers le ciel, elle implorait pour eux la protection divine. M. Willis et moi, nous approchâmes d'elle et lui parlâmes de la bonté céleste ; je lui fis observer comme la mer était calme, ma pinasse sûre et le vent favorable. Ma femme lui parlait de notre établissement dans l'île, de notre jolie maison, lui promettait une grotte bien plus belle que celle qu'elle venait de quitter, et nous parvînmes à la calmer.

Après sept ou huit heures de navigation nous arrivâmes à notre grande baie de l'Espoir trompé, qui prit, dès ce moment, le nom de baie de l'heureux Retour.

Le chemin pour aller de là à Zeltheim à pied était beaucoup trop long pour les femmes et les enfants. Mon intention était de les mener par eau à l'autre bout de l'île, tout près de notre habitation ; mais mes fils aînés m'avaient prié de les descendre de ce côté, pour aller à la recherche de leurs bêtes, et les ramener au logis. Je les posai là avec Parabéri. Jack leur recommanda son buffle, François son taureau, et tous furent retrouvés. Nous côtoyâmes l'île en évitant les récifs. Nous arrivâmes dans la petite baie du Salut, et de là nous fûmes bientôt à Zeltheim, où nous revîmes tout, comme nous l'avions laissé, en très bon état.

Malgré les belles descriptions de ma femme, nos nouveaux hôtes trouvèrent notre établissement fort au-dessus de ce qu'ils attendaient. Il fallait voir Jack et François courir du haut en bas de la galerie, avec leurs petites amies ; il fallait les entendre leur raconter l'histoire des présents qu'ils avaient faits à leur mère ; leur montrer *Fritzia, Jackia, Franciade*, leur faire boire de l'eau des fontaines coquillées. L'absence avait encore embelli tous ces objets, et j'avoue que, moi-même, j'avais peine à me défendre de partager la joie de mes enfants et même leur folie. Minou-Minou, Parabéri et Canda étaient en extase, et répétaient sur tous les tons *beau* et *miti*. Ma femme s'occupait de ses préparatifs pour loger tout notre monde. La chambre de travail fut destinée au bon missionnaire ; madame Hirtel et ma femme prirent la nôtre, avec Sophie et Mathilde, dans les hamacs de mes fils aînés.

Canda, qui ne connaissait pas les lits, se trouva à merveille sur notre tapis. Fritz, Ernest et les deux sauvages s'arrangèrent comme ils purent et où ils voulurent, sur la galerie, à la cuisine ; tout leur était bon. Moi je me couchai sur de la mousse et du coton, à côté de M. Willis, et mes deux cadets avec moi. Chacun fut content de son domicile en attendant des arrangements ultérieurs.

CONCLUSION.

Je devrais terminer ici mon Journal. Nous sommes heureux; nous le serons tous les jours davantage, et je n'ai plus de soucis sur l'avenir de mes enfants. Fritz aime trop la chasse et la mécanique, et Ernest les sciences et l'étude, pour penser au mariage ; et j'aime à voir dans l'avenir mon Jack et mon François les heureux maris de Sophie et de Mathilde. Que me reste-t-il à dire que le lecteur ne puisse imaginer ? Les détails du bonheur, si doux à éprouver, sont assez fades à raconter.

Je dirai à ceux qui veulent absolument tout savoir, qu'après quelques jours M. Willis retourna dans son île, auprès de ses néophytes, en promettant de nous visiter et de se réunir un jour à nous ; que la grotte Ernestine, arrangée provisoirement par Fritz et Parabéri, devint un joli logement pour madame Hirtel, ses filles et le couple sauvage. Minou-Minou ne quittait pas ses jeunes mamans, et leur rendait déjà mille petits services. Je raconterai aussi que mon Ernest, sans abandonner l'étude de l'histoire naturelle, sans cesser de faire des collections très intéressantes, s'adonna à l'astronomie, remonta le grand télescope que nous avions sur le vaisseau, observa les astres et devint très habile dans cette science, si belle, si sûre, mais que sa mère jugeait très inutile. La marche des planètes lui était bien indifférente, pourvu que tout allât bien pour elle dans celle qu'elle habitait ; et rien ne lui manquait depuis qu'elle avait une amie et deux filles, qu'elle regardait déjà comme à elle.

L'année suivante nous eûmes la visite d'un vaisseau russe, *la Newa*, sous les ordres du capitaine Krusenstern, un de mes compatriotes et ancien ami, même un peu parent, et du même nom que moi. Le célèbre M. Horner de Zurich s'y trouva en qualité d'astronome.

Ayant lu la première partie de notre Journal, envoyé en Europe par le capitaine Johnson, il ne fut pas surpris de nous trouver dans cette île, qu'il cherchait. Enchanté de notre établissement, il fut le premier à nous exhorter à ne pas le quitter. M. de Krusenstern nous fit aussi l'honneur de visiter notre habitation, et nous offrit de nous prendre sur son bord, ce que nous fûmes loin d'accepter. Mais, tout en renonçant pour jamais à sa patrie, ma bonne Elisabeth fut charmée d'avoir des nouvelles des parents et des amis qu'elle y avait laissés. Elle accabla M. Horner de questions. Ainsi qu'elle l'avait prévu, sa bonne mère n'existait plus depuis bien des années, et mourut doucement en bénissant des enfants absents. Ma femme la pleura, mais fut consolée par l'idée de son bonheur éternel ; et, selon son système religieux, par celle d'en être moins séparée. Un de ses frères était mort aussi ; il avait laissé une fille, bien jeune lorsque nous étions partis, et qu'elle aimait beaucoup. Henriette Bodmer avait à présent seize ans, et M. Horner nous assura qu'elle était charmante. « Je voudrais qu'elle fût ici avec nous, » dit ma femme, en regardant ses fils aînés, et je compris sa pensée. Ernest, dans l'enchantement d'avoir un adepte de sa science favorite, ne quittait pas M. Horner. Celui-ci fut si content de son savoir, et l'astronomie les mit si bien en rapport, que mon fils consentit à le suivre en Europe, s'il obtenait notre aveu pour une séparation de quelques années. M. Horner me demanda, en me promettant de nous le ramener. C'était pour nous une grande privation; mais je sentais que son goût pour les sciences était bien circonscrit dans notre île, et devait être entretenu et cultivé sur un plus grand théâtre. Sa mère, qui n'aurait pas pris son parti de le voir s'éloigner, eut l'arrière-pensée qu'il verrait sa jolie cousine Henriette, et pourrait bien nous l'amener. Comme elle avait la pasison de marier tous ses fils, et qu'elle ne voyait point de femme dans notre île pour celui-là, cet espoir la fit consentir au départ de son cher Ernest. Ce ne fut pas sans verser bien des larmes au moment des adieux. La douleur de sa mère fit tant d'impression sur lui, que je le vis sur le point de laisser partir M. Horner. Mais ce dernier devait faire des observations si intéressantes sur le passage de Vénus, que mon jeune astronome ne put y résister. Il s'arracha de nos bras et quitta l'île chérie, en nous promettant d'y revenir et de nous apporter tout ce dont nous aurions besoin. En attendant, M. de Krusenstern nous laissa des provisions de poudre, de comestibles, de semences, et plusieurs excellents outils qui font le bonheur de Fritz et de Jack. Ils regrettent aussi beaucoup leur frère, et se consolent en continuant leurs travaux mécaniques avec l'aide de l'intelligent Parabéri. Déjà ils ont réussi à construire deux moulins près de la cascade, un à grain, l'autre à scier, ainsi qu'un beau et bon four. Ernest partit, et sa mère lui recommanda surtout·d'aller à Zurich, de voir sa cousine Henriette et la mienne, de chercher le capitaine Johnson, de se rendre exprès en Angleterre. Nous eûmes beaucoup de peine à nous accoutumer à l'absence de ce cher enfant; quoique son goût pour l'étude et surtout pour l'astronomie l'eût éloigné de nous et rendu moîns utile que ses frères, on retrouvait ses secours dans l'occasion, et toujours son bon conseil et son calme, son sang-froid, une douceur qui répandait un charme infini dans notre société. Il était lié à tous nos souvenirs de peines et de plaisirs, et nous manqua beaucoup. A ce chagrin près, nous étions parfaitement heureux, et nos différents travaux étaient distribués avec ordre. Fritz et Jack, chargés du département des constructions de toute espèce, avaient ouvert un passage au travers du roc pour pénétrer de l'autre côté de l'île, ce qui doubla notre domaine et nos richesses. Ils arrangèrent, en même temps, un appartement pour madame Hirtel, tout près du nôtre, et dans la même excavation du rocher. Fritz y mit tous ses soins et sa peine. Des fenêtres de papier huilé remplaçaient celles de verre ; d'ailleurs on se réunissait tous les soirs dans notre chambre de travail, qui était vaste et très claire.

François est chargé du soin de nos troupeaux et de notre basse-cour, qui sont fort augmentés. Moi je préside à la grande agriculture. Les deux mamans, leurs deux filles et Canda soignent le jardin, font aller le rouet et le métier à tisser; entretiennent nos vêtements et s'occupent du soin du ménage. Ainsi, tout travaille, tout prospère autour de nous, et déjà quelques familles d'indigènes de la grande île, instruites par M. Willis, ont voulu le suivre, et nous nous sommes empressés de les établir à Waldeck et à Falkenhorst. Ces braves gens nous aident dans la culture de nos terres, et notre cher missionnaire dans celle de notre âme. Rien ne manque plus à notre bonheur, que le retour de notre cher Ernest.

POST-SCRIPTUM, DEUX ANS APRÈS.

Cet heureux jour est arrivé ! il nous est rendu ! Selon mes ordres, il avait cherché et trouvé le capitaine Johnson et le lieutenant Bell, venus les premiers dans notre île, d'où la tempête les avait écartés, et qui conservaient le projet et le désir d'y revenir. Mon fils les trouva prêts à partir pour un second voyage dans les mers du Sud. Ernest brûlait du désir de revoir son île, sa famille, et de nous amener sa cousine Henriette Bodmer, devenue sa compagne, une aimable, jolie et simple Suisse, que nous aimions déjà, et qui retrouve avec transport sa bonne tante, devenue à présent sa mère. Ma femme est au comble de la joie, c'est le premier de ses fils qui lui donne une fille ; mais Jack et François grandissent, ainsi que Sophie et Mathilde ; et de plus, ma bonne Elisabeth, qui ne voit rien au-dessus d'un heureux mariage, n'est pas sans espoir d'engager sa chère Emilie à accompagner ses filles à l'autel, en accordant sa main à notre fils aîné, qui en sentirait tout le prix, et dont le caractère un peu rude s'est fort adouci dans la société de cette charmante femme. Il est plus jeune qu'elle de quelques années, mais elle est encore si jolie, et Fritz si sage et si raisonnable, qu'ils se conviendraient parfaitement. Notre guide spirituel, l'excellent M. Willis, approuve ce projet d'union, et nous espérons qu'il bénira un jour ces trois couples. Ernest habite avec son Henriette la grotte Ernestine, où ses frères lui ont arrangé un appartement très commode. Pour célébrer son retour, ils lui ont même fait le plaisir d'élever sur le rocher au-dessus de la grotte une espèce d'observatoire où le télescope est établi, et d'où notre astronome peut faire ses observations. Mais la passion des mondes éloignés lui passe un peu depuis qu'il habite le nôtre avec sa chère Henriette ; il aime encore mieux la contempler que les étoiles, surtout depuis qu'elle nous promet à tous un nouveau sentiment, un bonheur de plus, encore un être à chérir ! Ma femme en jouit d'avance, et sera, à coup sûr, la meilleure, la plus tendre, la plus indulgente des grand'mères.

Je donne au capitaine Johnson la fin de mon Journal pour la porter en Europe et la joindre aux premières parties dont il voulut déjà bien se charger.

Si quelqu'un de nos lecteurs désirait plus de détails sur notre vie et nos établissements, qu'il parte pour l'île Heureuse, il y sera le bien-venu, répétera avec nous le doux refrain d'Ernest, que nous chantons à présent avec un nouveau plaisir.

> Dans ce séjour simple et tranquille
> On jouit des vrais biens du cœur.
> Oh ! restons, restons dans notre île,
> Sachons y fixer le bonheur.

FIN.

TABLE.

FIN DE LA TABLE.

www.ingramcontent.com/pod-product-compliance
Lightning Source LLC
Chambersburg PA
CBHW051817020726
47502CB00005B/1497